Une pédiatre en Écosse

*

Rencontre à Londres

KATE HARDY

Une pédiatre en Écosse

Traduction française de
EVELINE CHARLÈS

BLANCHE

HARLEQUIN

Collection : Blanche

Ce roman a déjà été publié en 2021

Titre original :
FLING WITH HER HOT-SHOT CONSULTANT

HARPERCOLLINS FRANCE
83-85, boulevard Vincent-Auriol, 75646 PARIS CEDEX 13
Service Clients — https://www.harlequin.fr/contenu/contactez-nous
ISBN 978-2-2805-2104-8 — ISSN 0223-5056

Édité par HarperCollins France.
Composition et mise en pages Nord Compo.
Imprimé en juillet 2025 par CPI Black Print (Barcelone)
en utilisant 100% d'électricité renouvelable.
Dépôt légal : août 2025.

MIXTE
Papier
FSC FSC® C159065

Pour limiter l'empreinte environnementale de ses livres, HarperCollins France s'engage à n'utiliser que du papier fabriqué à partir de bois provenant de forêts gérées durablement et de manière responsable.

Prologue

Cela faisait une semaine que Georgie visitait régulièrement le site Internet.

Échange de poste.

L'idée était de troquer durant six mois son poste et sa maison avec un ou une inconnue. Il fallait trouver quelqu'un qui exerce la même spécialité médicale et qui ait envie de se lancer dans une nouvelle expérience.

Était-ce une fuite ? Ou simplement l'envie de repartir de zéro ?

Ce ne serait pas sans conséquence. Joshua, le frère aîné de Georgie, était père célibataire et il comptait sur son aide pour s'occuper de sa petite fille, Hannah. Georgie les aimait tous les deux de tout son cœur et ne voulait pas les laisser tomber.

Mais depuis un an, Londres ressemblait de plus en plus à une prison et elle n'en pouvait plus d'être « cette pauvre Georgie » dont l'époux héroïque était mort en tentant de sauver les victimes d'un tremblement de terre.

Pauvre, pauvre Georgie.

Si seulement les gens avaient su la vérité à propos de Charlie ! Mais elle ne pouvait rien contre leurs illusions. La famille et les amis de Charlie avaient le droit de vivre leur deuil sans qu'elle leur révèle la vérité.

Jusqu'à présent, elle s'était protégée elle-même en leur cachant ce secret, mais elle sentait désormais qu'elle allait exploser si elle ne s'éloignait pas de tous ces souvenirs, de toute cette empathie.

Aussi était-elle de nouveau en train de consulter le site à la recherche d'une permutation possible. S'il n'y en avait pas, ce serait la preuve qu'elle devait rester où elle était et accepter son sort, mais s'il y en avait une, ce serait le signe dont elle avait besoin pour partir. Elle commença à remplir le formulaire :

Lieu d'habitation : Londres.

Poste : Pédiatre en hôpital.

Destination souhaitée : N'importe où.

Elle avait eu du mal à répondre à cette dernière question. Elle n'avait pas vraiment envie de se retrouver dans un trou perdu. D'un autre côté, il ne devait pas y avoir beaucoup d'hôpitaux dans des trous perdus.

Pourquoi pas au bord de la mer...

Non ! Elle aurait pu, si elle l'avait voulu, se réfugier chez ses parents, mais elle ne l'avait pas fait et il n'en était plus question maintenant. Elle avait donc choisi l'option « n'importe où ».

Date de départ : Maintenant.

Cette fois, c'était facile. Elle cliqua sur « envoi » et attendit. Après quelques minutes, elle pensa que personne n'était intéressé par son offre, et elle allait fermer la page quand une réponse parut sur l'écran :

Compatibilité trouvée.

Elle cliqua sur le résultat. Édimbourg ? Elle n'y était jamais allée. Tout ce qu'elle savait, c'était qu'il s'agissait de la capitale de l'Écosse, qu'il y avait un château, un célèbre festival de théâtre et d'extraordinaires célébrations du nouvel an.

Une seule réponse... C'était sûrement un coup du destin !

Aussitôt, elle rédigea un mail vantant les avantages de son poste à Londres. Ce n'était que la simple vérité : le Royal Hampstead Free Hospital était génial. Ses collègues étaient tous adorables et son appartement confortable du quartier de Canary Wharf, avec un balcon donnant sur la Tamise, se trouvait tout près du métro.

Vu ainsi, on pouvait se demander pourquoi elle voulait s'en aller. Mais, n'ayant pas la moindre envie de confier à qui que ce fût, et encore moins à une parfaite inconnue, elle se contenta d'une version édulcorée de la réalité :

> Je suis veuve depuis environ un an et j'ai besoin de tourner la page, loin d'un lieu où l'on me prend en pitié.

Cette pitié aurait été bien plus insupportable encore si les gens avaient su la vérité. Charlie l'avait trompée pendant des mois avec Trisha, qui était enceinte et avait été tuée en même temps que lui sur le terrain.

Personne n'avait besoin de le savoir !

Après avoir contemplé un instant son message, elle cliqua sur l'onglet « envoi ». Pour autant, elle n'était pas certaine de partir. L'autre pédiatre n'apprécierait peut-être pas le quartier, ou bien elle pouvait changer d'avis.

Mais au moins, Georgie avait fait une tentative. Si cela ne marchait pas, la prochaine serait plus facile. Et, pour la première fois depuis qu'elle connaissait la vérité à propos de son défunt mari, l'impression qu'elle portait le poids du monde sur ses épaules s'estompa.

1

Deux semaines plus tard.

Georgie avait du mal à croire que tout était allé si vite. Clara Connolly avait été ravie d'échanger son poste au St Christopher's Hospital d'Édimbourg contre celui de Georgie au Royal Hampstead Free, à Londres. Et elle aussi souhaitait que la permutation se fasse le plus vite possible.

Parfait.

Le plus difficile avait été de mettre Joshua au courant. La nouvelle de ce départ avait bouleversé son frère, il l'avait accusée de les laisser tomber alors qu'Hannah et lui avaient besoin d'elle. Pour finir, elle avait dû lui dire pourquoi elle quittait Londres. En apprenant que Charlie la trompait, Joshua avait été horrifié qu'elle ait si longtemps gardé cette souffrance pour elle. Il s'était reproché de ne pas l'avoir soutenue suffisamment pour qu'elle lui révèle la vérité plus tôt. Pour finir, elle avait quitté Londres avec sa bénédiction.

Malgré tout, Joshua avait insisté pour qu'elle lui envoie un SMS à chaque pause du voyage. Pourquoi fallait-il qu'il fasse autant d'histoires ? D'accord, elle n'avait pas conduit depuis un certain temps puisqu'elle n'avait pas vraiment besoin d'une voiture à Londres. Mais elle était parfaitement capable de faire le trajet jusqu'à Édimbourg toute seule !

Pour l'instant, l'expédition l'amusait plutôt. Elle avait loué pour une quinzaine de jours un mini-cabriolet orange vif, ce qui lui laissait le temps d'acheter une voiture pour son séjour ou de poursuivre la location.

Conduire capote baissée sur l'autoroute par cette belle journée d'automne, avec une playlist de musiques entraînantes et gaies, était la chose la plus amusante qu'elle ait faite depuis des mois.

Toutes les deux heures, elle s'arrêtait se dégourdir les jambes dans une station-service, buvait un café et envoyait un SMS à Joshua. Le GPS fonctionnait à merveille, bien qu'elle n'en ait pas vraiment besoin puisqu'elle roulait vers le nord sur la M1 en direction de l'Écosse. Le cottage de Clara se trouvait apparemment dans la banlieue d'Édimbourg, à la sortie d'un village et à une demi-heure de l'hôpital.

Il y aurait certainement une épicerie sur place, mais Georgie acheta du lait, du café et du pain lorsqu'elle s'arrêta pour la dernière fois.

Édimbourg.

Sa nouvelle vie.

La *liberté*.

Elle allait continuer d'exercer le métier qu'elle aimait, mais elle n'aurait plus à jouer la comédie en permanence.

Désormais, plus rien ne l'empêcherait d'être heureuse !

Une heure plus tard, elle n'en était plus aussi sûre.

La pluie incessante l'avait contrainte à relever la capote. Une bonne heure avant la tombée de la nuit à Londres, il faisait déjà sombre, et il n'y avait pas de réverbères si bien qu'elle avait été obligée d'allumer les phares du cabriolet. La route était si étroite qu'elle avançait pratiquement au pas et le GPS semblait ne pas savoir où elle était puisqu'il annonçait sans relâche : « Vous êtes arrivée à destination », ce qui n'était clairement pas le cas. Et elle avait déjà fait deux allers-retours sur le même chemin boueux.

Apparemment, ce que Clara nommait la sortie du village ne correspondait pas à l'idée que Georgie s'en faisait. Le village non plus, d'ailleurs. Elle ne voyait qu'un pub – fermé à 19 heures, ce qui était à peine concevable —, une école, une église et quelques granges regroupées autour d'une cour visiblement rénovée, avec une boutique proposant les produits de la ferme.

Elle s'arrêta dans l'espoir de reprendre ses esprits. Cet endroit pouvait-il être qualifié de village ? Elle ne pouvait demander son chemin à personne, puisque tout était fermé. À Londres, les épiceries restaient ouvertes jusqu'à minuit. Allait-elle devoir rouler pendant une demi-heure pour trouver de quoi se nourrir ?

À en croire le panneau, on vendait là des fruits, des légumes, des produits laitiers et de la viande. Le lieu faisait également office de boulangerie, de café et de boutique d'objets artisanaux.

Georgie commençait à penser qu'elle avait commis une énorme erreur. Heureusement, elle avait acheté du café et du lait à la station-service. Dès qu'elle aurait trouvé sa nouvelle maison, elle brancherait la bouilloire et se ferait un double café… Peut-être un triple.

Bon, elle allait faire une dernière tentative ; si celle-ci échouait, elle appellerait Clara pour lui demander où son cottage se trouvait exactement.

Elle remonta lentement le chemin boueux. Et cette fois – était-ce un effet de son imagination ? —, il lui sembla apercevoir une lueur sur un côté de la route. Elle ralentit encore jusqu'à entrevoir une ouverture donnant sur une cour, dans laquelle elle s'engagea prudemment. Le gros 4-4 qui s'y trouvait déjà prouvait qu'elle n'était sans doute pas arrivée à destination, mais, au moins, quelqu'un allait peut-être lui indiquer la bonne direction.

Après s'être garée près de l'autre véhicule, elle frappa à la porte.

Pas de réponse, hormis un aboiement. Décidément, ce n'était pas la maison de Clara, qui n'avait pas mentionné la présence d'un chien.

Elle frappa de nouveau et cette fois, un homme, uniquement vêtu d'une serviette de bain autour de la taille, lui ouvrit.

Le cœur de Georgie battit à grands coups.

La peau de l'inconnu était pâle, il avait les yeux gris et des cheveux noirs un peu trop longs. Sa mâchoire était ombrée par une barbe de quelques jours. Avec la fine toison qui recouvrait son torse musclé, il aurait pu être acteur dans un film d'action.

Depuis Charlie, c'était la première fois qu'un homme lui faisait un tel effet.

— Que voulez-vous ? demanda-t-il sèchement.

Au secours ! Il avait aussi cet adorable accent écossais, le genre à faire fondre n'importe qui.

— Je… Je suis désolée de vous déranger, parvint-elle à articuler, mais je suis un peu perdue. Mon GPS m'indique depuis au moins huit kilomètres que je suis au bon endroit. J'ai pris la route ce matin à 9 heures et, franchement, je n'en peux plus. Pourriez-vous m'indiquer, s'il vous plaît, où se trouve le cottage de Clara Connolly ? Il s'appelle Le Grenier, je crois.

— Le Grenier, répéta-t-il.

Il y eut un nouvel aboiement derrière lui, et il se retourna.

— Tais-toi, Truffe, tout va bien.

— Clara Connolly y habite, dit-elle, en espérant que cette précision servirait à quelque chose.

— Et vous êtes… ?

— Georgina Jones… Georgie.

— Vous ne deviez arriver que demain.

— Quoi ?

— Cette histoire d'échanges de postes… D'après Clara, vous deviez arriver demain.

— Vous connaissez Clara ?

— Oui.

Subitement, tout devenait clair. Il connaissait Clara, il savait qu'elle allait arriver, ce devait donc bien être le Grenier.

— Vous êtes l'ami de Clara ? Celui qui devait m'accueillir ?

Pour l'amour du ciel, maintenant qu'il savait qui elle était, ne pouvait-il pas la faire entrer pour qu'elle puisse boire un café et se réchauffer ?

Elle avait dû s'exprimer à voix haute, car il se passa la main dans les cheveux.

— Oui, bien sûr. Désolé, je prenais une douche.

La serviette glissa légèrement sur ses hanches lorsqu'il se retourna pour saisir le collier du chien. Aussitôt, le rythme cardiaque de Georgie s'accéléra.

— C'est Truffe, dit-il. Elle est un peu nerveuse, mais dès qu'elle vous connaîtra mieux elle sera très amicale.

— Sûrement...

— Vous n'aimez pas les chiens ?

— Je ne leur ferais pas de mal, mais je n'ai jamais eu d'animal domestique. Clara ne m'en a pas parlé.

— Je vois... Truffe est un chien trouvé, elle est un peu timide avec les étrangers. Ignorez-la et elle viendra vous dire bonjour dès qu'elle en aura le courage. Elle ne vous fera pas de mal. En revanche, ne laissez pas de chaussures ou de gâteau traîner, ils auront disparu en quelques secondes. Et surtout, attention au chocolat. Même si vous pensez qu'il est hors de sa portée, ce ne sera pas le cas et c'est très mauvais pour les chiens.

— C'est noté, répondit Georgie, légèrement agacée par le ton qu'il prenait.

D'accord, elle n'avait pas l'habitude des chiens, mais il pleuvait, elle était fatiguée et elle en avait assez de rester sur le seuil de la maison, face à un homme qui semblait ignorer les règles les plus élémentaires de la politesse.

— Serait-il possible que j'apporte mes affaires à l'intérieur ? demanda-t-elle avec une pointe de sarcasme.

— Laissez-moi me sécher et m'habiller, je vous aiderai.

Elle était tout à fait capable de s'en occuper elle-même ! N'étant pas une délicate petite fleur, elle n'avait nullement besoin d'un homme pour le faire à sa place.

Mais avant qu'elle puisse mettre les choses au point, il déclara :

— Le rez-de-chaussée est tout d'une pièce, je ne peux pas

enfermer Truffe. À deux, ça ira plus vite et je n'aurai pas à la garder en laisse trop longtemps.

— D'accord.

— Vous pouvez vous faire un café. Les mugs et le café sont dans le placard, au-dessus de la bouilloire.

— Merci.

Il s'écarta pour la laisser entrer, puis referma la porte d'entrée.

— Brave fille, Truffe, dit-il au labrador chocolat, puis il disparut dans l'escalier de fer forgé qui occupait le centre de la pièce.

Georgie se retrouvait donc coincée au milieu de nulle part avec un parfait inconnu qui ne semblait pas vraiment ravi de partager son espace, et un chien nerveux. Y avait-il une autre chose que Clara ne lui avait pas dite ?

Pour être honnête, Clara l'avait prévenue qu'elle avait un ami qui serait peut-être encore là, précisant qu'il y avait davantage de chances pour qu'il soit parti avant l'arrivée de Georgie. Et elle n'avait même pas fait allusion au chien.

Georgie ne connaissait même pas le nom de son nouveau colocataire. Grincheux McRenfrogné, peut-être ? Il avait beau être très séduisant, il était incroyablement irritable. S'il n'avait pas de facette plus aimable, la cohabitation allait être difficile.

— Je fais du café, dit-elle à la chienne qui l'observait avec circonspection, depuis l'autre côté de la pièce.

Au moins, en l'absence de Grincheux McRenfrogné, elle pouvait regarder autour d'elle. Le rez-de-chaussée du Grenier était vraiment beau. Les fenêtres étaient enfoncées dans les murs de pierre, qui devaient être très épais. Le sol était couvert de dalles claires et la cuisine ouverte était constituée de placards bleu ciel, d'un évier vintage jaune maïs, et d'une cuisinière crème ; un égouttoir était accroché au mur. Le réfrigérateur, le congélateur et la machine à laver devaient être cachés quelque part. Il y avait aussi une table en pin blanc et quatre chaises assorties.

L'escalier de fer forgé trônait au milieu de la pièce, apparemment interdit d'accès par ce qui ressemblait à une barrière pour enfant. Au milieu du mur le plus éloigné, il y avait un poêle à bois et deux canapés confortables de chaque côté, séparés par une table basse posée sur un épais tapis. Le panier en osier dans lequel se trouvait une couverture blanche était visiblement destiné à la chienne. L'ensemble était accueillant et chaleureux, à condition d'oublier qu'on se trouvait au milieu de nulle part et combien il était étrange de ne pas entendre de bruit de voitures.

Elle trouva le café et les mugs là où le lui avait indiqué le propriétaire de Truffe. Elle se demandait si elle devait en prévoir pour deux lorsqu'il descendit l'escalier. Ses cheveux humides n'étaient pas aussi foncés qu'elle l'avait cru au premier abord. Ce roux foncé était superbe mais beauté et gentillesse n'allaient pas forcément de pair, elle en savait quelque chose. Charlie avait été charmant, mais ce n'était pas l'homme bien avec qui elle avait cru s'être mariée. Et son nouveau colocataire n'était même pas charmant, et encore moins gentil.

Elle était injuste, et elle le savait. Il avait peut-être eu une mauvaise journée et la dernière chose dont il avait besoin, c'était qu'une parfaite inconnue débarque chez lui alors qu'il ne l'attendait pas.

— Vous voulez un café ? demanda-t-elle.

— Oui, merci. Pas de sucre ni de lait.

Cela signifiait-il qu'il n'en voulait pas, ou qu'il n'y en avait pas ? Elle avait fait livrer des provisions chez elle et noté un message pour Clara, lui disant de faire comme chez elle. Elle avait laissé une bouteille de champagne et une boîte de ses chocolats préférés.

Elle avait donc espéré que Clara lui réserve le même genre d'accueil, mais cet espoir diminuait de seconde en seconde.

Comme s'il avait lu dans ses pensées, son hôte précisa :

— Il y a du sucre dans le placard et du lait dans le réfrigérateur.

— Merci.

Elle servit le café et ajouta dans son propre mug du lait et assez d'eau froide pour le boire d'un trait, comme elle le faisait à l'hôpital.

Il haussa les sourcils.

— Vous faites comme mes collègues.

— Vous êtes médecin, vous aussi ?

Il hocha la tête.

— Clara ne m'a rien dit sur vous. Je ne connais même pas votre nom, dit-elle.

Le fait qu'il ne se soit pas encore présenté était quelque peu dérangeant.

« Je ne connais même pas votre nom. »

C'était un reproche, et Ryan le savait mérité. En même temps, il supportait mal d'être jugé par sa nouvelle locataire. Lorsqu'elle l'avait interrompu pendant sa douche, il n'avait pas eu la présence d'esprit de se présenter. La journée avait été horrible… Perdre un patient l'était toujours, mais dans ces circonstances, c'était insoutenable. Et faire assaut de politesses pour une élégante citadine ne figurait pas sur sa liste de priorités.

— Ryan McGregor, dit-il.

— Ravie de faire votre connaissance, Ryan McGregor, dit-elle d'un ton qui laissait penser le contraire.

En ce cas, ils étaient deux. Mais elle lui tendit la main. Au moins, elle s'efforçait d'être polie ; après tout, ce n'était pas sa faute s'il avait eu une mauvaise journée. Il se devait de faire un effort, lui aussi. Mais dès qu'il lui serra la main, une étrange chaleur se répandit en lui et il regretta immédiatement de l'avoir fait.

Il ne se rappelait pas la dernière fois qu'il avait éprouvé ce genre de sensation, même avec Zoé. Et il ne pouvait pas se le permettre avec Georgina Jones, d'autant qu'ils allaient cohabiter un certain temps, au moins jusqu'à ce qu'il trouve une autre solution.

Par malheur, elle était exactement son genre : petite, des

courbes intéressantes, des yeux verts, des cheveux blonds retenus sur la nuque par un chouchou et le plus doux des sourires.

Craquante.

Dangereuse.

— Ravi de faire votre connaissance, moi aussi, marmonna-t-il.

— Donc, vous travaillez à St Christopher ? demanda-t-elle.

— Oui.

Elle le fixa, les sourcils imperceptiblement levés.

Qu'est-ce que cela voulait dire ? Elle voulait en savoir davantage ? Mais encore une fois, ce n'était pas sa faute si Clara avait été légèrement avare de détails.

— Je travaille en pédiatrie avec Clara, dit-il.

Mais il n'était pas vraiment d'humeur à échanger des mondanités avec une inconnue qui lançait des regards inquiets en direction de Truffe. Était-ce le pelage un peu boueux qui la dérangeait ? Dans ce cas, elle n'allait pas vraiment apprécier l'hiver écossais. Sur les cartes postales, se réveiller au milieu d'un paysage enneigé était très romantique, mais la réalité était tout autre. Cette jeune femme allait devoir supporter les longs trajets froids et humides, et mieux valait ne pas être trop maniaque. Les vêtements de marque qu'elle portait ne la protégeraient pas de la pluie et du vent. Il fallait des chaussures solides, chaudes et étanches. Avait-elle seulement pensé à s'équiper pour sortir ?

— Euh..., fit-elle, je me demandais si vous pourriez me recommander un traiteur qui propose des plats à emporter, demanda-t-elle.

Un traiteur ? Ici ? Elle devait plaisanter. Avait-elle vraiment la moindre idée de l'endroit où elle se trouvait ?

— Une pizza, des plats chinois, indiens, ou un *fish and chips*, peu importe, dit-elle.

Décidément, la colocation allait être une épreuve, et il ne voulait même pas penser à ce que ce serait à l'hôpital. Il était habitué à travailler avec Clara et il ne pouvait pas imaginer quelqu'un d'autre à sa place.

Pourquoi Georgina Jones était-elle ici, pour commencer ? S'était-elle imaginé qu'elle allait vivre une expérience romanesque loin de la grande ville, dans une jolie petite contrée ? Peut-être valait-il mieux se montrer un peu cruel et faire éclater la bulle.

— Nous sommes dans les Penland Hills, à un bon quart d'heure de la ville la plus proche. Même si vous trouviez un livreur, les plats seraient froids avant d'arriver ici.

— Oh !

Il devait faire preuve d'un peu d'hospitalité et proposer de lui cuisiner quelque chose, il en avait bien conscience. Mais après la journée qu'il avait vécue, il se sentait trop mal pour avoir faim. Il avait juste envie de se rouler en boule avec son chien devant le feu, et peut-être de boire un whisky en écoutant le genre de blues rock qui l'apaisait toujours.

Mais il allait être obligé de faire la conversation à sa nouvelle colocataire, une femme avec qui il semblait n'avoir que très peu de points communs.

— Je vais rentrer vos affaires, dit-il un peu plus sèchement qu'il ne l'aurait voulu.

— Je suis parfaitement capable de m'en occuper, dit-elle en redressant le menton.

— J'en suis sûr, mais Truffe est fugueuse. Je ne veux pas qu'elle disparaisse dans les collines et se roule dans de la crotte de renard.

Se dirigeant vers le placard où il rangeait tout ce qui concernait la chienne, il en sortit une laisse puis encouragea l'animal à venir vers lui.

— C'est bien, ma fille.

S'agenouillant près de l'escalier, il attacha une extrémité de la laisse à un barreau, après quoi il fixa l'autre au collier.

— C'est juste pendant qu'on apporte les valises, dit-il.

Les oreilles de la chienne s'abaissèrent.

— Ensuite, je t'emmènerai en promenade.

Il détestait voir la peur et la déception dans les yeux du

labrador. Une fois de plus, il espéra que quelqu'un retrouverait son maître précédent et s'assurerait qu'il n'ait plus jamais de chien. Tout comme il espérait que les parents du bébé de quatre mois qu'il n'avait pas réussi à sauver dans l'après-midi n'auraient jamais d'autre enfant.

— Bon, dit-il, allons chercher vos affaires.

La voiture de Georgina était complètement inadaptée à la région. Pour circuler en hiver sur ce chemin transformé en ruisseau boueux, elle aurait eu besoin d'un 4-4, pas d'un joli petit cabriolet.

Et combien de valises lui fallait-il, pour un séjour de six mois ? Mais après tout, ce n'était pas son problème.

Il pleuvait toujours et, quand ce fut fini, ils étaient tous les deux trempés. Ryan se sentait quand même un peu coupable. Il n'avait pas envie de manger, mais elle était clairement affamée.

Pendant que Georgina s'installait, il libéra Truffe et examina le contenu du congélateur. Clara allait le tuer ! Elle lui avait dressé la liste de ce qu'il fallait pour accueillir correctement sa remplaçante, mais il n'avait pas eu le temps de s'en occuper. Il trouva une demi-tranche de pain, quelques petits pois, un sac de frites et un bloc orange, dans un sac de plastique, qui pouvait être de la soupe maison.

Dans le réfrigérateur, il n'y avait que du lait et un morceau de fromage. Un peu honteux, il se promit de faire les courses dès le lendemain. Georgina Jones était sur la route depuis le matin et il ne lui avait pas réservé le digne accueil écossais que sa meilleure amie avait programmé.

Il avait laissé tomber Clara.

Tout comme elle m'a laissé tomber…

Il écarta cette pensée. Clara avait fait ce qui était bon pour elle ; de toute façon, depuis le temps, il aurait dû être habitué à ce que les gens qu'il aimait le quittent. C'était en partie sa faute, puisqu'il les maintenait à distance par manque de confiance.

Sa mère était morte lorsqu'il avait six ans et ses parents les plus proches n'avaient pas voulu de lui. Il était passé de famille d'accueil en famille d'accueil. À un moment, il avait cru que Zoé changerait les choses, mais il n'avait pas fait ce qu'il fallait et elle était partie.

Pourtant, il n'était absolument pas à plaindre. Il aimait son métier, il avait son chien et il avait des amis.

Il se reprit. Pourquoi cette femme faisait-elle remonter tous ces souvenirs à la surface ?

— Docteur Jones ? lança-t-il. Je peux vous préparer des toasts au fromage.

— Vous êtes sérieux ? demanda-t-elle en descendant l'escalier.

Évidemment ! Il ne lui proposait pas un repas convenable. Mais après tout, elle était arrivée avec un jour d'avance.

— Je ne vous attendais que demain, dit-il, et je n'ai pas eu le temps de faire les courses. C'est tout ce que je peux vous offrir.

L'espace d'un instant, elle eut l'air choqué, mais elle se reprit et lui adressa un sourire très professionnel.

— Ce sera parfait, merci.

— Je peux faire un peu de soupe, ajouta-t-il, légèrement honteux.

En espérant que le bloc orange soit du potage aux carottes.

— Je peux vous aider ?

— Non, merci. Vous avez fait une longue route... Un jour trop tôt.

— Celui qui était convenu avec Clara.

Il réprima un soupir.

— Vous deviez arriver le dimanche 6.

— Non, le samedi 5.

Ryan se tourna vers le tableau magnétique de la cuisine.

— Vous voyez ? Dimanche... Oh ! punaise !

— Quelque chose ne va pas ?

— Je me suis clairement trompé, fit-il en grommelant. Je vous présente toutes mes excuses.

Elle lui lança un regard glacial.

— Il n'y a pas de problème.

Décidément, les six mois à venir allaient être très, très pénibles.

Tout en s'affairant dans la cuisine, il repensa à sa journée de cauchemar. Il aurait voulu pouvoir remonter le temps. Jusqu'au moment où quelqu'un se serait aperçu que quelque chose n'allait pas, dans la maison d'à côté. Il aurait fallu qu'ils aient le temps d'arracher ce bébé à ses parents avant qu'il soit trop tard.

Finalement, le bloc orange n'était pas de la soupe, mais un sorbet à la mangue.

— Punaise ! s'exclama-t-il.

— Encore un souci ? demanda Georgina.

— Je ne pense pas que ce soit une bonne idée de faire réchauffer le sorbet à la mangue.

— Non, répondit-elle d'une voix neutre.

Mais elle lui adressa un coup d'œil empreint d'un léger mépris. Bon sang ! Il aurait dû prendre chez Janie un plat à réchauffer au micro-ondes pour le Dr Pimbêche, et il aurait sorti Truffe pour ne pas la voir faire la fine bouche.

Une odeur de brûlé l'arracha à ses pensées et il sortit la grille du four.

Punaise, punaise et trois fois punaise !

Il avait réussi à faire brûler les toasts au fromage ! Dépité par sa prestation, il coupa les petits morceaux qui avaient échappé au désastre et les mit dans une assiette.

— Toasts au fromage, déclara-t-il en tendant l'assiette à Georgina.

— Vous n'en prenez pas ?

— Je n'ai pas faim.

De nouveau, il pensa au bébé, à la mère qui était tombée à genoux en pleurs, au père livide qui marmonnait des excuses incohérentes.

Non ! Il n'avait vraiment pas faim ! Et il n'avait pas non plus le courage de faire la conversation.

— Je vais vous laisser, dit-il.

— Merci. Euh… Je pourrai prendre un bain, après avoir mangé ?

— Vous pensez que j'ai utilisé toute l'eau chaude ?

— Je veux juste dire que le trajet a été long, que je suis fatiguée et que je serais contente de prendre un bain et de me coucher tôt.

— Oh ! Désolé, dit-il en marmonnant. Vous trouverez des serviettes dans le placard près de la salle de bains, et l'eau est chaude.

— Merci.

— Il faut que je sorte Truffe.

Sur ce, il fixa la laisse au collier et quitta la maison. Avec un peu de chance, cette femme serait couchée quand il rentrerait. Il pourrait s'asseoir avec son chien et boire un whisky comme il en avait eu l'intention.

Sans cet homme, véritable incarnation de l'Écossais farouche, et de son chien tout aussi inamical, la maison aurait dû sembler plus grande, pourtant Georgie eut l'impression qu'elle avait rétréci.

Elle fit la grimace. Elle aurait peut-être dû se montrer plus aimable, mais Grincheux McRenfrogné n'avait pas fait beaucoup d'efforts non plus.

Il lui avait préparé à manger, certes, mais avec une évidente mauvaise grâce. Les toasts étaient brûlés ; quant au sorbet réchauffé, elle aurait trouvé l'épisode hilarant en d'autres circonstances. Ryan McGregor était peut-être canon, mais en tant que colocataire, il allait probablement être insupportable.

Après avoir mis le « repas » à la poubelle, elle mangea deux tranches du pain qu'elle avait acheté en route, sèches puisqu'il n'y avait pas de beurre ni quoi que ce soit d'autre à étaler dessus, puis elle monta prendre son bain.

Demain était un autre jour et peut-être verrait-elle le côté attrayant de l'Écosse. Mais lorsque, un peu plus tard, elle regarda par la fenêtre de sa chambre, la nuit était si sombre que les arbres ne se dessinaient même pas contre le ciel obscur.

Ne disait-on pas qu'il fallait y réfléchir à deux fois avant de prendre une décision ? Elle avait voulu quitter Londres, son souhait était exaucé ! Elle devait cesser de pleurnicher sur son sort et tirer le meilleur parti de la situation.

Le lendemain matin, Georgie prit une douche, mit un chandail, un jean, puis gagna la fenêtre pour regarder le ciel bleu parsemé de nuages blancs et duveteux. La vue, depuis le Grenier, était extraordinaire. Les collines et la bruyère s'étendaient à perte de vue. Du coup, elle s'interrogea sur la première nuit Clara à Londres. Avait-elle été gênée par la circulation, par la lumière des réverbères ?

Lorsqu'elle descendit, Ryan et sa chienne n'étaient pas là. Si elle partait tout de suite, elle n'aurait pas à supporter sa mauvaise humeur. Elle irait à Édimbourg repérer l'hôpital, achèterait quelque chose à manger, jouerait un peu les touristes et trouverait un supermarché.

Elle adora le Royal Mile, l'artère principale de la vieille ville dominée par le château, et les terrasses géorgiennes de la ville nouvelle. Le St Christopher's Hospital était un magnifique bâtiment géorgien en pierre dorée, avec des fenêtres à guillotine et un fronton triangulaire au-dessus de l'entrée encadrée de colonnes.

Une fois qu'elle eut trouvé le parking du personnel et sut exactement où aller le lendemain, elle repartit dans le centre et se gara.

Le château était un bon début, pour une visite touristique. De là-haut, elle jouirait d'un panorama exceptionnel et, avec un peu de chance, verrait les joyaux de la couronne écossaise, les Honours of Scotland. Puis elle assisterait au « canon de 13 heures », la cérémonie militaire qui avait lieu quotidiennement sur le toit.

Elle adora la visite du château. Des musiciens et des comédiens costumés la rendirent plus agréable encore. Elle aima aussi la grande salle médiévale, les bijoux, la Pierre du Destin et le coup de canon.

Elle prit bien sûr quelques photos, qu'elle envoya à Joshua, à ses parents, et à ses meilleurs amis.

Après avoir avalé un sandwich et un thé, elle se rendit au supermarché. Devait-elle faire les courses pour une ou deux personnes ? Comment Clara et Ryan s'organisaient-ils ? Et elle ne savait rien des préférences alimentaires de Ryan.

Elle décida pourtant de cuisiner pour lui ce jour-là. Elle n'avait pas besoin d'en faire son meilleur ami, mais, s'ils parvenaient à vivre en bonne harmonie, leur existence à tous les deux serait plus facile.

Ne sachant pas à quelle heure il revenait de l'hôpital, elle choisit de préparer un plat qu'il pourrait réchauffer : du poulet et des légumes, avec du riz.

Lorsqu'elle rentra au cottage, Ryan et Truffe n'y étaient pas. Après avoir rangé les provisions, elle remarqua le message posé sur la table :

Suis à l'hôpital.
Truffe est avec Janie.
À plus tard.
R.

Qui était Janie ? Sa petite amie ?

De toute façon, cela ne la regardait pas.

Son téléphone vibra : c'était un SMS de Clara.

Merci pour les boissons, les chocolats et la livraison de courses. J'adore Londres ! Désolée de ne pas vous avoir prévenue, pour Truffe. Elle est adorable, mais gardez vos chaussures hors de sa portée parce qu'elle les MÂCHONNE.

C'était à peu près ce que Ryan lui avait dit. Georgie répondit aussitôt :

C'est noté.

Un nouveau message lui parvint :

J'espère que le dîner de bienvenue était bon. Ryan n'est pas le meilleur des cuisiniers.

Georgie battit des paupières. Un dîner de bienvenue ? Mais alors, ce n'était pas la faute de Clara, si Ryan l'avait aussi mal reçue ! Il n'était pourtant pas question d'inquiéter Clara. D'ailleurs, elle commençait déjà à voir l'aspect amusant de la situation.

Clara et elle échangèrent une succession de SMS :

C'était adorable, merci. Le paysage est très beau.
Et vous vous entendez bien avec Ryan ?
Très bien.
Bonne chance pour demain.
À vous aussi.

Ainsi, Clara avait demandé à Ryan de lui préparer un bon dîner de bienvenue ?

Elle décida de se rendre au village pour prendre quelques photos qu'elle envoya à Joshua, à ses parents et à Sadie, sa meilleure amie.

La boutique de produits locaux était encore ouverte, si bien qu'elle entra y jeter un coup d'œil. C'était un endroit extraordinaire, rempli d'aliments frais, d'objets artisanaux et même de crèmes de beauté confectionnées sur place. Elle acheta pour sa nièce un adorable petit teckel tricoté et des boucles d'oreilles pour sa mère.

Au moment de payer, elle vit un chien roulé en boule dans un panier, près de la caisse.

— Truffe ?

La chienne agita la queue.

La femme, derrière la caisse, regarda Georgie.

— Si vous connaissez Truffe, vous devez être ma nouvelle voisine, le médecin de Londres qui a échangé son poste avec Clara pour six mois.

— Oui. Je m'appelle Georgina Jones, mais appelez-moi Georgie.

— Ravie de faire votre connaissance, Georgie, dit la femme. Je suis Janie Morris. Vous pouvez voir nos moutons, de votre fenêtre.

— Des moutons ?

— Mon Donald et moi, nous faisons aussi de l'élevage, et nos moutons paissent dans le champ près du Grenier. Ils sont un peu bruyants. Bienvenue en Écosse, fit-elle en encaissant les achats de Georgie. C'est ma maman qui tricote les chiens.

— Je l'ai pris pour ma nièce.

— J'espère qu'elle l'aimera.

Janie prit un sablé en forme de chardon, qu'elle tendit à Georgie.

— Tenez ! C'est pour accompagner votre café. Je l'ai fait moi-même ce matin.

Au grand étonnement de Georgie, ce geste la mit au bord des larmes.

— Je sais que Clara et Ryan travaillent beaucoup, et vous aussi, sûrement. Si vous avez besoin de lait ou da pain, ou encore si vous voulez que je prenne quelque chose pour vous à l'épicerie, il vous suffit de m'envoyer un SMS, et je vous le déposerai. Je suis à côté et j'ai une clé, comme Ryan et vous avez la mienne. On s'arrangera ensuite pour les sous.

— C'est trop gentil ! Merci.

— Ryan vous donnera mon numéro. C'est un brave gars, vous savez.

Dans un monde parallèle, peut-être. Se gardant bien de contredire sa nouvelle voisine, Georgie sourit.

— Je suppose que vous êtes passée prendre Truffe ? demanda Janie.

— Euh… Oui, bien sûr. C'est-à-dire, si Ryan a déposé la laisse.

— Absolument. Vous avez des sacs pour ramasser les excréments ?

— Non.

— En voilà deux.

— Merci.

— Je veille souvent sur Truffe, en l'absence de Ryan. C'est une bonne fille, un peu timide, mais adorable.

Georgie n'eut pas d'autre choix que d'emmener la chienne au cottage. À mi-chemin, Truffe fit une énorme crotte, puis une autre environ vingt pas plus loin.

Seigneur !

Georgie laissa les deux sacs sur le couvercle de la poubelle et regarda la chienne.

— Je ne sais pas quoi faire de toi. Est-ce que je suis censée t'essuyer les pattes, ou autre chose ? Sois gentille, ne fais rien qui puisse contrarier Grincheux McRenfrogné !

Truffe la fixa avec une sorte de solennité.

— Très bien. On entre, maintenant.

Une fois à l'intérieur, la chienne gagna directement son panier, mais quand Georgie commença à cuire le poulet, elle s'aventura dans la cuisine, après quoi elle s'étendit par terre et leva vers Georgie des yeux remplis d'espoir.

— Je ne suis pas certaine d'avoir le droit de te donner quelque chose, mais je vais en mettre de côté pour toi.

Truffe agita la queue, bien qu'elle n'ait évidemment rien compris. Georgie sourit. Au moins, il y avait quelqu'un qui ne lui était pas hostile, dans cette maison.

Quelle journée ! Ryan avait dû témoigner auprès de la police, et détailler tout ce que l'équipe avait fait la veille pour sauver le bébé.

Il ne parvenait pas à se pardonner cet échec.

Lorsqu'il se gara dans la cour de la ferme et entra dans la boutique, il fut surpris de ne pas être accueilli par Truffe.

— Georgie est passée la prendre, dit Janie. C'est une charmante jeune femme.

Le Dr Pimbêche ? Peut-être avait-elle été plus agréable avec Janie qu'avec lui.

— Elle a acheté un des chiens tricotés de maman pour sa nièce. À mon avis, elle sera très bien avec les enfants.

Ça valait mieux, autrement il demanderait qu'elle soit remplacée.

— Très bien. Merci d'avoir gardé Truffe. J'apprécie.

— Je le sais bien, et toi, tu as aidé Donald à réparer la clôture la semaine dernière. Les voisins sont faits pour ça.

Quand Ryan franchit le seuil du cottage, Truffe bondit vers lui en agitant la queue. La maison sentait très bon. Quoi que le Dr Pimbêche soit en train de cuisiner, c'était fabuleux… et nettement au-dessus de ses propres compétences culinaires.

Assise sur le canapé, elle lisait un magazine.

— Salut, dit-elle.

— Salut.

Elle était passée chercher sa chienne et méritait donc qu'il se montre aimable… même s'il n'en avait pas la moindre envie.

— Merci, pour Truffe. Je ne m'attendais pas à ce que vous vous occupiez d'elle.

— Je n'ai fait que la ramener ici. Depuis, elle a dormi la plupart du temps. J'ai laissé les sacs à excréments dehors, parce que je ne sais pas où les mettre.

Elle avait aussi ramassé les crottes ?

— Je m'en chargerai.

— Euh… et j'ai préparé le dîner. Il ne faudra que cinq minutes pour le réchauffer.

— Merci, mais vous n'aviez pas à cuisiner pour moi.

— J'ignore comment vous vous organisez, avec Clara, mais je trouve normal de partager les tâches.

Il eut un rictus.

— Je ne suis pas un fin cordon-bleu.

— C'est ce que Clara m'a dit.

— Vous lui avez parlé ?

— Elle m'a envoyé un SMS. Elle espérait que mon dîner de bienvenue était bon.

— Désolé, marmonna-t-il.

Soudain, il se sentit très coupable d'avoir trahi la confiance de Clara.

— Je lui ai dit que votre accueil avait été adorable.

Encore quelque chose qu'elle n'était pas obligée de faire : mentir pour lui sauver la mise.

— Il a été horrible.

Les lèvres de Georgina frémirent.

— Au moins, c'était original. C'est la première fois qu'on me propose un potage à la mangue.

L'espace d'un instant, il s'interrogea. Se moquait-elle de lui ? Puis il comprit qu'elle riait de la situation.

Et elle avait raison ! Tout cela était ridicule. Il s'aperçut qu'il souriait aussi.

— On est peut-être partis sur le mauvais pied. Je m'appelle Ryan McGregor. Bonjour.

— Georgina Jones, mais tout le monde m'appelle Georgie.

Elle se leva, et il éprouva une brusque bouffée de désir. Ce jean la moulait à la perfection. Georgie Jones était une bombe.

Et lorsqu'ils se serrèrent la main, il éprouva de nouveau cette impression bizarre qui l'étonnait autant qu'elle l'effrayait.

— Vous avez passé une bonne journée ? demanda-t-elle.

Il préféra mentir :

— Oui. Vous vous êtes bien entendue avec Truffe ? enchaîna-t-il pour qu'elle ne réclame pas de détails.

— Oui. Je ne savais pas si vous lui donniez à manger quand vous cuisinez, alors je lui ai mis un peu de poulet de côté.

De nouveau, elle surpassait de loin ses attentes.

— C'est très gentil. Elle va adorer.

— On commence à bien s'entendre, hein, Truffe ?

Dieu que sa bouche était jolie, quand elle souriait ! Ryan eut envie de caresser sa lèvre supérieure du pouce, ce qui aurait été totalement déplacé.

— Vous disiez que c'était un chien trouvé ?

— Abandonné.

Il n'avait pas l'intention d'en dire davantage, mais les mots jaillirent d'eux-mêmes.

— Elle n'avait pas de collier ni de puce. À l'époque, elle devait avoir six mois. Son maître l'a laissée au milieu de nulle part. Elle a sans doute tenté de rentrer chez elle, mais elle a failli être percutée par une voiture. Heureusement, le conducteur s'est arrêté et il l'a emmenée au refuge le plus proche.

— Pauvre bête !

— Je ne vous le fais pas dire.

— Vous l'avez depuis combien de temps ?

— Environ un an.

— Si bien qu'elle a à peu près dix-huit mois, maintenant ?

— Presque deux ans.

Et de nouveau, il se surprit en train de se confier à une inconnue, lui qui ne le faisait que très rarement avec des amis.

— On lui avait trouvé un foyer. La famille qui s'est proposée la voulait vraiment, mais les enfants n'ont pas apprécié qu'elle mâchouille toutes leurs peluches, si bien que le refuge a dû la reprendre. Et elle a fini avec moi.

— C'est vraiment sympa de votre part.

C'était Clara qui le lui avait suggéré et elle avait eu raison. Truffe l'avait vraiment aidé pendant la période de son divorce, et elle était désormais sa seule famille.

— C'est une brave chienne, mais elle a du mal à faire confiance.

Comme lui, d'ailleurs.

— Je devais acheter une maison, mais la vente a été annulée au dernier moment, et les logements en location n'acceptent pas les animaux. C'est pour cette raison que Clara m'a proposé d'habiter chez elle pour un temps, et j'ai installé une barrière pour que Truffe ne monte pas à l'étage.

— Vous êtes très proche de Clara ?

— C'est ma meilleure amie... La petite sœur que je n'ai jamais eue.

— Elle et moi, nous avons décidé d'échanger nos vies pendant six mois, dit Georgie après un bref silence. Vous et moi, nous devons en tirer le meilleur parti possible. Si vous êtes si mauvais cuisinier, je peux faire la cuisine pour nous deux, mais vous vous occuperez de la lessive.

— Ça me semble correct.

— C'est parfait. J'ai rempli le réfrigérateur, mais je ne savais pas si vous étiez végétarien ou si vous aviez des allergies. Si vous n'aimez pas la fricassée de poulet, je peux vous préparer des pâtes à la sauce tomate.

— J'adore la fricassée de poulet, je n'ai pas d'allergies et je ne suis pas difficile.

Les placements en familles d'accueil lui avaient très vite appris à ne pas bouder la nourriture.

— On partagera évidemment les frais, dit-il.

— D'accord. Je vais réchauffer le plat et le riz. On dîne à 19 heures.

Le repas fut silencieux. À l'époque où Georgie vivait en colocation avec d'autres étudiants, les conversations portaient sur les cours, le cinéma ou la musique. C'était impossible avec Ryan, mais elle avait heureusement une bonne excuse pour écourter leur tête-à-tête.

— Je commence tôt demain matin, dit-elle. Je vais me coucher de bonne heure.

— Moi, c'est le contraire. Je vous proposerais bien de vous emmener à l'hôpital, mais il n'y a pas de bus et vous seriez obligée d'attendre la fin de mon service.

— Je vais prendre ma voiture, ne vous inquiétez pas. J'ai fait un petit repérage en ville, aujourd'hui. À demain, donc.

— À demain.

Il n'avait pas été aussi désagréable que la veille, mais quelque chose le contrariait clairement. Quelque chose qui assombrissait ses yeux gris, et il n'était apparemment pas du genre à se confier, surtout à une inconnue.

Elle ne lui poserait pas de questions, d'autant qu'elle ne souhaitait pas non plus qu'on l'interroge sur son passé.

Au moins, elle commençait à travailler le lendemain dans un domaine qui lui était familier, elle se sentirait certainement mieux dès qu'elle aurait pris son poste.

2

Le trajet en voiture fut très agréable, sous un ciel aux couleurs de l'aube. Georgie réussit à se garer sans problème, puis elle fut présentée à tous ses collègues par le chef du service de pédiatrie. Enfin, le secrétariat lui remit son emploi du temps et elle put commencer à exercer ses fonctions.

— Je suis Parminder mais tout le monde m'appelle Parm, dit l'infirmière en souriant à Georgie. Aujourd'hui, on travaille ensemble. Soyez la bienvenue au St Christopher's Hospital.

— Merci. Moi, c'est Georgina, mais tout le monde m'appelle Georgie.

Ses futurs collègues n'étaient pas tous aussi rogues que Ryan ! Voilà qui était réconfortant !

— Votre installation s'est bien passée, Georgie ?

— Eh bien… Je ne m'attendais pas à habiter à la campagne.

— Au moins, vous partagez la maison avec Ryan. C'est un amour.

Parlaient-elles de la même personne ? La veille, Ryan lui avait un peu parlé de sa chienne, mais il n'avait pas l'air d'avoir le sens de l'humour et elle avait toujours l'impression de marcher sur des œufs, en sa présence.

— Euh… Oui.

— Il est vraiment bien avec le personnel. Et tous les étudiants l'adorent.

Pourquoi ? Parce qu'il était beau gosse ?

— Il prend toujours le temps de leur expliquer les choses, dit Parm, et il est vraiment génial avec les enfants. Je précise qu'il traite les infirmières avec respect, au lieu de se comporter comme si elles appartenaient à une sous-race de mortels.

Ah ! C'était pourtant bien ainsi que Ryan s'était conduit envers elle.

— Mais depuis son divorce, il n'est plus tout à fait le même. Désolée, je ne devrais pas potiner.

— Ne vous inquiétez pas, je ne répéterai rien de ce que vous me dites.

— En plus, il a eu un week-end horrible... à cause de ce pauvre bébé, samedi matin.

— Un bébé ?

— Il ne vous en a pas parlé ? Le petit souffrait d'un traumatisme crânien qui n'était pas accidentel.

George sentit un grand froid l'envahir. C'était le genre de cauchemar que tous les pédiatres redoutaient. Du coup, elle comprenait mieux l'attitude de Ryan envers elle. Tout le monde le portait aux nues, mais aucun médecin ne pouvait se montrer aimable, après un drame pareil. C'était peut-être pour cette raison que Ryan et elle avaient pris un aussi mauvais départ.

— Il a dû revenir hier pour s'entretenir avec la police, dit Parm. Dans ce genre de situation, on se demande sans arrêt si on aurait pu agir différemment, mais, franchement, je ne crois pas qu'il aurait pu faire plus.

— Le bébé ne s'en est pas sorti ?

Parm déglutit péniblement et secoua la tête.

— Je suis désolée, dit Georgie qui, du coup, se sentit coupable envers Ryan.

Elle l'avait appelé *Grincheux McRenfrogné* ! Si elle avait su ce qu'il affrontait, elle ne se serait pas montrée aussi froide envers lui. Pas étonnant qu'il ait laissé brûler les toasts au fromage ! Elle avait juste supposé qu'il lui en voulait d'être là et qu'il faisait exprès d'être désagréable.

D'un autre côté, il ne lui avait pas dit ce qui s'était passé, et elle n'était pas voyante.

— Vous n'y êtes pour rien, mon petit.

Sans doute, mais Georgie était mal à l'aise. Pourtant, elle ne pouvait rien y changer pour l'instant, et elle devait se mettre au travail.

— Voyons notre premier patient, dit-elle avec un sourire.

Ce matin-là, les cas furent assez semblables à ceux qu'elle traitait à Londres : éruptions cutanées, blessures à la tête, une fracture du poignet et les premières bronchiolites de l'hiver.

En revanche, elle eut du mal à comprendre les parents de ses patients. Lorsqu'ils étaient stressés, ils avaient tous tendance à parler vite, mais si on y ajoutait un fort accent écossais, cela devenait incompréhensible. Elle dut donc leur demander encore et encore de se répéter.

Pendant le déjeuner, ses nouveaux collègues lui proposèrent de se joindre à eux et, de nouveau, elle eut du mal à comprendre ce qui se disait. Les conversations portaient essentiellement sur le football et le rugby – des domaines dont elle ne savait pas grand-chose – ou sur des gens qu'elle ne connaissait pas. Finalement, elle se tut pendant quasiment toute la durée de sa pause.

Elle allait apparemment devoir se renseigner sur le football et, le lendemain, elle tenterait une offensive de charme en apportant des brownies.

En rentrant, elle passa à la ferme acheter les ingrédients dont elle avait besoin et retrouva Truffe.

— Ça ne vous ennuie pas de l'emmener, ma chérie ? demanda Janie. Ce matin, Ryan m'a dit que vous n'étiez pas habituée à la compagnie des chiens.

— Il n'y a pas de problème.

— Je n'ai pas eu l'occasion de la sortir, aujourd'hui. Vous pourrez vous en charger ?

— Bien sûr, mais je vais vous acheter des sachets à excréments, parce que je ne sais pas où Ryan les range.

Janie lui tendit un rouleau.

— Ne vous inquiétez pas. Et ils sont biodégradables, vous savez !

Truffe monta sans réticence à l'arrière de la voiture. Après un court trajet, Georgie déposa ses provisions à la maison et sortit la chienne.

— C'est autant pour m'éclaircir les idées que pour te promener, lui dit-elle. Cette première journée a été pénible, même si les cas étaient faciles à traiter. J'aime bien mes collègues, mais la plupart du temps je ne comprends pas ce qu'ils disent. Ils doivent me trouver idiote. Quant à Ryan… j'ignorais complètement qu'il avait vécu un drame, samedi. Ça ira peut-être mieux ce soir.

Elles rentrèrent un peu avant la tombée de la nuit. Georgie fit un câlin à Truffe, puis elle prépara ses brownies, les mit au four, et confectionna un chili végétarien.

— C'est difficile de se faire des amis quand on ne suit pas la conversation, dit-elle à la chienne. En dehors de Parm, je crois que les autres ne me trouvent pas à la hauteur de Clara. Ou alors, je suis légèrement paranoïaque. Il va falloir qu'on s'apprivoise mutuellement.

La chienne frotta son museau contre sa jambe, comme pour lui dire : « Nous aussi ».

— Tu as raison, dit Georgie en lui gratouillant le crâne. Demain est un autre jour.

Elle prépara du riz pour accompagner le chili, puis servit à Truffe une boîte de nourriture pour chiens qu'elle avait trouvée dans un placard. Lorsqu'elle alluma la télévision, la chienne se blottit contre elle, sur le canapé.

— Je ne sais pas si tu as le droit de t'installer là, mais on ne le dira pas à Ryan.

La chaleur de ce corps contre le sien lui faisait du bien. Si on lui avait dit cinq ans plus tôt qu'elle apprécierait la compagnie d'un chien, elle aurait éclaté de rire. Mais elle aimait celui-ci de plus en plus.

Ryan arriva deux heures plus tard.

— Bonsoir, dit Georgie.

— Bonsoir. Merci d'avoir ramené Truffe. Janie m'a envoyé un SMS.

— Il n'y a pas de souci. Vous avez du chili végétarien et du riz, dans le réfrigérateur.

— Merci. C'est très gentil de votre part.

— C'est ce qui était convenu. Et il y a un brownie qui vous attend. J'en ai préparé pour l'équipe, demain. À propos… Parm m'a parlé de ce cas, samedi.

Le visage de Ryan se ferma.

— Ouais.

— Ça a été dur.

— Ouais.

Elle croisa les bras sur sa poitrine.

— Quand ce genre d'événements nous brise le cœur, ça fait du bien d'en parler.

— Ou ça nous les fait revivre.

— Comme vous voulez. Vous devriez dîner. À propos, j'ai nourri Truffe. J'ai vérifié la quantité indiquée sur la boîte pour un chien de sa taille.

Il parut surpris.

— C'est gentil.

— Je pouvais difficilement lui donner du chili.

— Évidemment, les oignons et l'ail sont mauvais pour les chiens.

— Est-ce que vous vous défouliez sur Clara, quand vous aviez eu une mauvaise journée ?

Il ferma les yeux un instant.

— Euh… non. Désolé, c'est très injuste.

Au moins, il l'admettait, ce que Charlie n'avait jamais fait.

— Asseyez-vous, dit-elle. Je vais passer le plat au micro-ondes et vous me parlerez, sinon ça va vous ronger et vous n'arriverez pas à dormir.

— Vous êtes du genre autoritaire.

— Il faut l'être, quelquefois.

Un instant plus tard, elle posait un bol devant lui.

Il la remercia puis ne dit plus un mot, sauf pour préciser que le chili était bon.

— Vous n'aurez pas de brownie tant que vous n'aurez pas parlé, dit-elle, et vous rateriez quelque chose !

— Ouais, ouais.

— À moins que vous préfériez que je vous serve en même temps un peu de sorbet à la mangue chaud ?

Un instant, elle crut qu'elle était allée trop loin, mais il éclata de rire.

Oups ! Grincheux, Ryan McGregor était vraiment l'homme le plus canon qu'elle avait jamais rencontré – y compris Charlie, quand elle était follement amoureuse. Les yeux gris de Ryan, éclairés par l'amusement, perdaient leur dureté de pierre. Son visage n'était plus sombre et sévère ; quant à sa bouche... elle semblait soudain chaude, douce et tentante.

— Je me passerai de la soupe à la mangue, dit-il, mais je veux bien un brownie, s'il vous plaît.

Il y eut un bref silence.

— Samedi dernier a été sinistre, reprit-il. J'imagine que Parm vous a dit que le bébé n'avait pas survécu ?

— Oui.

— Il n'y a rien de pire que la mort d'un bébé. Ça vous met dans une sorte de fureur mêlée d'impuissance. Les parents étaient jeunes et ils n'ont pas été soutenus par leur entourage. D'une certaine façon, j'aurais voulu les voir en prison, mais je ne suis pas là pour les juger. Vous avez un bébé qui n'arrête pas de pleurer et vous n'avez pas dormi correctement depuis des semaines. Vous êtes frustré, désespéré, et parfois vous réagissez de la plus mauvaise des façons...

Il s'interrompit un instant avant de continuer :

— Il y a un jeune homme qui devra supporter toute sa vie les conséquences de ce qu'il a fait : une famille anéantie, un enterrement, une perte affreuse.

— Que s'est-il passé ? demanda doucement Georgie.

— Les parents ont amené le petit en disant qu'il avait convulsé. Ils ne savaient pas quoi faire. J'ai essayé de savoir si c'était déjà arrivé, s'il y avait eu des signes avant-coureurs, ou si ce genre de cas s'était déjà présenté dans la famille. Et la mère a craqué. Apparemment, le bébé les réveillait souvent la nuit. Le père est allé dans sa chambre quand les cris ont commencé le matin et il l'a secoué.

Georgie était au bord de la nausée. Comment ces jeunes gens pourraient-ils jamais se pardonner, à eux-mêmes ou mutuellement ?

— L'examen des yeux montrait une hémorragie rétinienne, mais les analyses sanguines ne témoignaient d'aucun problème génétique, dit Ryan.

Georgie connaissait la suite :

— Et au scanner, on n'a pas vu d'hémorragie intracrânienne associée à une encéphalopathie, c'est ça ?

Avec l'hémorragie rétinienne, c'était ce qui prouvait que les lésions n'étaient pas accidentelles.

— Le chirurgien a tenté de réduire la pression dans le cerveau du bébé, mais…

Il secoua la tête.

— Il faut que nous soutenions davantage les parents vulnérables. Ils doivent comprendre qu'ils ont le droit de demander de l'aide, que les pleurs ne dureront pas toujours, même si c'est l'impression que ça donne. Et s'ils durent trop longtemps, il faut bien installer le bébé dans son berceau et s'éloigner dix minutes, pour avoir une chance de se calmer. On peut appeler quelqu'un, faire des exercices respiratoires, jeter un oreiller. N'importe quoi qui soit susceptible d'épargner le bébé.

Georgie tendit le bras par-dessus la table pour lui serrer brièvement la main.

— Je suis désolée.

— Moi aussi, et je m'en veux d'avoir été aussi désagréable avec vous, quand vous êtes arrivée.

— Vous aviez eu une journée infernale et vous ne m'attendiez pas. Je n'ai pas été très sympa non plus.

— Dr Pimbêche.

Elle écarquilla les yeux.

— Ah oui ? Eh bien, pour moi, vous étiez Grincheux McRenfrogné.

Il la fixa avec incrédulité et elle crut un moment qu'ils allaient se disputer.

Mais il hocha la tête.

— Vous aviez raison. J'étais très affecté par le décès de ce bébé, je m'en voulais parce que je m'étais trompé sur la date de votre arrivée, et l'ensemble a fait boule de neige. Plus vous me preniez de haut, plus j'étais furieux.

— Et plus vous vous comportiez comme si ma présence vous agaçait, plus je me montrais sarcastique. On devrait peut-être se détendre et repartir de zéro.

Elle lui tendit l'assiette sur laquelle se trouvait le brownie.

— Allez ! Faites-vous plaisir. Parm m'a dit que vous n'auriez pas pu faire davantage, samedi.

— Je ne me sens pas mieux pour autant. Je n'ai pas pu sauver ce bébé.

— Certaines situations nous hantent parce que nous n'avons rien pu faire pour arranger les choses.

— C'est pour cette raison que vous avez quitté Londres ? Pour vous éloigner de certains souvenirs ?

Elle hésita.

— C'est personnel.

— Oui ?

Au lieu de changer de sujet, il attendit.

Au bout d'un instant, elle céda.

— Très bien, mais si je vous dis la vérité, promettez-moi que ça restera confidentiel. Et, encore plus important, je ne veux pas de votre compassion.

Il parut surpris, mais hocha la tête.

— Vous avez ma parole.

Était-ce suffisant ? Ayant choisi un mari menteur et infidèle, Georgie se fiait peu à son instinct. Mais à la façon dont les collègues de Ryan parlaient de lui, il semblait être un homme de confiance.

— J'adore mon travail et ma famille, dit-elle, mais l'année dernière mon mari faisait partie d'une équipe d'urgentistes en mission après un tremblement de terre. Il est mort à cause d'un éboulement de terrain imprévu.

Elle ne put se résoudre à lui confier le reste. Charlie avait fait un enfant à sa maîtresse alors qu'il avait constamment refusé de fonder une famille avec elle. Mieux valait livrer à Ryan une version simplifiée de l'histoire :

— À l'hôpital, tout le monde était adorable mais je ne supportais pas d'être vue comme la « pauvre Georgie ». Je savais que ça ne partait pas d'un mauvais sentiment, mais cette pitié m'asphyxiait. Il fallait que je m'en aille.

Ryan comprenait parfaitement ce que Georgie voulait dire. C'était exactement ce qu'il avait éprouvé au moment de son divorce. Tout le monde s'était montré extrêmement compatissant à son égard et Clara avait été son roc. Elle lui avait proposé de s'installer chez elle avec Truffe jusqu'à ce qu'il puisse acheter une maison, puisque Zoé avait gardé celle qu'ils partageaient.

Mais au travail, chaque fois qu'il entrait dans une pièce, les conversations s'arrêtaient et on lui lançait des regards apitoyés.

— Je comprends, dit-il doucement, et je n'insisterai pas pour en savoir davantage.

— Merci.

Les confidences de Georgie lui fournissaient une raison supplémentaire de la tenir à distance, en dépit de l'attirance croissante qu'elle lui inspirait. Elle était superbe, mais il n'y avait pas que cela. Quelque chose, chez Georgina Jones, lui donnait l'impression de vivre un premier béguin d'adolescent.

Et ce n'était pas une bonne chose.

Il s'estimait largement responsable de son divorce, puisqu'il avait été incapable de donner à Zoé la famille de ses rêves. Quant à Georgie, elle pleurait visiblement son défunt mari ; elle n'avait pas besoin d'une relation amoureuse avec un homme dont le cœur était dans un triste état.

— Vu que je ne suis pas Clara, est-ce que la cohabitation avec moi vous pose problème ? voulut-elle savoir.

Se demandait-elle s'il avait une petite amie qui pouvait ne pas apprécier sa nouvelle colocataire ? Très bien, elle avait été honnête envers lui, il se devait de l'être aussi et peut-être de la rassurer.

— Je suis divorcé et je ne cherche pas de nouvelle partenaire, vous êtes donc en sécurité avec moi. Vous occupez la chambre de Clara et nous avons chacun notre salle de bains.

— Merci. À ce propos, je ne cherche pas non plus de nouveau partenaire, vous êtes donc également en sécurité avec moi.

En ce cas, pourquoi avait-il l'impression qu'il devait ériger des remparts autour de son cœur pour se protéger de Georgina Jones et de ses yeux vert clair ?

— Eh bien, nous allons être de bons...

Non, « amis » n'était pas le terme approprié.

— ... Colocataires, dit-il.

Elle souleva son mug de café.

— Je bois à cela.

Sans réfléchir, il suggéra :

— J'ai une meilleure idée, si nous devons trinquer.

Ouvrant un placard, il en sortit une bouteille et deux verres.

— Je n'aime pas beaucoup le whisky, dit-elle.

— Ça n'a rien à voir avec ce qu'on trouve au supermarché. C'est un single malt affiné. Buvez-en une gorgée et essayez ensuite avec un peu d'eau. C'est plus doux et les saveurs subtiles sont plus sensibles.

— Je dois faire confiance au médecin ?

— C'est un peu ça.

Il versa une petite quantité d'alcool dans les verres et lui en tendit un.

— À la santé des colocataires !

— À la santé des colocataires, dit-elle avant de tremper les lèvres dans le liquide ambré.

Voyant sa grimace, il ajouta un peu d'eau dans son verre.

— Essayez, maintenant.

— Oh ! C'est très différent ! dit-elle avec une surprise visible. C'est presque agréable.

— Je ne vous ennuierai pas avec les détails, mais un de mes copains, à la fac, était chimiste. Il a écrit tout un essai sur le sujet.

— C'est plutôt amusant. Vous avez fait vos études à Édimbourg ?

— Oui, et mon internat. Je suppose que vous avez fait les vôtres à Londres ?

— Oui. J'ai suivi l'exemple de mon frère. En fait, je travaille avec lui. Techniquement parlant, c'est mon patron.

— Il était d'accord pour cet échange de postes ?

— On s'est un peu disputés à ce sujet, répondit-elle. Selon lui, je l'abandonnais.

— Clara est un excellent médecin et elle s'entend bien avec tout le monde.

— Ce n'était pas sur le plan professionnel, mais familial. Joshua élève seul sa fille. Il a une nounou, mais je suis là pour m'occuper d'Hannah s'il a besoin de moi. Nous habitons le même immeuble, à deux étages l'un de l'autre. Je me sens un peu coupable envers lui, mais si j'étais restée à Londres je serais devenue folle.

Ryan avait connu cela, mais il acceptait désormais d'être ce qu'il était, même si cela impliquait de rester toute sa vie célibataire.

— Parfois, on a besoin de faire ce qui est bon pour soi, dit-il. Votre frère vous pardonnera. S'il travaille avec vous, il a bien dû remarquer que toute cette compassion vous accablait.

Elle bâilla et rougit légèrement.

— Pardonnez-moi. Je commence tôt demain matin, je crois que je vais aller me coucher.

Il réprima l'image qui surgissait dans son esprit : Georgie

roulée en boule sous la couette, ses cheveux épars sur l'oreiller... Son oreiller à *lui* !

Bon sang ! Il était trop âgé pour ce genre de fantasme ! Et il n'allait rien se passer entre eux. Georgie était veuve, elle pleurait encore son mari et elle lui avait clairement fait comprendre qu'elle ne cherchait pas de nouvelle relation.

Lui non plus, d'ailleurs !

Il ne lui restait plus qu'à se démener pour trouver une maison qui leur conviendrait, à Truffe et à lui. En attendant, il maintiendrait ses distances avec Georgie.

3

Le mardi matin, Ryan prit un café avec Alistair, l'un des plus jeunes médecins de l'équipe.

— Ta nouvelle colocataire est plutôt du genre calme, dit celui-ci.

— Georgina est très bien.

— Mais ce n'est pas Clara. Elle n'a rien d'un boute-en-train.

— Elle vient d'arriver. Donne-lui le temps de s'habituer à nous. De toute façon, tout ce qui importe, ce sont ses compétences avec les enfants.

— Ouais... et avec leurs parents.

Cette conversation rappela à Ryan qu'il n'avait pas fait beaucoup d'efforts pour que Georgie se sente bienvenue. Il n'avait même pas été capable de préparer le dîner demandé par Clara pour l'accueillir correctement. En revanche, Georgina s'était montrée très compréhensive envers lui, lorsqu'il lui avait parlé du décès de ce bébé.

À son tour de l'aider à s'intégrer dans le service. Pourquoi ne pas organiser un pot avec toute l'équipe ?

Y avait-il une autre raison pour laquelle il souhaitait que Georgie se sente mieux ? Il écarta cette idée. Certes, elle était très attirante physiquement et réveillait en lui des émotions qu'il avait crues mortes et enterrées. Il aurait eu envie de tenter sa chance avec elle, mais en même temps cette pensée le terrifiait, après l'échec de son mariage.

Zoé n'était pas difficile ou trop gâtée, pourtant. Elle aurait simplement voulu qu'il lui manifeste son amour et qu'ils élèvent ensemble leurs enfants.

Il aimait Zoé, mais il avait été incapable de baisser ses défenses pour lui témoigner la tendresse dont elle avait besoin. Il lui avait aussi refusé la famille qu'elle désirait parce qu'il aurait été un père déplorable, et leur mariage s'était conclu par un divorce. Comment entamer une nouvelle relation avec une femme qui avait déjà subi une perte terrible ? D'ailleurs, il ne ferait certainement pas le poids, en comparaison de son mari défunt.

Il valait mieux laisser ses envies là où elles étaient. Quoi que sa libido puisse espérer, cela n'arriverait pas.

Georgie était inquiète. La petite Jasmine, âgée d'un jour et demi, était rentrée la veille au domicile familial avec sa mère. Contrairement aux autres nouveau-nés, elle avait fait une première nuit complète et ce matin, elle était léthargique et n'ouvrait pas les yeux. Quand la sage-femme était passée pour la visite post-accouchement, le bébé refusait de téter, puis elle avait commencé à trembler. Sur les conseils de la sage-femme, les parents avaient aussitôt amené Jasmine à St Christopher.

L'état des nourrissons pouvait s'aggraver rapidement et, quand Jasmine s'était mise à respirer très vite, Georgie avait été encore plus alarmée.

Ce pouvait être dû à une déshydratation, à un problème de glycémie ou encore à un virus. Mais elle devait au plus vite trouver le moyen d'aider Jasmine à respirer. Elle lui fit administrer de l'oxygène sous surveillance et ordonna une série d'analyses.

Mais quand les résultats arrivèrent, un peu plus tard dans la matinée, tout était normal. Il n'y avait pas de problème de déshydratation ou de glycémie, et pas non plus d'autres causes parmi les plus évidentes.

Georgie avait besoin d'être aidée par un médecin plus expérimenté qu'elle. Elle se rendit donc dans le bureau de Ryan.

— Docteur McGregor, vous auriez un moment à m'accorder, s'il vous plaît ?

Ryan leva les yeux vers elle.

— Qu'est-ce que je peux faire pour vous ?

— Des parents m'ont amené un bébé malade et je ne comprends pas l'origine du mal. Comme vous avez plus d'expérience que moi, j'ai pensé que vous pourriez trouver ce que je ne vois pas.

— Exposez-moi la situation.

Elle expliqua les symptômes de Jasmine.

— Je l'ai mise sous antibiotiques prophylactiques, au cas où il s'agirait d'une infection bactérienne, mais d'après l'unité de soins intensifs pédiatriques, il n'y a aucun effet positif. Son visage est gonflé, son état se détériore et je n'en trouve pas la raison parce que les analyses sont toutes négatives.

— Un visage gonflé, dit pensivement Ryan. Vu que c'est un nouveau-né et que la léthargie a été progressive, ça peut être dû à un trouble de cycle d'urée. C'est plutôt rare, seul un bébé sur cent mille en est atteint, mais essayez de vérifier si elle ne souffre pas d'acidurie argininosuccinique.

— Une analyse de sang pour détecter le taux d'ammoniaque ? Merci beaucoup !

— Tenez-moi au courant. Il est presque midi… On mange un sandwich ensemble ?

Elle ne s'attendait pas à cette proposition.

— À condition que vous me disiez tout ce que vous savez sur l'acidurie argininosuccinique, avec grand plaisir, merci. Autrement, je vais passer ma pause à faire des recherches.

— Revenez quand vous aurez prescrit les analyses. Vous aurez le temps de manger et de boire un café avant que les résultats arrivent et je répondrai à toutes vos questions.

Un instant plus tard, ils se rendaient ensemble à la cafétéria.

— En dehors du fait que vous venez d'être confrontée à une

maladie que vous ne connaissiez pas, comment vous adaptez-vous ici ? demanda Ryan lorsqu'ils furent attablés.

— Je commence à m'habituer à l'accent des gens, à condition qu'ils acceptent de parler plus lentement, et je crois que je vais devoir me renseigner un peu sur le foot.

Ryan sourit et le cœur de Georgie fit un bond dans sa poitrine. Dès qu'il acceptait de se montrer sympathique, il l'était vraiment !

Du calme ! Terrain dangereux !

— Attention à bien choisir votre équipe, lui conseilla-t-il.

— Londres ? demanda-t-elle avec espoir.

Il rit.

— Ce qui vous oblige à en sélectionner une sur quinze.

— Je pense que je tirerai à pile ou face.

Elle devait de toute urgence se concentrer sur son travail avant que sa libido prenne le pas sur sa raison. C'était cela, ou elle allait dire quelque chose de déplacé.

— Alors ? Que pouvez-vous me dire sur l'acidurie argininosuccinique ?

— C'est une maladie transmise sur le mode autosomique récessif. L'enfant a un déficit d'argininosuccinase, ce qui implique que les deux parents soient porteurs. Les symptômes se manifestent d'ordinaire à la naissance, mais on peut ne pas les remarquer pendant quelques jours. Les formes moins graves peuvent survenir dans l'enfance ou même à l'âge adulte. Le déficit de cette enzyme cause un excès d'azote dans le sang, sous la forme d'ammoniaque.

— Ce qui endommage le système nerveux central. C'est pour cette raison que Jasmine est léthargique, qu'elle refuse de manger et qu'elle respire trop vite.

— À votre place, j'examinerais le foie. Il y a aussi un risque de dommages neurologiques. Si c'est bien l'acidurie argininosuccinique, vous aimeriez que je parle aux parents avec vous ?

— Comme c'est la première fois que je traite ce cas, oui, merci.

— Moi-même, je n'en ai vu qu'un seul quand j'étais interne.

Mais le bébé s'est rapidement remis et il vient encore nous voir régulièrement. Nous pourrons donc rassurer les parents de Jasmine.

— Il existe des associations de soutien ?

— Oui. Nous leur donnerons toutes les informations.

— Merci, dit-elle avant de boire son café. Pardonnez-moi, mais je dois vous quitter. J'ai hâte de connaître les résultats des analyses.

Ces derniers montraient en effet un taux élevé d'ammoniaque dans le sang de Jasmine, ce qui permit à Georgie de lui administrer le traitement approprié. Elle retourna ensuite voir Ryan.

— Votre diagnostic était le bon, dit-elle. Merci !

— Allons voir les parents.

Georgie leur présenta Ryan :

— Le Dr McGregor est pédiatre titulaire et, par bonheur, il avait déjà rencontré un cas semblable à celui de Jasmine. Il a pu nous indiquer les analyses à faire et nous sommes en mesure de soigner Jasmine.

— Elle ne va pas mou... Elle va aller bien ? demanda le père.

— Nous avons commencé le traitement et nous espérons que son état commencera à s'améliorer aujourd'hui, dit Ryan sur un ton rassurant.

— Qu'est-ce qui ne va pas, chez elle ? demanda la mère.

— C'est une maladie appelée acidurie argininosuccinique, causée par l'absence d'une enzyme, expliqua Georgie.

— Quand votre corps assimile des protéines, elles sont dégradées par cette enzyme en acides aminés, dont certains se transforment en ammoniaque, enchaîna Ryan. Cette ammoniaque sort de votre corps quand vous urinez. Dans le cas de Jasmine, elle passe dans son sang.

— Et vous pouvez la soigner ? demanda la maman.

— Oui. Pour l'instant, elle est malade, et nous allons devoir la garder deux semaines, elle pourra ensuite rentrer à la maison avec vous. Mais maintenant que nous savons ce qu'elle a, nous lui administrons le traitement approprié, dit Georgie.

— Avant tout, nous allons filtrer son sang pour le débarrasser de l'ammoniaque, dit Ryan. Ensuite, nous devrons trouver le juste équilibre entre les protéines du lait et le remède pour contrôler le taux d'ammoniaque.

— Et elle ira bien ? demanda encore le père de Jasmine.

— Il peut y avoir des complications, mais ça devrait aller. C'est une maladie rare, qui affecte un bébé sur cent mille, mais ils vivent tout à fait normalement. Quand j'étais interne, j'ai eu un cas de ce genre. Aujourd'hui, le bébé est un bel adolescent qui va au lycée.

— Est-ce qu'il y a une possibilité que vous ayez des antécédents de trouble du cycle de l'urée, dans vos familles ? demanda Georgie.

— Pas que je sache, dit le père. Mais mes parents ont perdu un petit garçon, six ans avant ma naissance. Il n'avait que deux jours et on a cru qu'il s'agissait d'une mort subite du nourrisson.

Ses yeux s'emplirent de terreur.

— Oh non ! C'était peut-être la même maladie que Jasmine ?

— C'est possible, dit Georgie, mais, cette fois, nous savons ce que c'est et nous la soignons.

La maman de Jasmine semblait gênée.

— J'ai été adoptée, je ne sais rien de mes parents biologiques.

Georgie lui pressa légèrement le bras.

— Il n'y a pas de problème. Nous pouvons faire des analyses pour savoir si vous êtes porteurs, tous les deux. Par la suite, si vous avez d'autres enfants, nous pourrons les traiter dès la naissance.

— C'est juste que...

La mère se tut, visiblement à court de mots.

— Bien sûr, c'est effrayant, dit Georgie. Votre bébé n'a qu'un jour et demi, mais elle est au bon endroit et vous avez fait ce qu'il fallait en nous l'amenant.

— Nous espérons que tout ira bien, reprit Ryan, mais je dois vous dire que, parfois, l'acidurie argininosuccinique cause des dommages neurologiques. Il est trop tôt pour l'instant pour établir un diagnostic définitif.

— Mais nous allons la surveiller sans relâche, dit Georgie. Dès que son état sera stabilisé, vous pourrez rencontrer un diététicien pour fixer avec lui le bon équilibre entre les protéines et les médicaments dont elle a besoin. Vous pourrez les lui donner avec une seringue et, à l'avenir, vous devrez contrôler tout ce qu'elle mange. En grandissant, il faudra qu'elle revienne régulièrement en consultation pour s'assurer que tout va bien.

— Cela semble un peu effrayant, dit Ryan, mais c'est tout à fait faisable.

— Nous ferons tout ce qu'il faut pour la garder en bonne santé, assura la maman.

— Tout ! renchérit son mari.

— Nous vous donnerons la marche à suivre en cas de gastro ou de diarrhée, dit Georgie. Sachez avant tout que vous n'êtes pas seuls. Il existe des groupes de soutien dont les membres ont subi la même épreuve que vous.

— Merci beaucoup, dit la maman. Est-ce qu'on peut voir Jasmine, maintenant ?

— Bien sûr. Elle est entourée d'écrans et elle a des tuyaux dans le nez ou dans la bouche, mais vous pourrez lui caresser la tête, lui tenir la main et lui parler. Elle saura que vous êtes là.

— Et les infirmières sont ravies de voir des parents s'impliquer dans les soins de leur enfant, dit Ryan. Vous aurez le droit de faire de petites choses, comme nettoyer son visage ou changer sa couche.

— Je vais vous conduire auprès d'elle, dit Georgie.

Les parents semblaient soulagés.

— Merci !

— Et rappelez-vous que l'état de Jasmine va s'améliorer tous les jours, conclut Ryan. Elle sera bientôt rentrée chez vous.

À la fin de son service, Georgie passa voir Jasmine pour s'assurer que tout allait bien, puis elle quitta l'hôpital et, quelques instants plus tard, elle roulait sous la pluie en direction du cottage.

Elle se trouvait sur la voie étroite qui y menait quand il y eut une secousse et la voiture se mit à tirer bizarrement vers la gauche.

Oh non ! Un pneu venait certainement de crever ! Des années auparavant, son père lui avait montré comment changer une roue, mais ce n'était plus qu'un lointain souvenir. Elle était sur un chemin boueux à la nuit tombante et son véhicule bloquait le passage à un éventuel conducteur.

Elle coupa le moteur, enclencha ses feux de détresse, puis elle alluma la torche de son téléphone portable et sortit inspecter ses roues. Comme elle le soupçonnait, il y avait un trou dans le pneu avant-gauche. Il ne lui restait plus qu'à faire l'échange.

Malheureusement, elle ne trouva pas de roue de secours, mais seulement un kit de réparation comportant un compresseur et un tube de colle. Pour comble, il était précisé sur la notice que le trou ne devait pas excéder quatre millimètres. Hélas, celui-ci en faisait au moins six !

Que faire ? Il pleuvait de plus en plus fort, elle était trempée jusqu'aux os et elle allait devoir attendre qu'on la dépanne. Elle retourna dans la voiture. Par bonheur, l'agence de location prenait soin de mettre un autocollant sur le pare-brise signalant qu'en cas de problème, les clients bénéficiaient d'un contrat d'assurance routière.

Le soulagement de Georgie fut de courte durée. Lorsqu'elle appela, elle fut informée qu'il lui faudrait attendre trois heures avant d'être secourue.

Trois heures.

Elle était fatiguée et trempée, elle avait froid et elle commençait à avoir faim. Pour le moment, tout ce dont elle avait envie, c'était d'une tasse de thé et d'une douche très chaude.

Quelques minutes plus tard, des phares remontèrent la voie, derrière elle, puis il y eut un bruit de klaxon. Elle jaillit de son siège pour s'excuser auprès du conducteur et expliquer qu'elle ne pouvait pas déplacer son véhicule.

Elle reconnut alors la voiture.

Ryan.

— Georgie ? Vous allez bien ? Qu'est-ce qui vous est arrivé ?

— J'ai crevé, et le trou est trop important pour utiliser le kit de réparation. Je suis désolée de bloquer le chemin, mais la dépanneuse n'arrivera pas avant trois heures.

— Je peux changer votre pneu.

— C'est très gentil, mais il n'y a pas de roue de secours, juste un kit de réparation.

— Ce sont les joies des voitures modernes, dit-il en levant les yeux au ciel. De quel pneu s'agit-il ?

— Avant gauche.

Après l'avoir examiné, il déclara :

— Vous avez raison, le kit est inutilisable. Bon ! Je connais parfaitement le chemin, je peux facilement éviter les nids-de-poule. Vous voulez que je ramène votre voiture au cottage ?

— On n'aggrave pas les choses, quand on roule avec un pneu crevé ?

— Pas si on avance lentement. Vous n'aurez qu'à me suivre avec le 4-4. Ensuite, vous attendrez la dépanneuse à la maison.

La proposition était tentante !

— D'accord, et merci beaucoup !

Il lui tendit ses clés, puis s'installa au volant du cabriolet de location et démarra. Elle le suivit, étonnée de découvrir qu'il écoutait du rock en conduisant. Elle aurait plutôt cru qu'il privilégiait le silence ou qu'il écoutait des conférences pédiatriques. Mais du rock… C'était un goût qu'ils avaient en commun.

De retour au cottage, elle rappela la compagnie d'assistance routière pour prévenir qu'elle avait déplacé la voiture. Lorsqu'elle descendit au rez-de-chaussée, après sa douche, Ryan se tenait devant la bouilloire.

— Merci d'être venu à mon secours, dit-elle.

— Pas de souci. Asseyez-vous près de Truffe, devant le feu, je vous apporte une tasse de thé. Vous l'aimez comment ? demanda-t-il.

Elle resta quelques secondes hypnotisée par la courbe sensuelle de sa bouche, dont elle imaginait la douceur. Puis elle se secoua. Il attendait une réponse concernant le thé, pas la façon dont il aimait être embrassé.

— Pas trop fort, un nuage de lait et sans sucre, dit-elle.

— Très bien. Installez-vous.

Quand elle fut assise sur le canapé, Truffe se roula en boule à ses pieds, comme pour la réchauffer. Et lorsqu'elle se pencha pour lui caresser la tête, la chienne lui lécha la main.

Quelle différence avec sa vie londonienne !

Elle commençait à penser qu'elle avait peut-être trouvé l'endroit idéal pour guérir ses blessures.

Ryan s'affairait devant le comptoir de la cuisine.

Lorsque Georgie était sortie de sa voiture, elle lui avait paru totalement perdue et vulnérable. Il avait dû faire un effort pour ne pas la prendre dans ses bras et lui chuchoter à l'oreille que tout allait bien.

Mais il savait déjà qu'elle détestait la pitié.

En l'occurrence, cela n'avait rien à voir avec de la pitié. C'était quelque chose qu'il ne voulait surtout pas identifier parce qu'il savait qu'entre Georgie et lui, il n'y avait pas d'avenir. Elle devait partir six mois plus tard et il n'était de toute façon pas en quête d'une relation amoureuse. Et c'était le meilleur moyen d'avoir le cœur brisé… Même si, d'après Zoé, qu'il ne veuille pas d'enfants était la preuve qu'il n'avait pas de cœur.

Il n'était pas du bois dont on fait les pères…

Tout au fond de lui, il était persuadé que quelque chose n'allait pas chez lui. Quelque chose qui faisait qu'on ne pouvait pas l'aimer. D'accord, sa mère l'avait quitté parce qu'elle avait été éjectée de son vélo par une voiture et qu'elle était décédée d'une fracture du crâne. Mais ensuite, ses grands-parents n'avaient pas voulu de lui et aucune de ses familles d'accueil ne l'avait vraiment accepté.

Les deux seules constantes de sa vie étaient Clara, qu'il aimait tendrement mais comme une sœur, et Truffe.

La compagnie de sa chienne lui suffisait largement !

Se reprenant, il apporta à Georgie sa tasse de thé.

— Merci ! Si vous saviez combien j'ai fantasmé sur cet instant, quand j'étais sous la pluie, à contempler le trou dans mon pneu.

Pas autant que je fantasme sur le goût que doit avoir ta bouche.

Il écarta cette pensée incongrue.

— Comment allait Jasmine ? demanda-t-il.

— Elle respire seule. Je pense qu'elle a franchi une première étape, maintenant. Merci encore de m'avoir aidée à trouver ce qu'elle avait.

— De rien. Vous avez été très bien, avec les parents, très rassurante.

Elle fit la grimace.

— Tant mieux, mais je n'ai pas été capable de poser un diagnostic.

— C'est une maladie très rare, et vous êtes tout de suite venue me voir au lieu de faire courir un risque à votre patiente en attendant davantage.

— Bien sûr ! Les patients doivent être la priorité. Je m'informe toujours auprès des praticiens d'expérience, plutôt que d'essayer de me débrouiller seule et de tout faire de travers.

Il appréciait cette attitude.

Et il l'appréciait, *elle*. Mais il devrait réprimer les sentiments qu'il sentait croître en lui chaque fois qu'il la regardait.

Fort heureusement, la conversation fut interrompue par l'arrivée de la dépanneuse qui apportait une roue de secours. Georgie sortit accueillir les mécaniciens et, à son retour, Ryan s'était fermement repris en main.

Sa vie resterait telle qu'il la souhaitait : dénuée de toute complication.

4

Le lendemain matin, pour remercier Ryan de l'aide qui lui avait apportée la veille, Georgie prépara le petit déjeuner.

— J'espère que Truffe ne vous a pas harcelée, dit-il en fixant sévèrement la chienne.

Cela avait été le cas, mais Georgie ne voulait pas trahir Truffe.

— J'espère ne pas avoir eu tort en lui donnant un petit morceau de bacon. Je suis incapable de résister à ses grands yeux bruns suppliants.

Elle ne pensait pas non plus être très résistante face à certaines prunelles grises. Mais la trahison de Charlie avait fortement entamé sa confiance dans les hommes et mieux valait ne pas commencer quelque chose qu'elle ne pourrait pas terminer.

— Un petit bout de bacon, ça peut aller, fit Ryan avec un sourire. Vous vous habituez à elle, si je comprends bien.

— Et elle à moi.

À la grande surprise de Georgie, la compagnie d'un chien lui procurait beaucoup de plaisir. Pourquoi n'avait-elle jamais pensé à adopter un animal domestique ?

Un peu plus tard, alors qu'elle tendait la main pour prendre un sandwich, elle frôla celle de Ryan et ressentit comme un léger choc électrique.

— Désolée, marmonna-t-elle.

Mais en levant la tête, elle vit que les pommettes de Ryan

avaient légèrement rosi… comme si ce bref contact avait suscité une réaction chez lui aussi.

Un instant, elle fut à court de mots. Elle avait beau savoir qu'ils ne cherchaient ni l'un ni l'autre de relation amoureuse, il lui arrivait parfois de se demander ce qui se passerait si…

Se reprenant rapidement, elle annonça d'un ton léger :

— Je commence plus tard, aujourd'hui, je vais en profiter pour aller à l'agence de location et demander à changer de voiture.

— Bonne idée. Et moi, je m'occuperai du dîner.

— C'est inutile. Je mangerai quelque chose à l'hôpital.

— J'ai promis à Clara de vous préparer un repas de bienvenue, mais ne vous inquiétez pas, c'est Janie qui s'en chargera.

Impossible de refuser alors qu'ils commençaient à trouver un terrain d'entente.

— D'accord. Je ne souffre d'aucune allergie et j'aime tout.

— Panse de brebis farcie pour deux, alors ?

Le plat national écossais ! Elle savait qu'il était composé de rognons de mouton, d'oignons, de flocons d'avoine et de graisse. Elle n'en avait jamais mangé, mais elle n'était pas certaine d'y parvenir.

— Je… Euh…, fit-elle avant de se mordre la lèvre.

Il éclata de rire.

— Ne le dites à personne, mais ce n'est pas non plus mon plat favori.

Il se moquait d'elle ? Après l'avoir fixé d'un air faussement offusqué, elle réalisa subitement ce que représentait cette soirée : un dîner aux chandelles dans un cottage romantique, sous une lumière douce. Il y aurait peut-être même de la musique et ils danseraient ensemble.

Au secours ! Fantasmer sur son colocataire était vraiment une très mauvaise idée.

— Je ferais mieux d'y aller, dit-elle. J'ai préparé le petit déjeuner, c'est à vous de débarrasser.

Cette petite impertinence suffit à rompre le charme et l'empêcha de dire quelque chose de stupide.

Elle parvint régler son affaire de voiture et sa garde fut calme jusqu'à ce qu'une mère affolée se présente en fin d'après-midi, avec son bébé de quatre mois.

— Lewis a de la température et des boutons !

Il était clair que cette maman était au bord de la panique.

— Je vais l'examiner, dit gentiment Georgie. Bonjour, joli garçon.

Le thermomètre auriculaire confirma que le bébé était fiévreux et, quand Georgie l'eut déshabillé, elle ne put que constater l'éruption cutanée.

— Depuis quand Lewis est-il malade ? demanda-t-elle.

— J'ai vu que quelque chose n'allait pas il y a trois ou quatre jours, dit la mère. Il ne voulait pas manger, il toussait un peu et il était ronchon. J'ai cru que c'était juste un début de rhume, mais quand j'ai vu les boutons, j'ai eu peur que ce soit la méningite.

— En tout cas, il ne s'agit pas de cela. Est-ce qu'il avait des petites taches blanches à l'intérieur de la bouche, hier ?

— Je ne crois pas, mais je n'en suis pas sûre.

— Est-ce que les premiers boutons sont apparus sur la tête et le cou ?

— Oui.

— Je pense que Lewis a la rougeole. Vous avez d'autres enfants ?

— Oui, un de deux ans et l'autre de quatre.

— Ils ont été vaccinés ?

— Oui. Ma grand-mère a eu la rougeole quand elle était petite et elle est devenue sourde d'une oreille, alors mes garçons ont été vaccinés et ils ont eu les rappels. Lewis devait l'être quand il aurait l'âge. Mais comment a-t-il pu l'attraper ?

— Cette maladie est réapparue au Royaume-Uni, ces deux dernières années. Il y a des gens qui oublient les rappels ou refusent de faire vacciner leurs enfants parce qu'ils pensent que c'est inutile, puis ils font un voyage dans un pays où la maladie est présente. C'est très contagieux, alors vous êtes peut-être allés en famille dans un endroit où il y avait d'autres enfants.

L'un d'entre eux était contaminé, mais ses parents l'ignoraient parce qu'il n'avait pas encore de boutons.

— Samedi, je les ai emmenés sur une aire de jeux. J'ai laissé Jake et Ollie s'amuser pendant que Lewis dormait dans son landau. Vous pensez qu'il va être sourd ?

— J'espère bien que non !

— Vous allez lui donner quelque chose pour stopper la maladie ? Des antibiotiques ?

— Je vais lui administrer une dose d'immunoglobuline qui relancera ses anticorps et le virus sera peut-être moins agressif. Les antibiotiques ne peuvent rien contre la rougeole, parce que c'est un virus. Il va falloir patienter environ une semaine et Lewis ira mieux. En attendant, essayez de l'isoler des autres enfants pendant trois ou quatre jours, si c'est possible. Combien pèse-t-il ?

— Sept kilos.

— Très bien. Cela veut dire que vous allez pouvoir lui donner du paracétamol pour faire baisser sa température, et faites-lui boire de l'eau bouillie froide.

— Et pour sa toux ?

— À son âge, le mieux est de l'exposer à de la vapeur chaude, dans la salle de bains, par exemple. Si son nez est bouché, vous pouvez utiliser du sérum physiologique, ça aide à faire sortir le mucus.

— Vous pensez vraiment qu'il ira mieux dans quelques jours ?

— Oui. En revanche, si vous pensez qu'il a une otite ou une infection oculaire, s'il vomit ou s'il a de la diarrhée, amenez-le chez votre médecin de famille. Mais téléphonez-lui d'abord, à cause de la contagion. Et s'il a du mal à respirer ou s'il tousse un peu de sang dans sa toux, revenez tout de suite ici.

Georgie procéda à l'injection d'immunoglobuline et administra du paracétamol au bébé, puis elle imprima des instructions pour sa mère.

Le reste de sa garde fut plus calme. Lorsqu'elle repartit pour le Grenier, elle remarqua le ciel parsemé d'étoiles dès la sortie de ville. Elles semblaient tellement plus brillantes qu'à Londres !

À son arrivée, Truffe agita la queue et Ryan sourit. Aussitôt, Georgie ressentit la même petite secousse électrique qu'elle avait éprouvée le matin, quand leurs mains s'étaient frôlées.

— Comment s'est passée la journée ? demanda-t-il.

— Très bien, mais j'ai eu un bébé de quatre mois avec la rougeole.

— Aïe !

— Je lui ai injecté une dose d'immunoglobuline ; heureusement, ses deux frères sont vaccinés. À propos ! Vous serez heureux d'apprendre que Jasmine réagit bien au traitement. Je suis passée la voir avant de rentrer.

— Tant mieux !

— Quelque chose sent bon...

C'était étrange de trouver quelqu'un d'autre en train de préparer le dîner. Charlie lui en avait toujours laissé le soin.

— Je peux vous aider ? demanda-t-elle.

— Non. Installez-vous.

En entrée, il lui servit du saumon fumé avec une salade.

— Il est élevé et fumé localement, précisa-t-il.

Ensuite, il y eut du bœuf à la bière, accompagné d'une purée jaune pâle, faite de pommes de terre, de rutabaga et de beurre. Et pour finir, des framboises avec une extraordinaire glace au caramel salé.

— C'était délicieux ! s'exclama Georgie. Et c'est tellement agréable, quand quelqu'un prépare le dîner pour vous. Charlie ne cuisinait jamais, pas plus qu'il ne faisait le ménage.

Ce qui était plutôt égoïste, pensa Ryan, d'autant plus qu'ils étaient tous les deux médecins.

— C'était un expert en cuisine brûlée, lui aussi ?

— Je crois qu'il ne savait même pas où était le grille-pain, et encore moins comment l'utiliser. C'est juste... Peu importe, on ne dit pas de mal des morts.

De la part d'une veuve, c'était une remarque étonnante. Peut-être le mariage de Georgie n'avait-il pas été aussi heureux que Ryan l'avait cru. Il y avait quelque chose, dans ses yeux...

Mais mieux valait éviter les questions trop personnelles, s'il ne voulait pas qu'on lui en pose. Ils parlèrent un instant de l'hôpital et de la nouvelle voiture de Georgie. Puis elle se mit à bâiller.

— Désolée, ça doit être l'air de la campagne, dit-elle. À demain, Ryan.

Après son départ, il s'assit sur le canapé, Truffe étalée sur ses genoux.

— Tu l'aimes bien, toi aussi, non ? demanda-t-il.

La chienne lui lécha la main, ce qu'il interpréta comme un « oui ».

— Mais je la connais à peine et, en vrai, elle habite à plus de six cents kilomètres d'ici. En plus, je ne suis pas génial, quand il s'agit de relations amoureuses. Ce ne serait juste pour aucun de nous si je commençais quelque chose. Je la rendrais malheureuse et... Mieux vaut la traiter comme si c'était juste quelqu'un de l'équipe.

Ce fut ce qu'il fit le lendemain, pendant la visite des patients avec Georgie et Alistair.

— Comme vous n'avez pas encore travaillé ensemble, vous ne vous connaissez probablement pas très bien. Georgie, je vous présente Alistair, interne de deuxième année. Il effectue son dernier stage avec nous. Et voici Georgie, qui a échangé son poste avec Clara.

Les présentations faites, ils commencèrent la tournée. Ce fut Georgie qui la mena parce qu'il voulait voir comment elle travaillait.

Il fut heureux de constater qu'elle était très bien avec les enfants et les parents venus en visite. Elle s'adressait à eux avec chaleur et écoutait attentivement ce que disaient les petits patients sur ce qu'ils ressentaient. Avant de passer au malade suivant, elle vérifiait les connaissances d'Alistair et lui laissa les cas les plus simples, comme Ryan l'aurait lui-même fait.

Chaleureuse, sûre d'elle, capable et bonne pédagogue, elle incarnait le pédiatre parfait. Ryan dut réprimer la pensée qu'elle serait aussi parfaite pour lui.

Cela n'arriverait pas !

Après les visites, Ryan travaillait en consultation avec Alistair, mais il invita Parminder et Georgie à déjeuner, afin que Georgie fasse un peu mieux connaissance avec l'équipe.

— Si j'ai bien compris, vous n'aimez ni le rugby ni le football ? demanda Alistair.

— Je n'aime pas le sport, point final. Ni à regarder, ni à pratiquer.

Alistair afficha une mine consternée.

— Comment gardez-vous la forme, alors ?

— Je m'arrange pour faire mille pas par jour, répondit Georgie en dévoilant sa montre connectée. Et à Londres, je suis inscrite dans un groupe de Zumba, avec ma meilleure amie.

— Moi aussi ! s'exclama Parminder. C'est tous les lundis soir. Vous voulez m'accompagner, la semaine prochaine ?

— Très volontiers, répondit Georgie avec un large sourire.

— Vous pourriez aussi vous entraîner avec moi ? fit Alistair avec espoir.

Parminder leva les yeux au ciel.

— Sûrement pas ! Ce gars est complètement fou, dit-elle à Georgie. C'est un adepte du triathlon : plusieurs kilomètres de course à pied, plusieurs kilomètres à vélo et pour finir plusieurs kilomètres à nager dans une eau glacée.

— Je ne suis pas le seul ! protesta Alistair. Ryan fait de la randonnée dans les collines avec sa chienne, y compris quand il pleut à verse.

— La chienne qui a bousillé trois paires de chaussures de Clara, rappela Parminder.

— Je les ai toutes remplacées, répondit Ryan. Et ce n'est pas ma faute si Clara laisse traîner ses affaires.

— Il ne faut pas faire confiance à cette bête, chuchota Alistair, assez fort pour que tout le monde l'entende. Dites, Georgie, quelles sont vos distractions, à Londres ?

— La musique, le théâtre et l'histoire.

— Nous avons tout cela, à Édimbourg.

— Vous êtes allée au château ? demanda Parminder.

— Dès mon premier jour ici, répondit Georgie en souriant. J'ai adoré.

— Et il y a aussi la Mary King's Close, un labyrinthe de ruelles souterraines, dit Alistair. Ça devrait vous plaire, si vous n'avez pas peur des fantômes.

— Ne parle pas de ce qui n'existe pas, grommela Ryan.

— Il n'y croit pas, le pauvre ! Il n'a aucun goût pour ce qui est romanesque.

— À propos de romanesque, fit Parminder, vous devriez visiter Doune Castle. J'imagine que vous avez vu *Outlander* ?

— J'adore cette série, dit Georgie. Je l'ai regardée avec Sadie, ma meilleure amie. Il n'y a pas plus canon qu'un homme en kilt.

Elle ne put s'empêcher de jeter un coup d'œil à Ryan, qui incarnait à ses yeux le parfait Écossais aux cheveux sombres et au regard inquiétant. Il était assis en face d'elle et, si elle déplaçait légèrement son pied, elle frôlerait le sien. Cette idée suffit à faire bouillonner son sang.

Que Georgie était jolie, quand ses joues rosissaient !

De nouveau, la libido de Ryan l'emporta sur sa raison. Il imagina *comment* il pourrait la faire rougir avec une pluie de petits baisers qui la rendraient aussi ardente qu'il l'était lui-même en ce moment.

Pense à autre chose !

À une promenade dans les collines avec Truffe, par exemple.

Je suis sûr que la bouche de Georgie est douce.

Au secours ! Il avait vraiment besoin de se calmer.

— Un kilt et un plaid, disait Parminder.

— Sans oublier la veste et la cravate, dit Georgie.

— Et les bottes, ajouta Parminder en laissant échapper un soupir ostentatoire.

— Les beaux hommes en costumes d'époque sont irrésistibles, conclut Georgie.

J'ai un kilt.

Zoé le lui avait acheté des années auparavant, pour un mariage. Où l'avait-il mis, lorsqu'il avait quitté leur maison ? Il n'en avait aucune idée.

Concentre-toi.

Il n'allait certainement pas se déguiser pour éblouir Georgie !

— C'est déjà sur ma liste, dit celle-ci. J'ai l'intention de visiter Doune Castle dès que j'aurai une journée de libre.

Une impulsion malheureuse poussa Ryan à suggérer :

— Je pourrais vous y conduire un week-end et jouer les guides touristiques.

Georgie écarquilla les yeux.

— Je ne peux pas vous demander de sacrifier une journée de congé pour moi !

C'était le moment de retirer sa proposition, mais la bouche de Ryan avait apparemment une autre idée :

— Les chiens sont acceptés dans toutes sortes de sites historiques et Truffe est toujours prête pour une promenade dans un lieu différent. Il y a aussi la plage.

— Il y a des plages à Édimbourg ?

— Plusieurs, même, dit Parminder. Il y a des tonnes de sable doré, sur celle de Portobello.

Ryan s'exhorta au silence, mais les mots sortirent malgré lui.

— On pourrait aller à la plage un samedi et à Doune Castle un dimanche, quand nos week-ends de congé coïncideront.

— Ce serait vraiment sympa, dit Georgie en souriant.

Au secours ! Ce sourire l'échauffait encore plus. Il devait impliquer l'équipe avant que la situation devienne intenable.

— Et je propose qu'on sorte tous ensemble, un soir.

— S'il s'agit de danser, je suis partante ! dit Parminder. Ne serait-ce que pour me moquer d'Al, qui a deux pieds gauches.

— Je vous apprendrai à danser, Al, promit Georgie.

Ryan ressentit un ridicule pincement de jalousie.

— Vous serez indulgente, ma belle ? demanda Alistair en prenant une mine faussement piteuse.

À cet instant précis, Ryan ne se sentait pas particulièrement indulgent envers son jeune collègue, justement ! Qu'est-ce qui prenait à Alistair, de flirter ainsi avec Georgie ?

— Je m'occupe de trouver une soirée folklorique, dit Parminder. Un ceilidh, comme ça Georgie verra ce que c'est que la danse écossaise.

— Excellente idée ! s'exclama l'intéressée.

— Merci, Parm, dit Ryan. Mets les détails sur le blog de l'équipe, quand tu les auras. On pourrait aussi manger une pizza et faire un bowling un soir, pour souhaiter la bienvenue à Georgie.

— D'accord, patron, répondit Parminder.

C'était la meilleure journée que Georgie avait passée en Écosse depuis son arrivée. Elle commençait à se sentir intégrée et acceptée pour ce qu'elle était. Personne n'avait pitié d'elle comme c'était le cas à Londres.

Tout cela grâce à Ryan, qui l'avait présentée au groupe.

Quant à lui... Elle allait devoir réprimer l'attirance de plus en plus forte qu'il lui inspirait.

Même s'il était canon.

Même si elle l'imaginait en kilt, incroyablement sexy.

Même si elle n'arrêtait pas de se demander ce qu'elle éprouverait, en dansant avec lui.

Quand Ryan rentra de sa promenade avec Truffe, ce soir-là, il sortit son téléphone et consulta son calendrier.

— Samedi et dimanche prochains, je ne travaille pas. Et vous ?

— Moi non plus.

— Alors on pourrait aller à la plage samedi et au château dimanche. Ça vous dit ?

— Je suis un peu gênée que vous sacrifiiez votre congé pour moi.

— Pas de souci. Truffe est toujours partante pour aller se balader dans un endroit différent. On ne pourra pas l'emmener à Castle Doune, mais elle adore la plage.

Le reste de la semaine passa très vite. Le samedi matin, il faisait exceptionnellement chaud et, après le petit déjeuner, Ryan les conduisit jusqu'à Portobello. Georgie adora les immeubles géorgiens, avec leurs grandes baies vitrées et leurs tourelles. Lorsqu'ils arrivèrent sur la plage, la marée était basse et des enfants construisaient des châteaux de sable.

Ryan s'accroupit près de Truffe.

— Je te fais confiance, lui dit-il.

Après lui avoir caressé la tête, il la libéra de la laisse. Georgie, heureuse de sentir le sable tiède sous ses pieds, ôta ses chaussures. Elle avait oublié combien elle aimait cette odeur iodée et le bruit des vagues.

Tout en marchant, elle frôla la main de Ryan et, une fraction de seconde, elle eut envie de la prendre dans la sienne. Comment serait-ce, de marcher pieds nus sur le sable, main dans la main ? Ils pourraient même s'arrêter pour contempler les couleurs changeantes du ciel, puis ils s'embrasseraient…

La crainte d'être repoussée la retint. Après Charlie, pouvait-elle courir le risque d'accorder de nouveau sa confiance à un homme ?

Ryan sortit un frisbee de son sac à dos.

— On fait une petite partie avec Truffe ?

— Bien sûr.

C'était la première fois qu'elle le voyait aussi détendu. Il semblait plus jeune, plus insouciant, de petites rides d'expression se creusaient aux coins de ses yeux gris lorsqu'il souriait. Il était si beau qu'elle se surprit en train de retenir son souffle, et quand leurs regards se croisèrent, elle se sentit rougir. Elle n'avait rien éprouvé de tel depuis son adolescence.

Au milieu de la partie, Truffe lâcha le frisbee et, ignorant les appels de Ryan, se lança à la poursuite d'un autre chien.

— Oh non ! fit-il.

Ouvrant de nouveau son sac, il en sortit une boîte.

— Saucisse ! cria-t-il. Truffe, viens, ici !

Mais la chienne n'obéit que lorsque le maître de l'autre chien lui ordonna de venir au pied. Alors seulement Truffe sembla se rappeler qu'elle était censée être avec Ryan et Georgie.

Quand elle revint vers lui, Ryan lui donna un morceau de saucisse.

— Qu'est-ce que je vais faire de toi ? Il va falloir qu'on travaille encore jusqu'à ce que tu obtempères quand je bats le rappel.

Se tournant vers Georgie, il précisa :

— Je ne la gâte pas, mais je dois la récompenser d'avoir fait ce que je demandais, même si j'ai dû crier. Si je lui hurlais dessus, elle associerait son obéissance à la gronderie, ce qui donnerait un très mauvais résultat.

— Je ne connais rien au dressage des chiens.

Elle se pencha pour caresser Truffe et de nouveau, elle frôla la main de Ryan qui en faisait autant. Cette fois, elle remarqua qu'il rougissait légèrement. Peut-être éprouvait-il la même émotion qu'elle ?

— Je vais lui donner à boire, dit-il en sortant un bol et une bouteille de son sac.

Décidément, Ryan McGregor se préoccupait de ceux qu'il aimait. Contrairement à Charlie, qui lui avait paru tellement attentif à leurs débuts, avant de se révéler parfaitement égoïste.

Plus Georgie pensait à son mariage, plus elle se demandait comment elle avait pu ignorer tous ces indices. Tous ces petits détails, comme le fait qu'il ne lui proposait pas une tasse de café quand il en faisait pour lui. Elle se disait qu'il avait eu une longue journée de travail aux urgences, alors que ce n'était peut-être même pas le cas. Elle avait été aveuglée par son amour pour un homme qui lui avait menti comme il avait menti à sa maîtresse.

Comment pourrait-elle se fier à son propre jugement, désormais ?

— Il y a un souci ? demanda Ryan en rangeant le bol dans son sac.

— Non, non.

— Quelquefois, il suffit d'écouter le bruit des vagues pour se sentir apaisé, dit-il.

Elle s'interrogea. En avait-il besoin parce que son ex-épouse lui manquait ? Elle s'aperçut qu'elle avait exprimé cette interrogation à voix haute, car il déclara :

— Zoé me manque de temps en temps. Ou plutôt les bons moments que j'ai passés avec elle. Charlie vous manque ?

— Pareil. Juste les bons moments.

Apparemment, Georgie en avait connu des mauvais, elle aussi.

— Dans un couple, il arrive qu'on se blesse mutuellement sans le vouloir, dit Ryan.

— Je ne pense pas que Charlie voulait me blesser, mais je ne comptais que très peu, dans sa vie. Avec le recul, je me demande si je me suis leurrée moi-même dès le début en voyant en lui l'homme que je voulais et non celui qu'il était. Et je désirais tellement que notre mariage réussisse que j'ai ignoré des indices qui auraient dû me faire bondir.

— Parfois, on a besoin d'espace pour réfléchir, et la mer est bonne conseillère. J'avais l'habitude de marcher sur cette plage quand je pensais à notre situation, à Zoé et à moi.

Chaque fois qu'il regardait des enfants jouer, à cette époque, il se demandait pourquoi il était incapable de donner à Zoé ce qu'elle voulait.

En tout cas, ce que Georgie venait de lui apprendre sur son union avec Charlie le renforçait dans l'idée qu'il n'avait pas le droit de la blesser davantage en entamant avec elle une relation amoureuse.

Pourtant, il devinait qu'elle avait elle aussi ressenti cette étincelle bizarre, quand ils s'étaient frôlés par accident.

— On a souvent intérêt à laisser le passé derrière soi, reprit-il. Si vous mettez de côté les regrets et ce qui aurait pu être, vous vous préparerez de meilleurs lendemains.

— Mais quand on a commis des erreurs, c'est dur de se faire confiance de nouveau.

En prononçant ces mots, elle sembla tellement vulnérable qu'il aurait voulu la prendre dans ses bras et la protéger.

Mais il n'avait pas su protéger Zoé, alors comment être sûr qu'il en serait capable avec Georgie ?

— C'est vrai, dit-il. Donnez-vous un peu de temps.

— C'est ce que je fais depuis plus d'un an.

— Moi aussi.

Ils se connaissaient à peine. Peut-être pourraient-ils se faire du bien mutuellement, mais peut-être pas. Quoi qu'il en soit, il n'était pas prêt à prendre ce risque pour l'instant.

— Allons boire un café. Il y a un établissement qui accepte les chiens, pas loin.

Au moins, il y aurait des gens autour d'eux, ce qui écarterait tout risque de rapprochement.

Le café était situé en bord de plage. Le toit du bâtiment était en tuiles, avec des fenêtres en chien-assis. Il y avait même une tourelle. Les tables étaient en pin blanc, et les chaises, en bois courbé. Des guirlandes lumineuses étaient accrochées aux murs, avec des photographies anciennes dans leurs cadres d'origine.

— Un cappuccino sans chocolat sur le dessus, commanda Ryan, et un café.

Georgie fut surprise qu'il ait remarqué ce qu'elle buvait à la cafétéria de l'hôpital.

— Merci.

Le café se révéla excellent. Levant son mug en direction de Georgie, il déclara :

— *Slàinte mhath.*

— Quoi ?

— Ça signifie « à votre santé », en langue gaélique. Et buvons aussi à l'amitié.

C'était une façon de lui dire qu'il n'était pas prêt à lui offrir autre chose, mais elle non plus, de toute façon.

— À l'amitié ! répéta-t-elle.

Le lendemain matin, Ryan fit un gros câlin à Truffe et lui promit qu'il la sortirait plus tard, puis Georgie et lui partirent pour Doune Castle.

Longtemps auparavant, il avait visité ce château construit au XIVe siècle, avec sa grande cour et son donjon et corps de garde en pierres d'un brun rougeâtre.

— C'est extraordinaire, dit Georgie avec respect. Je veux dire… Je l'avais vu à la télévision dans différentes séries, mais je ne m'attendais pas à ce que ce soit aussi magnifique.

Ryan réprima l'envie de la prendre par la main pour visiter les lieux avec elle.

— Il a été construit par Robert Stewart, duc d'Albany, dit-il.

Par bonheur, il avait consulté l'histoire du site dans la nuit, sur son téléphone.

— Regardez cette cheminée ! dit-elle lorsqu'ils furent dans la grande salle. Elle est plus haute que moi. Je peux m'imaginer assise à une longue table, devant des plats de viande et des bonbonnes de bière.

Il s'était toujours cru dépourvu d'imagination mais, subitement, il vit Georgie assise auprès de lui, en robe de velours rouge, ses longs cheveux blonds tombant sur ses épaules, une couronne d'émeraudes sur la tête.

Avec elle, il se sentait différent, il posait un regard neuf sur son environnement. Il était tellement habitué aux collines, aux levers du soleil et aux moutons qu'il les considérait comme allant de soi. Grâce à Georgie, il les voyait de nouveau réellement.

Lorsqu'ils empruntèrent le chemin accidenté menant aux remparts pour contempler la rivière, il se demanda comment il avait pu oublier tout cela. La vue portait jusqu'aux collines de Menteith ; on apercevait même Ben Lomond, au loin.

À un moment, Georgie trébucha et il la prit par le bras.

Au secours ! Le contact de ce corps souple et tiède lui donnait envie d'autre chose. Elle leva les yeux vers lui et le temps sembla s'arrêter. Sa bouche était si tentante qu'il se penchait vers elle quand un toussotement retentit près d'eux.

— On peut passer, s'il vous plaît ? fit une voix.

Sauvé par les touristes ! Lâchant Georgie, Ryan s'écarta, libérant le passage pour l'homme et sa famille.

— Ça va ? demanda-t-il à Georgie.

Elle semblait bouleversée, mais il n'aurait su dire si c'était à cause du panorama ou de ce qui avait failli arriver.

— Oui. Merci de m'avoir retenue.

Les doigts de Ryan le démangeaient encore, après l'avoir touchée.

— De rien.

En redescendant, ils firent un tour à la boutique de souvenirs. Georgie sembla très amusée par les hottes remplies de coques de noix de coco. Des enfants couraient dans la cour, dehors, en les agitant pour faire semblant d'être des chevaux.

— Je n'arrive pas à croire que je suis dans le château où les Monty Python ont tourné *Sacré Graal*. C'est le film préféré de mon père. Vous voulez bien me prendre en photo devant le château ? Je la lui enverrai, avec quelques coques.

Cette attention à l'égard de son père fit fondre quelque chose, dans la région du cœur de Ryan. Si sa mère n'avait pas été tuée, sa vie aurait été totalement différente. Par la suite, personne ne l'avait aimé suffisamment pour le garder longtemps. Et pour finir, il avait été incapable de saisir la chance de fonder une famille avec Zoé.

Réprimant ces pensées moroses, il se concentra sur la photo qu'elle lui avait demandée.

— Vous pourriez rejouer une scène du film devant la courtine, dit-il.

— Bonne idée, merci !

Ryan éclata de rire en la voyant mimer une scène des Monty Python.

— Vous n'avez jamais pensé à être actrice ?

— Non, j'ai toujours voulu être médecin, pour faire une différence et aider les gens. J'avais d'abord pensé à l'obstétrique, mais finalement j'ai choisi la pédiatrie. Et vous ?

— Pareil. Je voulais faire une différence, moi aussi.

Sauf que lui, il voulait surtout aider les enfants qui n'avaient personne d'autre.

— On est du même bord, alors ! Allez, hue !

Elle fit claquer sa langue et imita le bruit des sabots avec les coques de noix de coco.

— Vous aussi ! dit-elle. Allez !

Faire semblant d'être un cheval en galopant vers la voiture était absolument ridicule. Il avait sûrement l'air d'un parfait imbécile, mais Georgie riait et s'amusait. Il prit conscience que la situation était vraiment drôle. À quand remontait la dernière fois qu'il s'était comporté ainsi, si jamais il y en avait eu une ?

De retour au Grenier, il proposa une grande promenade avec Truffe. Georgie accepta de les accompagner, mais, en rentrant, il constata qu'elle avait les pieds mouillés.

— Demain, il faudra qu'on vous achète des chaussures de marche, dit-il.

— Je commence très tôt, et en soirée, je vais au cours de Zumba avec Parm.

— On s'en occupera pendant la pause déjeuner, alors, dit-il. Truffe est d'accord, hein ?

La chienne poussa un petit aboiement.

— C'est arrangé, dit Ryan avec un sourire.

5

Le lundi, pendant la pause déjeuner, Georgie rejoignit Ryan dans son bureau, puis ils allèrent manger un sandwich et se rendirent dans un magasin de chaussures.

À la grande surprise de Georgie, le vendeur mesura ses pieds et lui fit enfiler des chaussettes confortables pour essayer trois modèles différents. Ensuite, il lui demanda de monter sur un « pont » à la surface rocailleuse, installé au milieu de la boutique et d'en redescendre, pour voir si le modèle était adapté.

— Portez-les chez vous deux heures par jour la semaine prochaine, lui dit-il quand elle eut fait son choix, et si elles ne sont pas confortables, rapportez-les et dites-nous ce qui vous gêne. Nous trouverons une paire qui vous ira mieux.

— Merci beaucoup.

— Et rangez-les hors de portée de Truffe, dit Ryan.

En fin de journée, il sortit promener sa chienne pendant que Georgie se rendait au cours de Zumba avec Parminder.

— Je suis vraiment contente que vous me l'ayez proposé, lui dit-elle.

— Tant mieux. Parfois, on a du mal à s'adapter, quand on arrive dans un nouveau service. Et tout le monde adorait Clara. Ça a été un choc d'apprendre qu'elle s'installait à Londres pendant six mois. On ne savait pas qu'elle était si malheureuse, ici.

— Quelquefois, on a juste besoin de changer d'air, dit Georgie, mais ça ne veut pas dire qu'on soit malheureux. Et je suis certaine que le départ de Clara n'a rien à voir avec l'équipe.

— Merci. Je n'arrête pas de me dire que je n'ai pas été une très bonne amie, et ça fait mal. Je n'insisterai pas pour savoir ce qui vous a amenée parmi nous, mais sachez que je serai muette comme une tombe.

— C'est gentil. En fait, j'avais seulement envie de quitter Londres un certain temps. Disons que ma vie personnelle était un peu... compliquée.

— Je comprends. Et Ryan est un colocataire sympa.

— Tout à fait.

Du moins, passés les deux premiers jours...

— J'ai toujours pensé que Clara et lui se mettraient ensemble, après son divorce. Mais ils sont plutôt comme frère et sœur. Clara m'a dit qu'il n'y avait aucune attirance, entre eux.

Georgie ne put s'empêcher de penser à ce qu'elle aurait éprouvé s'il l'avait embrassée après l'avoir empêchée de tomber, à Doune Castle.

— J'espère qu'il trouvera un jour la partenaire idéale, dit Parminder.

Georgie préféra changer de sujet.

— C'est la première fois que j'habite dans la même maison qu'un chien. À Londres, je vis seule, bien que mon frère habite à la même adresse que moi. Grâce à l'héritage d'une grand-tante, nous avons pu acheter deux appartements dans le même immeuble. Depuis qu'ils sont à la retraite, nos parents ont quitté la ville et je suis contente d'avoir un parent proche aussi près de moi.

— Je vois ce que vous voulez dire. Ma famille me rend folle, quelquefois, mais je l'adore.

Ryan n'avait pas mentionné de famille proche. Il avait juste dit avoir fait ses études à Édimbourg. Malgré sa curiosité, Georgie s'abstint de toute question indiscrète.

Le mardi, Georgie recourut de nouveau à Ryan.

— Ben a trois ans, il a de la fièvre, une éruption cutanée et un ganglion au niveau du cou. Le blanc des yeux est rouge et il a mal à la gorge. Sa mère dit que leur chaton l'a griffé et elle pense que l'égratignure a pu s'infecter.

— Et vous ? Qu'en pensez-vous ?

— Je ne crois pas que ça ait un quelconque rapport avec la griffure. Les boutons me font penser à la scarlatine, à la rougeole ou à un possible lupus. Ou bien, ce pourrait être un début de polyarthrite rhumatoïde.

— Mais... ?

Elle fit la grimace.

— Je l'ai mis sous antibiotiques, mais l'échantillon d'urine et le taux de globules blancs ne montrent rien d'anormal. Ben ne répond pas au traitement et sa fièvre augmente. Vous voulez bien l'examiner ?

— Bien sûr.

Avant l'examen, Georgie présenta Ryan à Ben et à sa mère. Ryan demanda au petit garçon de tirer la langue, puis il se tourna vers Georgie et la maman.

— Vous voyez comme sa langue est rouge ? Et ses lèvres sont fissurées, ses paumes sont un peu rouges aussi. Je pense que c'est la maladie de Kawasaki.

— Je n'en ai jamais entendu parler, dit la mère.

— C'est assez rare, répondit Ryan. Les vaisseaux sanguins sont enflammés et nous n'en connaissons pas les causes. Cela peut être une infection, mais ce n'est pas contagieux et ça se soigne.

— Avec de l'aspirine et de l'immunoglobuline, enchaîna Georgie.

— Je croyais qu'on ne donnait pas d'aspirine aux enfants de moins de dix ans ? s'étonna la mère.

— Seize, précisa Ryan. Mais cette maladie fait partie des rares cas médicaux pour lesquels l'aspirine est le meilleur traitement.

— La peau des mains de Ben pèlera un peu, les prochains jours, mais vous n'avez pas à vous inquiéter, ajouta Georgie.

Elle prescrivit un électrocardiogramme, car l'inflammation des artères coronaires était l'une des complications de cette maladie. À son grand soulagement, les analyses de Ben montrèrent qu'il ne présentait pas ce symptôme. Et le lendemain, la fièvre était tombée.

La sortie en équipe avait lieu ce soir-là. Georgie se réjouissait de n'être pour ses collègues que le médecin de Londres qui ne connaissait rien au football et au rugby. Ils se moquaient parfois de son accent, mais elle se sentait acceptée.

En revanche, Ryan était assis à côté d'elle et, comme il n'y avait pas beaucoup de place sur les bancs, leurs cuisses étaient pressées l'une contre l'autre. Ils portaient tous les deux des jeans, pourtant elle percevait très bien la chaleur qu'il lui transmettait. Une ou deux fois, elle lui jeta un coup d'œil et s'aperçut qu'il la regardait aussi. Au souvenir de cet instant où ils avaient failli s'embrasser, elle eut l'impression que son cœur s'arrêtait de battre une fraction de seconde.

Et s'ils l'avaient fait ?

Elle ne voulait pas commettre la même erreur qu'avec Charlie. En outre, si leur relation tournait mal, la situation deviendrait embarrassante à l'hôpital et au Grenier.

Mieux valait s'asseoir de l'autre côté de la table, lorsqu'ils iraient tous manger une pizza.

Le lundi soir, Georgie entra quasiment en trombe au Grenier après son service. Depuis quelques jours, elle était assez distante et Ryan se demandait s'il l'avait heurtée d'une façon quelconque.

— Salut ! dit-il. Je viens de faire réchauffer votre ragoût, et il y a des pommes de terre en robe des champs.

— Génial ! Merci.

— Vous avez l'air contente.

Elle prit le bol qu'il lui tendait.

— Ben est définitivement hors de danger. Et ce soir, le ciel est dégagé.

— Je me réjouis pour Ben, mais quel rapport avec le ciel ?

— On prévoit une pluie d'étoiles filantes, ce soir, et c'est extraordinaire, parce que, ici, il n'y a pas de pollution lumineuse, dit-elle, les yeux étincelants. Venez les regarder avec moi, après le dîner.

Être avec elle sous les étoiles ?

C'était dangereux. Il se surprenait déjà à penser à elle plusieurs fois par jour. D'un autre côté, comment résister à l'envie d'être près de Georgie, même si elle ne lui offrait que son amitié ?

— D'accord.

Après le repas, ils sortirent dans le jardin.

— J'adore regarder le ciel, ici ! dit-elle avec enthousiasme. À Londres, on ne voit rien à cause des lumières.

— Vous êtes fan d'astronomie ?

— J'ai toujours voulu voir une aurore boréale. J'avais demandé à Charlie de faire un séjour en Finlande, mais il est mort, dit-elle en haussant les épaules. Et je n'avais pas envie de m'y rendre seule ou avec une amie.

À deux reprises, déjà, Ryan avait cru comprendre que le mariage de Georgie n'avait pas été très heureux. Mais ce qu'elle venait de dire signifiait-il que Charlie était l'amour de sa vie et que sa mort lui avait brisé le cœur ?

— Je suis désolé.

— Merci.

— Il y a des chances pour que vous puissiez en voir une, ici même.

— Je n'aurai pas besoin d'aller plus au nord ?

— Non. On en voit à Édimbourg.

— Oh ! Regardez !

Levant les yeux, il repéra une étoile filante traçant son sillon dans le ciel.

— C'est magnifique !

— Vous êtes censé faire un vœu, dit Georgie avec un sourire.

Que pouvait-il souhaiter ?

Une baguette magique pour guérir les malades ?

Ou peut-être pour réparer ce qui était cassé en lui, pour pouvoir enfin combler les attentes d'une femme.

— Quel est votre vœu ? demanda-t-il à Georgie.

— Si on veut qu'il soit exaucé, on ne doit le révéler à personne.

Elle devait sans doute demander que Charlie ne soit pas mort. Mais si, par hasard, elle souhaitait tomber de nouveau amoureuse, est-ce que cela pourrait être de lui ? Pourraient-ils trouver le moyen que cela fonctionne ? Il n'en avait aucune idée.

Mais à cet instant, en contemplant la pluie d'étoiles filantes, il entrevoyait la possibilité qu'ils puissent s'aider mutuellement à laisser leur passé derrière eux. Il ne lui restait plus qu'à trouver la bonne façon de le lui dire.

Durant les jours suivants, Georgie commença à se sentir bien à Édimbourg. Elle appréciait ce que la ville avait à lui offrir, depuis le théâtre jusqu'aux pandas du zoo. Et finalement, elle se réjouissait que le Grenier se trouve au milieu de nulle part.

Le matin, en se levant, elle pouvait voir les moutons par la fenêtre de la cuisine. Elle aimait la compagnie de la chienne qui se pelotonnait contre elle sur le canapé et posait le museau sur ses genoux. Et lorsqu'elle sortait, elle adorait écouter le chant des oiseaux.

À l'hôpital, l'ambiance n'aurait pas pu être meilleure et ce jour-là, elle fut heureuse que Ryan soit dans le service quand une mère affolée se présenta.

— Mon bébé est tout flasque, il n'arrête pas d'être malade, je n'arrive pas à joindre notre médecin de famille et…

— Tout va bien, répondit Georgie d'un ton rassurant. Vous êtes au bon endroit.

Prenant le bébé, Ryan commença à l'examiner pendant que Georgie tentait de connaître ses antécédents médicaux.

— Parlez-nous de votre petit garçon.

— Max a quatre mois. Il n'a jamais mangé beaucoup et je

commence à ne plus avoir de lait, si bien que je lui ai donné des biberons en complément. J'ai cru qu'il avait attrapé un virus parce qu'il a eu de la diarrhée ces deux derniers jours. Mais ce matin, j'ai vu cette éruption cutanée, sa respiration était sifflante et, en plus, il est tout mou. Dans les livres, on dit que c'est un symptôme grave et... Je vous en prie, aidez-moi !

Georgie était presque certaine d'avoir déjà rencontré ce genre de cas.

— Donc, vous lui donnez des biberons en complément de l'allaitement. Est-ce qu'il avait été malade avant cela ?

— Oui, il l'était au sein aussi. Vous pensez que c'est le lait en boîte qui lui a fait du mal ?

— Je pense qu'il y a une forte possibilité qu'il soit allergique au lait. Est-ce qu'il y a des allergies, dans votre famille, ou quelqu'un qui a fait de l'asthme ?

— Non.

— Je voudrais faire une analyse sanguine, pour être sûre que je ne me trompe pas, dit Georgie.

— Je crois que ma collègue a raison, dit Ryan. Est-ce que vous avez vu des mucosités ou du sang dans les selles de Max quand elles étaient solides ?

— Oui. Et j'avais tellement peur que ce soit un cancer ou quelque chose de grave !

— Je suis presque certaine qu'il s'agit d'une allergie au lait, dit Georgie. Cela expliquerait qu'il ne se nourrisse pas bien. Dès que nous aurons résolu ce problème, vous verrez qu'il reprendra du poids et vous ne serez plus inquiète.

La maman se mordit la lèvre.

— Il faudra que je lui donne du soja ?

— Souvent, ces bébés sont aussi allergiques au soja. Nous vous prescrirons un lait hypoallergénique, pour commencer.

— Et un supplément en calcium, dit Ryan, ainsi qu'un sirop multivitaminé comportant de la vitamine D.

— Commençons par l'analyse sanguine, dit Georgie. Ensuite, nous verrons comment Max réagit au lait hypoallergénique, puis nous réintroduirons le lait normal pour voir s'il le rejette. Nous le ferons ici, de sorte que s'il fait une grosse réaction, nous serons en mesure d'y remédier aussitôt. Si nous ne faisons pas erreur, vous devrez dorénavant vérifier la composition de tous les aliments qu'il prendra, du moins la première année.

Georgie aseptisa le talon du bébé et fit la prise de sang.

— Dans deux jours, nous aurons les résultats, dit-elle, mais en attendant nous allons vous prescrire un lait en poudre approprié.

— Et il va aller mieux ? demanda la mère.

Georgie posa la main sur son épaule.

— Oui. Je sais combien c'est effrayant, mais le Dr McGregor et moi voyons tous les jours des bébés malades se rétablir. Nous avons de nombreux moyens de soulager Max.

Ryan appréciait vraiment ces qualités, chez Georgie : elle était calme, bienveillante et pragmatique. Pendant qu'elle expliquait à la mère de Max comment vérifier les étiquetages alimentaires, la jeune femme se détendait visiblement et semblait plus confiante en ses capacités à gérer la situation.

Bizarrement, Georgie lui faisait le même effet. Pas dans le domaine professionnel – il savait ce qu'il faisait à l'hôpital – mais en dehors. En sa présence, il voyait le monde différemment, il se sentait *connecté*. C'était un peu effrayant, parce qu'il n'y était jamais parvenu auparavant et, en même temps, il voulait plus, beaucoup plus.

La nuit suivante, Georgie fut arrachée au sommeil par un coup frappé à la porte de sa chambre.

Elle enfila son peignoir en vitesse et ouvrit à Ryan.

— Il faut que vous sortiez de la maison, dit-il. Tout de suite.

— Je dormais et je suis en pyjama ! protesta-t-elle.

— Mettez votre manteau et vos chaussures. Maintenant ! Sinon, vous allez vraiment le regretter.

Elle jeta un coup d'œil à sa montre.

— Vous êtes fou ? Il est 1 heure du matin et je commence tôt, demain.

— Je sais. Cessez de discuter, Georgie, et venez. C'est important.

Important ? S'il y avait un début d'incendie, l'alarme se serait déclenchée. Et pourquoi semblait-il si content de lui ? Pourquoi ne lui expliquait-il pas de quoi il s'agissait ? Pourquoi fallait-il qu'il soit si énervant ?

Il attendit qu'elle descende l'escalier devant lui, sans lui laisser l'occasion de refuser. Tout en grommelant, elle mit ses chaussures et son manteau, puis le suivit dans le jardin.

— Levez la tête, dit-il.

Quand elle se fut exécutée, elle écarquilla les yeux devant les rideaux de lumière vert pâle ondoyant à travers le ciel.

Une aurore boréale...

Elle comprenait maintenant pourquoi il ne lui avait donné aucune explication. Jamais elle n'avait contemplé de spectacle plus magnifique !

— Mon Dieu, Ryan, c'est...

Les mots lui manquaient et elle se tut, fascinée par la beauté du ciel.

Elle n'aurait su dire comment c'était arrivé, mais Ryan avait passé un bras autour de ses épaules et elle le tenait par la taille.

Bien sûr, c'était seulement pour se réchauffer mutuellement. Il faisait froid et ils étaient tous les deux en pyjama, sous leurs manteaux.

Et quand il se pencha pour poser sa joue contre la sienne, c'était encore pour la même raison.

Mais à un moment, ils se retrouvèrent face à face. À cet instant précis, sous le rayonnement de l'aurore boréale, le monde était différent... magique, empli d'une multiplicité de possibilités.

Il lui frôla les lèvres des siennes. Elle éprouva comme un picotement, une invitation, une promesse, une tentation.

La bouche de Ryan était douce et tiède. Cela faisait si longtemps qu'elle n'avait pas ressenti une telle connexion ! Et elle ne put s'empêcher de répondre à ce baiser. Posant la main sur la nuque de Ryan, elle l'attira à elle. Ils s'embrassèrent longtemps et si tendrement qu'elle en eut mal.

Ryan demandait, il n'exigeait rien. Il semblait à Georgie qu'elle s'épanouissait sous un soleil printanier après un hiver long et solitaire, comme si les lumières dansantes du ciel scintillaient dans sa tête.

Elle aurait voulu que cet instant dure toujours.

Pourtant, le bon sens et la fraîcheur de l'air s'unirent pour la ramener à la réalité.

Elle était en train d'embrasser son colocataire.

Comment savoir si elle ne réitérait pas la même erreur qu'avec Charlie ?

Elle le repoussa.

— C'est une mauvaise idée.

Les yeux de Ryan étaient sombres, son expression, indéchiffrable. Elle n'aurait su dire ce qu'il avait en tête, mais il acquiesça.

— Tu as raison. Oublions ce qui s'est passé. On mettra ça sur le compte de l'excitation de l'aurore boréale.

Celle-ci disparaissait lentement, comme le sentiment de chaleur et de connexion, renvoyant Georgie aux ombres de la solitude.

— Je suis d'accord, dit-elle en tâchant de réprimer une soudaine tristesse.

Ce n'était qu'un baiser.

Une aberration momentanée.

À ne pas répéter.

— Merci de m'avoir réveillée, dit-elle le plus poliment possible. À demain.

— C'est ça.

Sur ces mots, il la laissa rentrer dans la maison sans la suivre.

Quelle mouche l'avait piqué ? Ryan se serait giflé.

Bien sûr qu'embrasser Georgie était une mauvaise idée !

Il s'en était sorti avec une excuse minable en attribuant cet écart de conduite à l'aurore boréale, alors qu'il savait parfaitement pourquoi il l'avait embrassée.

Elle était passée de la mauvaise humeur, quand il l'avait tirée du lit, à l'émerveillement dès qu'elle avait vu ce déploiement de lumière dansant dans le ciel. Il avait trouvé sa joie irrésistible, au point que son bon sens avait été complètement balayé par le besoin de la prendre dans ses bras. Et elle en avait fait autant. Ensuite, quand il l'avait embrassée, sa bouche était douce et tiède sous la sienne. Lorsqu'elle lui avait rendu son baiser, il avait ressenti une sorte de connexion qu'il croyait pourtant inaccessible.

Puis elle l'avait repoussé et avait dit que c'était une mauvaise idée.

Elle avait raison, bien entendu ! C'était stupide. Elle pleurait encore son mari, lui-même n'était pas le meilleur des partenaires et pour comble, le séjour de Georgie en Écosse ne durerait pas éternellement.

Totalement stupide.

Mais le plus stupide, dans cette histoire, était que, s'il pouvait remonter le temps jusqu'au moment où il avait entouré les épaules de Georgie de son bras, il ne changerait rien.

Il referait la même chose. Il caresserait son visage et il l'embrasserait.

Bien sûr, il avait menti en prétendant qu'ils n'avaient qu'à oublier ce qui s'était passé, parce que c'était tout à fait impossible, du moins en ce qui le concernait. Il n'arrêtait pas de se repasser le film de ce baiser en technicolor dans sa tête. Et lorsqu'il alla finalement se coucher, il rêva qu'il recommençait. Il se réveilla en sursaut, déçu que ce ne soit qu'un rêve, puis il y repensa, se rendormit et en rêva encore.

Et ainsi de suite toute la nuit.

Que disait l'acteur dans cette pièce de Shakespeare qu'il avait vue avec Zoé, deux ans auparavant ? Ce personnage monstrueux se tenait au centre de la scène et suscitait la tempête.

« Quand je m'éveillais, je pleurais pour rêver de nouveau. »

Mais les rêves ne peuvent pas être chassés si facilement.

Abandonnant l'idée de dormir, il sortit faire une longue promenade avec Truffe. Par bonheur, son service et celui de Georgie ne coïncidaient pas, aujourd'hui. Elle serait partie quand il rentrerait au cottage. Il prendrait une douche froide et, avec un peu de chance et l'aide de l'eau glacée, il retrouverait son bon sens.

Il allait devoir trouver quelque part le moyen de revenir à une relation professionnelle correcte avec Georgie.

6

Les jours suivants, Georgie eut la nette impression que Ryan l'évitait, mais elle l'avait bien cherché ! Quand il avait passé un bras autour de ses épaules, elle aurait dû trouver une excuse pour s'écarter au lieu de le prendre par la taille.

— Comment vais-je le convaincre que ce n'est qu'une malheureuse erreur ? demanda-t-elle à Truffe.

La chienne émit un léger aboiement, comme pour répondre qu'elle n'en avait pas la moindre idée, elle non plus.

Mais tout alla à peu près bien jusqu'au vendredi. Ce jour-là, Georgie commit l'erreur de consulter son réseau social. Des souvenirs datant de six ans parurent sur son mur : des photos de Charlie et elle, sur le seuil de la vieille église où ils s'étaient promis amour et fidélité.

Était-il sincère, à cet instant ?

La journée avait été ensoleillée et elle pensait qu'ils avaient beaucoup de chance de la partager avec leurs familles et leurs amis proches.

Ils avaient tellement de projets !

Mais Charlie avait trouvé de bonnes excuses pour ne pas avoir d'enfants avec elle. Plus tard, au moment de sa mort, elle avait appris qu'il avait une liaison depuis un an environ. Pire encore… Sa maîtresse, Trisha Hampson, portait l'enfant de Charlie.

Que se serait-il passé s'ils n'avaient pas été tués tous les deux par cette avalanche ? Charlie aurait-il quitté son épouse pour s'installer avec la mère de son futur bébé ?

Quoi qu'il en soit, leur mariage n'avait été qu'un énorme mensonge, et elle avait été trop bête pour s'en apercevoir avant qu'il soit trop tard.

Georgie n'avait pas conscience qu'elle pleurait quand Ryan entra dans la cuisine avec Truffe.

— Georgie ? Il y a un problème ?

— Non, aucun, répondit-elle en s'essuyant les yeux.

— Ça n'a pas l'air d'être rien, dit-il en branchant la bouilloire. Je te prescris une tasse de thé et je... Je ne vais pas me mêler de ce qui ne me regarde pas, mais si tu as envie de parler, tu sais que je suis discret.

À l'hôpital, personne ne savait qu'elle était veuve, ce qui prouvait qu'il n'avait pas trahi sa confiance.

— C'est mon anniversaire de mariage, aujourd'hui.

— Le premier depuis la mort de ton mari ?

— Le second.

Si Charlie n'avait pas disparu, seraient-ils encore ensemble ? C'était peu probable ! Devait-elle dire la vérité à Ryan ? Mais il risquait de la prendre en pitié. Elle ne serait pas seulement une pauvre veuve, mais une veuve trompée et humiliée.

Et cela, elle ne le voulait pas.

Georgie avait l'air complètement perdue. Ryan réprima l'envie de s'approcher d'elle pour la prendre dans ses bras. Leur relation était devenue un peu bizarre, depuis qu'il l'avait embrassée dans le jardin, et il ne voulait pas qu'elle le devienne plus encore.

— J'ai trouvé des photos sur un réseau social, dit-elle. J'aurais dû m'y attendre, mais ça m'a prise au dépourvu.

— Je comprends. De mon côté, je fais une longue promenade au bord de la mer, le jour de cet anniversaire.

— Elle te manque ?

— Quelquefois. J'avais espéré que ça marcherait, mais nos

attentes étaient différentes. Et nous avions des horaires de travail déments. Nous nous sommes peu à peu éloignés l'un de l'autre et nous nous sommes séparés à l'amiable.

Ce n'était qu'une partie de la vérité. Quand ils avaient cessé de se disputer, ils avaient fini par se montrer totalement honnêtes l'un envers l'autre et compris que leurs divergences étaient irréconciliables.

Il avait quand même été un peu blessé que Zoé tombe si rapidement amoureuse d'un autre, même s'il se réjouissait qu'elle ait trouvé le bonheur.

— Les choses sont comme elles sont, reprit-il. J'aime mon travail, j'aime ma chienne et j'aime Édimbourg.

— Tu as grandi ici, je crois.

— Oui.

— Ma famille me manque.

Pourvu qu'elle ne lui pose pas de questions sur la sienne, parce qu'il n'avait qu'une tombe sur laquelle il se rendait à la date anniversaire de la mort de sa mère.

— Tu peux les inviter, dit-il. Je dormirai sur le canapé.

— C'est très gentil de ta part, dit-elle, les larmes aux yeux, mais je ne peux pas te demander ça.

— Pas de souci. De toute façon, aucun invité ne pourrait dormir avec Truffe. Elle ronfle et, le matin, elle te réveille en te léchant le nez.

La queue de la chienne battit le plancher.

— Oui, animal stupide, c'est de toi que je parle.

— Je vais bien, dit Georgie. C'est juste que je ne m'attendais pas à être veuve à trente ans. Je croyais que je serais maman. J'avais tellement envie de fonder une famille !

On y était ! Georgie voulait la même chose que Zoé, mais il n'était pas du bois dont on fait les pères. Il n'aurait pas su comment s'y prendre, puisqu'il n'avait pas eu de modèle paternel. Après la mort de sa mère, il était passé de famille d'accueil en famille d'accueil.

Une seule personne s'était comportée différemment avec

lui, une retraitée qui avait repris le travail pour remplacer l'assistante sociale en congé de maternité qui suivait Ryan.

Elpeth McCreadie s'était assise près de l'adolescent maussade pour lui dire que la vie était injuste et que personne ne prétendait le contraire.

Mais il avait le choix. Il pouvait ressasser le passé et être malheureux toute sa vie, ou tenter d'avoir un effet positif sur le monde.

— Tu es assez brillant intellectuellement pour réussir ce que tu voudras entreprendre, lui avait-elle dit. Tu es bon en sciences, tu pourrais être médecin et aider les autres à aller mieux. Tu es le seul à pouvoir modifier le cours de ton existence.

Sur le coup, ce discours l'avait mis en colère, mais les mots de cette femme avaient fait leur chemin dans son esprit. Il avait passé son bac tout en prenant des petits boulots avant de commencer des études universitaires.

Il était resté en contact avec Elpeth, et bien qu'elle soit morte avant qu'il ait obtenu son diplôme, elle lui avait écrit pour le féliciter et lui dire qu'elle était fière de lui.

Il avait échoué en amour, mais il était capable de guérir des patients. En revanche, il restait handicapé dans le domaine des émotions.

— Je suis désolé, dit-il.

Il aurait voulu aider Georgie, mais comment ? Elle se frotta le visage de ses deux mains.

— On ne peut pas toujours avoir ce qu'on veut. J'ai une famille, un métier que j'aime, de bons amis. Exiger davantage serait de la gourmandise.

— Parfois, on a envie de plus. Je vais faire du café.

— C'est inutile. Je dois aller travailler.

— On se voit plus tard.

Pendant tout le week-end, Georgie fut très silencieuse. Chaque fois que Ryan avait envie de la serrer dans ses bras, il se rappelait ses paroles : « Je ne m'attendais pas à être veuve à trente ans. Je croyais que je serais maman. »

Il la désirait, mais il ne voyait pas comment cela pourrait fonctionner entre eux, s'ils avaient une liaison.

Le mercredi, Georgie avait une journée de congé. Elle passa la matinée à faire le ménage, puis se rendit à la ferme pour acheter du pain et bavarder un peu avec Janie. Mais lorsqu'elle revint au cottage, Truffe n'était pas pour l'accueillir comme d'habitude.

— Truffe ? appela-t-elle.

La maison resta silencieuse.

Ryan était à l'hôpital, il n'y avait donc aucune chance qu'il soit rentré plus tôt pour sortir sa chienne.

Au moment où elle vérifiait que le labrador n'avait pas pu monter à l'étage, puisque la barrière était en place, elle perçut un grincement.

La porte de derrière était ouverte ! Elle ne l'avait probablement pas fermée correctement, si bien que Truffe était sortie dans le jardin... Sauf qu'elle ne s'y trouvait pas.

— Truffe, ma fille ! cria Georgie.

Rien.

Il y avait un tas de terre près de la clôture, et un trou assez grand pour qu'un chien de bonne taille puisse s'y glisser.

Oh non ! Non ! Non !

Ryan disait que Truffe était fugueuse et c'en était la preuve.

— Truffe ! hurla Georgie.

Toujours pas de réponse.

Comment attirer un chien ? Se rappelant la méthode de Ryan sur la plage, elle courut dans la cuisine prendre la boîte de friandises destinées à Truffe dans le réfrigérateur.

Des saucisses !

Elle sortit de nouveau et ouvrit la boîte dans l'espoir que, grâce à son flair, Truffe saurait qu'une récompense l'attendait si elle rentrait à la maison.

Mais la chienne ne se montra pas.

Georgie ne connaissait pas suffisamment les alentours

pour deviner où elle avait pu aller. En proie à une panique croissante, elle appela la pédiatrie.

— Je pourrais parler à Ryan, s'il vous plaît ? C'est une urgence.

Après une attente qui lui sembla horriblement longue, la voix de Ryan retentit au bout du fil.

— Quelle est l'urgence ? demanda-t-il.

— C'est Truffe. En allant chez Janie, j'ai dû mal refermer la porte de derrière. Il y a un trou sous la clôture et je pense qu'elle est passée par là. Je n'ai pas arrêté de l'appeler, j'ai tenté de l'attirer avec des saucisses et...

— Tais-toi et respire un bon coup. Tu es sûre qu'elle n'est plus là ?

— Oui. Par où dois-je commencer à la chercher ?

— Tu restes où tu es. Je me charge de la retrouver, dit Ryan avant de raccrocher.

Georgie resta un moment immobile. Si Truffe était blessée ou renversée par une voiture, ce serait sa faute !

Ne sachant que faire, elle mit son téléphone en charge, puis prépara une thermos de café et plaça dans son sac à dos une trousse de secours, une serviette, une torche et une gourde remplie d'eau. Ensuite, elle enfila ses chaussures de marche et son manteau.

Ryan arriva plus tôt qu'elle ne l'avait cru, il avait dû largement dépasser les limitations de vitesse.

— Ryan, je...

— C'est bon ! Je dois retrouver ma chienne.

Son visage exprimait une colère contenue mêlée d'inquiétude.

— Je t'accompagne. J'ai préparé un sac, avec une trousse de secours, du café, de l'eau et mon téléphone.

— La plupart du temps, il n'y a pas de réseau.

— Je suis désolée, je...

— C'est bon !

— Écoute, je sais que tu es furieux contre moi et je m'en veux horriblement, mais deux paires d'yeux valent mieux qu'une. Je ne peux pas rester ici à ne rien faire.

Tout en lui jetant un regard noir, il hocha la tête.

Pourvu que Truffe soit saine et sauve !

Pourvu que... *S'il vous plaît !*

Il pleuvait. Une bruine apparemment légère, mais qui pénétrait jusqu'aux os. Georgie se réjouit d'avoir acheté le mois précédent une parka imperméable munie d'une capuche.

— On va commencer par là, dit Ryan en désignant les collines. On l'appellera chacun à notre tour, puis on écoutera. Un quart d'heure dans une direction, ensuite on tourne à quatre-vingt-dix degrés et on recommence.

Au bout d'une demi-heure, Georgie était gelée, mais elle ne l'aurait avoué pour rien au monde. Le pire était encore la terreur que lui inspirait la situation. Ryan adorait sa chienne et si quelque chose lui arrivait...

Ryan n'avait jamais eu aussi peur de sa vie.

Il était habitué à perdre les gens : sa mère, ses grands-parents, les familles d'accueil. Mais perdre la chienne qu'il avait aimée au premier coup d'œil et qui ne l'avait jamais trahi... Ce n'était plus du sang que pompait son cœur, mais de l'adrénaline. Et ce n'était plus de l'air dans ses poumons, mais de la pure terreur.

Partie.

Truffe ne pouvait pas être partie, parce qu'elle était la seule famille qu'il avait.

C'était insupportable.

Le seul fait de poser un pied devant l'autre lui demandait un effort énorme. Chaque fois qu'il appelait sa chienne, il avait mal à la gorge. Chaque fois qu'il tendait l'oreille pour entendre un éventuel aboiement, il lui semblait que ses tympans bourdonnaient. Et chaque fois qu'il regardait sa montre pour voir s'il était temps de changer de direction, il découvrait que seules quelques secondes étaient passées.

Comment le temps pouvait-il s'écouler si lentement ?

Comment pouvait-il souffrir autant ?

Et si on ne la retrouve pas...

Ryan ne disait pas un mot à Georgie, mais elle ne pouvait pas le lui reprocher.

Clara n'aurait jamais commis une erreur aussi stupide.

Si quelque chose était arrivé à Truffe, elle ne pourrait pas rester au Grenier. Elle n'était même pas certaine de pouvoir travailler dans le même service que Ryan.

Jamais il ne le lui pardonnerait.

Leur amitié naissante pouvait se muer en haine.

Encore un virage à quatre-vingt-dix degrés, encore des appels suivis de silences pour écouter, mais toujours rien.

Ils continuèrent d'avancer péniblement. Et enfin, Georgie perçut quelque chose qui ressemblait à un aboiement.

— Je crois que je viens d'entendre quelque chose. Appelle encore !

Ryan s'exécuta. C'était faible, mais cette fois, il s'agissait clairement d'un aboiement.

Dieu merci !

Truffe n'était pas morte, mais elle était peut-être blessée. Ils avancèrent dans la direction du son, mais la chienne ne courut pas vers eux. Georgie fouillait la zone du regard, sans distinguer aucun reflet provenant du collier réfléchissant de Truffe.

Elle sortit sa torche de son sac. Le faisceau lumineux était étroit mais puissant et, à force de balayer le terrain, elle aperçut enfin une sorte de miroitement.

— Regarde ! Je crois que c'est le collier de Truffe.

Mais il ne bougeait pas. Si Truffe les avait entendus, pourquoi ne se précipitait-elle pas dans leur direction ?

Ryan courait plus vite que Georgie, qui n'essaya pas de rester à son niveau. Lorsqu'elle le rejoignit, il était à genoux près de Truffe, qui lui léchait le visage.

— Elle est coincée dans un terrier de lapin, dit-il en creusant la terre de ses mains nues. Tu ne dois pas disparaître comme ça dans les collines, tu comprends ? Stupide bestiole.

La chienne gémit.

— Je suis tellement contente qu'elle aille bien, dit Georgie en s'agenouillant pour caresser le labrador. Je suis désolée, Truffe, c'est ma faute. Tu as froid et tu es mouillée, mais tu dois avoir soif.

Elle sortit sa gourde de son sac et versa de l'eau dans le bouchon pour que la chienne puisse boire. Truffe en vida deux.

Mais quand Ryan eut fini de creuser, il fut clair que la pauvre bête n'était pas capable de marcher jusqu'au cottage ; elle boitait fortement de la patte qui avait été coincée dans le terrier.

— Je ne sais pas si c'est une fracture ou une entorse, dit Ryan.

Sur ces mots, il se baissa pour soulever trente kilos de labrador, mais il le fit comme si Truffe était aussi légère qu'une plume.

Et ses yeux sont humides.

Georgie s'en voulait à mort pour sa négligence.

— Je peux faire quelque chose pour t'aider ?

— Je crois que tu en as fait assez.

— Ryan, tout le monde peut faire des erreurs.

Au niveau de la mâchoire de Ryan, un muscle tressaillit.

— Ouais, mais cette chienne est ma famille et tu l'as mise en danger.

— Tu veux que j'appelle le vétérinaire ?

— Il n'y a pas de réseau.

Il avait raison, bien sûr. Il habitait ici et elle n'était qu'une imbécile de Londonienne. Lorsqu'ils arrivèrent finalement au cottage, Georgie s'assit près de Truffe et lui caressa le crâne pendant que Ryan appelait le vétérinaire.

— Le cabinet reste ouvert pour moi, dit-il après avoir raccroché. Je ne sais pas quand je rentrerai, ne m'attends pas.

Elle prit une profonde inspiration.

— Truffe souffre visiblement, et elle a peur. Il vaudrait mieux que tu sois assis à l'arrière avec elle pendant que je conduirai. Ne discute pas, c'est le moins que je puisse faire.

Le moins qu'elle puisse faire ?

Pour commencer, si Georgie s'était montrée plus attentive, Truffe ne serait pas blessée.

Ryan aurait eu envie de lui crier de rentrer à Londres et de le laisser tranquille, mais elle avait raison, il le savait.

— Très bien, répondit-il en lui tendant ses clés sans pour autant parvenir à la remercier. On prend ma voiture, il y a plus de place et elle est plus confortable.

Il installa Truffe à l'arrière pendant que Georgie fermait la porte du cottage. Un instant plus tard, ils roulaient en direction de la clinique vétérinaire.

— Eh bien, jeune Truffe, on dirait que tu as fait la guerre ! s'exclama la réceptionniste à leur arrivée. Linda m'a prévenue de votre arrivée, Ryan, elle vous attend.

— Merci, Carol.

Linda sourit à Ryan quand il entra dans la salle d'examen, Truffe dans les bras.

— Bonjour. Vous voulez bien la déposer sur la table ?

Il s'exécuta.

— Reste là, ma puce. Linda va s'occuper de toi.

Linda examina la chienne et lui fit faire plusieurs mouvements.

— Je sens un déplacement qui ne devrait pas exister au niveau de cette patte, dit-elle. Je dois faire une radio pour vérifier qu'il ne s'agit pas d'une fracture, mais je suis presque sûre que c'est une entorse de niveau deux, ce qui implique une opération pour stabiliser le ligament. Comment s'est-elle fait ça ?

— Elle a creusé un trou sous la clôture, elle a filé dans la colline et elle s'est coincé la patte dans un terrier de lapin.

— Ne vous en voulez pas trop.

Il en voulait surtout à Georgie, mais sa colère se teintait désormais de culpabilité.

— Je connais des chiens qui sont arrivés au même résultat en sautant d'un canapé, dit la vétérinaire. À quand remonte son dernier repas ?

— À ce matin.

— Parfait. Vous pouvez la porter jusqu'au scanner ?

Il se réjouit d'avoir quelque chose à faire. L'attente n'était pas vraiment son fort.

— Bien sûr.

Il resta près de Truffe et l'apaisa pendant que Linda réalisait le scan.

— Bonne nouvelle, dit-elle finalement. Ce n'est pas une fracture, mais je dois stabiliser le ligament. Je vais l'opérer tout de suite. Surtout, n'allez pas sur Internet, dit-elle avec un sourire, ça ne ferait que vous angoisser. Je suis certaine que vous donnez le même conseil aux parents de vos patients.

Exact. Il ne lui restait apparemment plus qu'à aller patienter dans la salle d'attente ! Les yeux humides, du sable dans la gorge, il caressa la tête de Truffe, qui le fixait avec anxiété.

— Je peux rester avec elle, pendant que vous lui administrez l'anesthésique ? Je ne veux pas la quitter... ou qu'elle s'inquiète.

Et surtout, il ne fallait pas qu'elle pense qu'il l'abandonnait, comme ses précédents maîtres l'avaient fait.

Linda, qui connaissait les antécédents de Truffe, hocha la tête.

— D'accord, mais ensuite, je veux que vous sortiez. Je dois me concentrer sur l'opération sans me soucier de vous.

— Très bien. Je t'aime, murmura Ryan à l'oreille de la chienne.

Quand avait-il dit cela pour la dernière fois à un être humain ? Quand quelqu'un le lui avait-il dit pour la dernière fois ?

Si Truffe ne s'en sortait pas, il ne se le pardonnerait jamais.

— Tout va bien se passer, dit Linda. C'est une intervention de routine.

Exactement ce qu'il disait aux parents de ses patients.

— Allez-y, dit la vétérinaire. Je vais demander à Carol de vous préparer une tasse de thé.

— Merci.

Mais il se sentait incapable d'avaler quoi que ce fût.

Georgie, le visage blême et l'air triste, était assise dans la salle d'attente.

— Où est-elle ? demanda-t-elle tout bas.

— Au bloc. Ce n'est pas une facture, mais une entorse de grade deux. Linda va l'opérer pour stabiliser le ligament.

— Je suis tellement désolée...

Soudain, il trouva injuste de reporter son angoisse sur elle.

— Linda a vu un chien se faire la même entorse en sautant d'un canapé. Ça arrive, dit-il en s'asseyant lourdement près d'elle.

— Je vais rester avec toi.

— Tu n'es pas obligée.

— C'est ce que je veux. Il n'y a rien de pire que d'attendre seul.

À la grande surprise de Ryan, elle lui prit la main. Aussitôt, il sentit des picotements sous sa peau, là où leurs corps étaient en contact. Ne sachant que faire, il laissa sa main où elle était, leurs doigts enlacés.

Georgie ne dit rien. Elle lui apportait son soutien sans envahir son espace. Et les mots jaillirent sans qu'il les retienne.

— Je n'aurais pas dû t'aboyer dessus, dit-il sans la regarder.

— Pas de souci.

Comment lui expliquer ?

— C'est juste que Truffe... Ce n'est pas seulement ma chienne. C'est ma famille.

— Je sais.

— Ma *seule* famille.

Elle ne posa pas de questions, comme si elle lui laissait le temps de réfléchir à ce qu'il voulait dire quand il serait prêt. Bien qu'elle ne le lui ait pas promis, il était certain qu'elle ne divulguerait jamais ses confidences auprès de leurs collègues.

— Ma mère m'a eu très jeune, dit-il. Elle n'avait que seize ans et je ne connais pas l'identité de mon père. Elle n'a pas mis son nom sur mon certificat de naissance et elle n'a jamais dit à personne qui il était, si bien que ses parents l'ont chassée de la maison à ma naissance.

Georgie ne répondit pas, mais lui serra plus fort la main. Et soudain, pour la première fois de sa vie, il lui fut facile de parler.

— Elle a trouvé un travail et un appartement. Tout allait à peu près bien pour nous, mais quand j'avais six ans elle a été tuée dans un accident. Un conducteur a percuté son vélo alors qu'elle venait me chercher à l'école. Elle ne portait pas de casque, sa tête a heurté le sol et c'était terminé. Ses parents n'avaient pas voulu me connaître de son vivant et ils n'ont pas souhaité s'encombrer de ma présence après sa mort. J'ai donc été confié aux services sociaux.

Ryan avait été abandonné par sa famille après que sa mère était morte à l'âge de vingt-deux ans.

Tout comme sa chienne avait été abandonnée par ses premiers maîtres.

Maintenant, Georgie comprenait pourquoi il s'identifiait autant à son labrador. Pas étonnant qu'il la considère comme sa seule famille, puisqu'ils avaient subi le même sort.

Il n'y avait rien à dire, aussi continua-t-elle à lui tenir la main et à le laisser parler. Il ne la regardait pas, mais il semblait tellement ailleurs qu'il ne devait plus rien voir de ce qui l'entourait.

— J'étais un petit garçon de six ans en colère, dit-il. Ma maman me manquait et je ne comprenais pas pourquoi elle était morte. Je ne me sentais bien nulle part, je mouillais mon lit, je donnais des coups de pied dans les portes et les murs, je jetais les objets, je les volais, je les cassais. Si bien que les familles d'accueil ne me gardaient pas très longtemps et que j'ai fini dans un orphelinat.

— Tes grands-parents n'ont pas changé d'avis ?

— Non.

— Et ta mère était fille unique ?

— Oui.

C'était un comportement totalement incompréhensible de la part de parents. Ceux de Georgie avaient été là quand l'épouse de Joshua était morte, et ils avaient même proposé de revenir à Londres alors qu'ils avaient pris leur retraite dans le Norfolk.

Après le décès de Charlie, ils avaient aussi été là pour elle.

Si elle avait eu un enfant à seize ans, ils auraient sans doute été déçus que son avenir ne soit pas ce qu'ils avaient imaginé pour elle. Mais ils l'auraient ensuite soutenue et aidée pour qu'elle puisse poursuivre ses études. Et s'il lui était arrivé malheur, elle était sûre que son enfant aurait été accueilli et aimé.

Ryan n'avait rien eu de tout cela. Il avait dû se débrouiller seul ! Et depuis son divorce et le départ de Clara, tout ce qu'il avait, c'était sa chienne.

— Je n'ai pas pitié de toi, dit-elle, mais j'en veux beaucoup à tes grands-parents.

— C'est inutile. Les McGregor ne méritent pas ton attention. Ils auront une vieillesse solitaire, au lieu d'avoir une fille et un petit-fils qui veillent sur eux et adoucissent leurs vieux jours par leurs visites. Ils ont eu la perspicacité d'écrire à ma mère : « Comme on fait son lit, on se couche. » Leur lettre était dans la boîte que les services sociaux m'ont remise quand j'en ai eu l'âge. Maintenant, ils vérifient peut-être eux-mêmes la vérité de cet adage. J'ai pensé aller les voir, mais j'ai décidé qu'ils n'en valaient pas la peine. Ma meilleure revanche est de m'en être sorti malgré eux.

— Tu as raison. Et sache que je ne dirai à personne ce que tu m'as confié.

— Merci.

— Clara est au courant ?

— Oui. C'est elle qui m'a suggéré d'adopter un chien, quand j'ai rompu avec Zoé. Elle pensait aussi que je devais chercher mon père. Mais ma mère n'a jamais donné son nom à personne et je ne vois pas à qui je pourrais poser la question.

— À sa meilleure amie d'enfance, par exemple ?

— Je ne sais rien d'elle. Et même en supposant que je retrouve des camarades d'école qui puissent m'aider à la rencontrer, il se peut que ma mère ne lui ait rien dit non plus. Et dans le cas contraire…

Il secoua la tête.

— Si mon père n'a rien voulu entendre quand elle était enceinte, ou s'il n'a pas voulu de moi quand je suis né, je ne vois pas pourquoi il changerait d'avis trente-six ans plus tard. Et je ne veux pas d'une autre personne qui me laisse encore tomber.

Elle prit cette dernière phrase comme un avertissement : il n'attendait plus rien des relations affectives.

En même temps, elle avait envie de pleurer en pensant au petit garçon abandonné qu'il avait été et à l'homme solitaire qu'il était désormais.

Il n'était pas obligé de continuer à vivre de cette façon.

Mais il dénoua doucement leurs doigts, comme pour lui faire comprendre qu'il allait très bien tout seul.

Carol, la réceptionniste, insista pour leur faire du thé, et Linda réapparut finalement.

— Vous voulez la bonne nouvelle ou la bonne nouvelle ? demanda-t-elle en souriant.

— Elle est tirée d'affaire ? s'exclama Ryan en se levant d'un bond.

— Oui. J'ai stabilisé le ligament, elle a une attelle et il faudra lui donner des antalgiques. Elle a surtout besoin de repos. Vous lui ferez faire des promenades brèves, avec une laisse courte, y compris pour les sorties hygiéniques. Pas de galop, de saut ou de chahut dans la maison, et quand vous n'êtes pas avec elle, elle aura une collerette de protection.

— Elle va mourir d'ennui, dit Ryan.

— Il existe de nombreux jeux pour chiens, y compris d'entraînement mental. Donnez-lui des balles contenant de la nourriture, faites-lui trouver des objets avec une récompense.

— Compris, dit Ryan. Et la seconde bonne nouvelle ?

— Elle s'est réveillée. Elle est encore un peu groggy, mais vous allez pouvoir la ramener chez vous.

À la grande surprise de Georgie, Ryan serra Linda dans ses bras.

— Merci d'avoir guéri ma chienne.

— Je voudrais la voir dans une semaine. Ou avant, si vous pensez qu'elle fait une infection, qu'elle a de la fièvre ou que vous avez la moindre inquiétude.

Georgie attendit Ryan pendant qu'il récupérait sa chienne. Lorsqu'il revint dans la salle d'attente, ses cils étaient légèrement humides.

— Rentrons à la maison, dit-elle doucement.

Elle prit conscience de ce qu'elle venait de dire. *À la maison*. Depuis quand le Grenier était-il devenu sa maison ? C'était vrai, pourtant. Elle avait beau avoir passé son enfance et fait ses études à Londres, elle commençait à se sentir chez elle dans les contrées sauvages d'Écosse.

7

Ryan était assis à l'arrière de la voiture avec Truffe. Qui paraissait groggy et épuisée.

Georgie ne lança pas la conversation. Elle avait le sentiment qu'il pouvait regretter de s'être confié à elle. Et maintenant qu'elle savait pourquoi sa chienne était si importante pour lui, elle se sentait plus coupable encore.

De retour au cottage, elle lui ouvrit la porte pour qu'il puisse porter Truffe à l'intérieur et l'installer dans son panier. Aussitôt, la chienne laissa tomber sa tête entre ses pattes et, même s'il s'efforçait de le cacher, Ryan sembla très inquiet.

Ne pouvant rien faire ou dire pour améliorer les choses, Georgie se montra pragmatique :

— Je vais préparer le dîner. J'ai acheté du saumon, hier.

— Je n'ai pas faim.

— Tu vas quand même manger, parce que tu ne seras d'aucune aide à Truffe si tu tombes d'inanition.

Elle prit son silence pour un assentiment et se mit à éplucher des légumes avant de les faire sauter à la poêle. Elle fit cuire le saumon de la même façon et mit un sachet de riz dans le micro-ondes.

Lorsqu'elle posa les plats sur la table, Ryan eut du mal à s'éloigner de sa chienne.

— Elle va se remettre, dit Georgie d'un ton ferme. Assieds-toi et mange.

Il grogna, mais finit par la rejoindre à table. Il ne mangea que la moitié du riz et du poisson et laissa le reste refroidir. Il retourna ensuite s'asseoir par terre à côté de Truffe, qu'il nourrit avec des boules de riz au poisson.

Georgie aurait voulu le prendre dans ses bras pour le réconforter, mais il l'aurait probablement repoussée. Elle se contenta donc de débarrasser et de faire la vaisselle en silence.

Pour finir, elle brancha la bouilloire et prépara du thé. En apportant son mug à Ryan, elle récupéra l'assiette vide.

— Désolé, marmonna Ryan. Et merci.

— Pas de souci. Je peux faire autre chose pour toi ?

— Non. Je vais rester ici, au cas où elle ferait une mauvaise réaction à l'anesthésie.

Cette idée rendit Georgie malade. Bien sûr, ce n'était pas terminé, l'intervention n'était que la première étape.

— Alors je reste aussi pour te tenir compagnie.

— Pas besoin. Tu travailles demain, alors que j'ai pris un jour de congé.

— Peu importe, puisque je reste. En dehors du fait que c'est ma faute, mieux vaut être deux pour veiller sur un malade. Je vais me mettre en pyjama, ensuite j'installerai ma couette et mon oreiller près du feu. Puis ce sera ton tour.

— Bon, c'est d'accord. Merci.

Dès qu'elle fut redescendue, il monta dans sa chambre pendant que Georgie parlait à Truffe en lui caressant doucement le flanc.

— Tu vas guérir, lui promit-elle à voix basse.

Ryan la rejoignit avec sa propre literie, et s'installa de l'autre côté du panier. Cela rappela à Georgie les soirées pyjama, lorsqu'elle était enfant. À l'époque, ses copines et elles pouvaient papoter jusqu'à l'aube, mais Ryan resta silencieux et elle n'avait pas l'intention de l'importuner avec des bavardages.

Si seulement elle avait vérifié que la porte était bien fermée ! S'il y avait des complications après l'opération, si le pire arrivait, elle ne se pardonnerait jamais d'avoir privé Ryan de ce qu'il avait de plus cher au monde.

Après qu'il eut fixé la collerette au cou de Truffe pour l'empêcher de mâchonner son bandage, Georgie s'endormit. Le lendemain matin, elle fut réveillée par l'alarme de sa montre. Un instant, elle fut désorientée : elle était allongée sur le sol, et l'espace entre Ryan et elle s'était réduit ; en fait, ils étaient dans les bras l'un de l'autre.

Elle referma très vite les yeux.

Que faire, maintenant ?

Depuis la mort de Charlie, elle ne s'était pas réveillée dans les bras d'un homme. Elle aurait parié que Ryan ne s'était pas non plus trouvé dans cette situation depuis son divorce.

Mais ils n'avaient pas planifié ce rapprochement, qui s'était fait pendant leur sommeil.

Comme ce baiser dans le jardin, la nuit de l'aurore boréale.

Si elle tentait d'échapper à son étreinte, Ryan risquait aussi de se réveiller et ils seraient tous les deux très embarrassés. Mais si elle faisait semblant de dormir, il devinerait sans doute la supercherie à la façon dont elle respirait, ce qui serait tout aussi gênant.

Et puis Ryan s'étira, la libérant du même coup.

D'accord. Il ne dormait pas et il avait décidé de bouger le premier. Elle ouvrit les yeux, sans pour autant oser croiser son regard.

— Bonjour.

— Bonjour.

— Comment va Truffe ? demanda-t-elle.

La queue de la chienne battit le plancher.

— Bien, répondit-il en retirant la collerette. Tu veux sortir, ma fille ? Je vais devoir te mettre la laisse, pour éviter que tu te fasses mal.

Du coin de l'œil, Georgie le vit mettre ses chaussures et enfiler son manteau par-dessus son pyjama. Avec ses cheveux ébouriffés, il était absolument irrésistible. Réprimant la bouffée de désir qui menaçait de lui faire perdre la raison, elle se leva d'un bond. La meilleure façon d'affronter son trouble était encore de s'affairer. Quand Ryan revint avec la chienne, elle avait fait du café et mis la table pour le petit déjeuner.

— Tu n'étais pas obligée, lui dit-il.

— J'avais faim, alors autant préparer à manger pour deux. Ça ne prend pas plus de temps.

Il semblait épuisé. Il était clair que les événements de la veille l'avaient profondément affecté.

— Merci, dit-il.

Elle ne chercha pas à alimenter la conversation. Lorsqu'il monta prendre une douche, elle fit la vaisselle et s'assit à côté de Truffe.

— Je suis désolée, lui dit-elle. Tout ce qui t'est arrivé est ma faute. Je sais ce que c'est, d'être négligée. Je m'en veux, parce que j'ai fait autant de mal à Ryan que Charlie m'en a fait. Je ne sais pas comment je vais pouvoir me rattraper, mais je vais tout faire pour.

« J'ai fait autant de mal à Ryan que Charlie m'en a fait. »

Les mots de Georgie frappèrent Ryan sans qu'il en comprenne le sens. D'après les confidences de Georgie, Charlie était un héros mort en mission dans une zone dévastée par un tremblement de terre. Le jour de leur anniversaire de mariage, en voyant ses yeux rougis par les larmes, il avait conclu qu'elle pleurait encore son mari.

Mais comment regretter un homme qui vous avait blessée ?

Il ne pouvait pas lui poser la question, seulement attendre qu'elle soit un jour prête à parler, si du moins ce jour venait. Mais s'il se basait sur ces paroles et sur les quelques détails qu'elle avait laissés échapper, son mariage n'avait pas été aussi heureux qu'il l'avait cru.

Il descendit lourdement les marches pour donner à Georgie le temps de se reprendre.

— Merci d'avoir gardé un œil sur Truffe à ma place, dit-il en traversant la salle de séjour.

— C'est le moins que je puisse faire. À propos, j'ai réfléchi. Si on s'arrange pour que nos services ne coïncident pas, Truffe ne sera jamais seule. Tu pourrais m'apprendre quelques astuces pour l'occuper.

Elle s'efforçait vraiment de réparer son erreur.

Maintenant que Truffe était hors de danger, la colère de Ryan s'était dissipée.

— Merci, c'est une très bonne idée. Et je regrette de m'être défoulé sur toi, hier. C'était injuste de ma part.

Elle releva le menton.

— Je méritais tout ce que tu as dit. Tu m'avais prévenue qu'elle était fugueuse et j'aurais dû vérifier correctement que la porte était bien fermée. Le plus bête, c'est qu'à Londres, je l'aurais fait au moins deux fois. Mais ici, je me sens davantage en sécurité.

— Parce que c'est le cas.

— En tout cas, je veux payer les honoraires de la vétérinaire.

— Truffe est assurée, mais je retiens ta proposition. On doit l'occuper, sinon elle va mourir d'ennui.

— C'est quoi, l'équivalent pour un chien d'une tonne d'histoires pour enfant ?

— C'est ce que tu fais avec ta nièce ?

— Oui, et on danse ensemble. Mais je ne crois pas que ce serait une bonne idée, en ce qui concerne Truffe.

Il imagina Georgie, sa nièce sur les genoux, en train de lui lire des contes. Sans doute la faisait-elle dessiner, ou bien elles jouaient avec de la pâte à modeler. À partir de là, il lui fut facile de se la représenter avec son propre enfant... Une petite fille qui serait le portait de sa mère, mais avec des yeux gris et des cheveux roux foncé comme les siens.

Au secours !

Il ne s'était jamais considéré comme un père potentiel,

auparavant ! Même pas avec Zoé, qu'il avait pourtant aimée. Peut-être parce que Zoé et lui n'étaient pas faits l'un pour l'autre.

Était-il fait pour Georgie ?

L'idée provoqua une sorte de choc électrique en lui. Il était malade d'inquiétude pour sa chienne, qui constituait sa seule famille. Il n'avait pour l'instant pas le temps d'affronter les fantômes de son passé et de trouver la solution pour s'en débarrasser.

Tout en se traitant de lâche, il déclara :

— Si tu es d'accord, je vais chercher du pain à la ferme avant que tu partes.

— Bien sûr. Truffe et moi, on va regarder un épisode de *Friends.*

Georgie était assise près de la chienne, dont elle prenait soin comme Ryan l'aurait fait lui-même. Soudain, il eut l'impression que la carapace qui protégeait son cœur venait de se fissurer, laissant passer un rayon de lumière.

Les jours suivants, ce sentiment s'accrut. Georgie était parfaite avec Truffe. Elle lui trouvait des activités amusantes sans la fatiguer. Et bien que l'idée de laisser quelqu'un l'approcher de trop près terrifiât Ryan, il cherchait le moyen de la faire rester au bout des six mois prévus.

Mais elle se comportait comme une meilleure amie, rien de plus. Comment lui expliquer que ses sentiments envers elle évoluaient ? Qu'il commençait à vouloir des choses qu'il avait cru ne jamais souhaiter ? Et qu'il en avait envie avec elle.

Cohabiter avec Ryan finissait par rendre Georgie folle !

Il lui avait clairement fait comprendre qu'il n'attendait d'elle que de l'amitié et que, en dépit de leur attirance mutuelle, il ne souhaitait pas s'engager dans une relation amoureuse.

Peut-être que s'ils couchaient ensemble, elle cesserait d'être obsédée.

Mais en réalité, s'il se passait quelque chose entre eux, elle voulait que cela dure davantage qu'une nuit. Elle voulait savoir où cela les mènerait.

Le samedi, à l'heure du déjeuner, elle travaillait en pédiatrie quand une petite fille de quatre ans se présenta avec sa mère. Jennie avait attrapé un rhume qui provoquait une toux incessante. D'après sa mère, c'était encore pire la nuit. Maintenant, l'enfant avait même du mal à respirer et on entendait comme un sifflement dans sa poitrine. La petite se plaignait d'ailleurs d'une douleur à ce niveau.

Il s'agissait sans doute d'asthme, mais Georgie voulait d'abord faire réaliser un électrocardiogramme. Elle sortit de la salle d'examen pour chercher quelqu'un qui pourrait l'aider au moment où Ryan se trouvait dans le couloir.

— Tout va bien ? demanda-t-il.

— J'ai une patiente qui souffre vraisemblablement d'asthme et j'aurai besoin d'assistance pour l'électrocardiogramme. Pendant ce temps, je lui donnerai quelque chose pour l'aider à respirer.

— Je m'en charge.

En principe, un médecin titulaire n'effectuait pas ce genre de tâche, mais elle ne discuta pas. Retournant avec lui auprès de la mère et de l'enfant, elle leur présenta Ryan.

— Il y a déjà eu de l'asthme ou des allergies dans votre famille ? demanda-t-il.

— Non. Et dans celle de son père non plus. Vous croyez que c'est ça ?

— C'est possible, répondit Georgie. Mais avant de faire des analyses, nous devons aider Jennie à respirer.

— Est-ce que tu peux te tenir bien droite pour nous, Jennie ? demanda Ryan. Tu respireras plus facilement.

La petite hocha la tête, tandis qu'une larme coulait le long de sa joue.

— C'est très bien, dit Georgie. Maintenant, je voudrais que tu inspires par le nez et que tu rejettes l'air par la bouche. Très lentement.

Quand la petite fut plus calme, Georgie inséra un inhalateur bleu dans un tube d'espacement.

— C'est un médicament spécial pour t'aider à respirer, dit-elle à l'enfant. Je veux que tu tiennes ce tube pour moi et que tu mettes l'embout buccal dans ta bouche. On va appuyer sur le bout que tu vois là, et il va libérer le remède dans le tube. Il faudra que tu inspires et que j'entende le tube siffler. Tu peux faire ça ?

Jennie hocha de nouveau la tête et fit ce que Georgie lui demandait.

— Super ! dit Ryan. Tu es très courageuse.

Jetant un coup d'œil à sa montre, il compta une minute.

— On recommence ?

Ils répétèrent l'opération toutes les soixante secondes pendant dix minutes, puis vérifièrent la saturation en oxygène de Jennie. Ryan amusa la petite fille avec des blagues stupides pendant que Georgie faisait une prise de sang, puis plaçait des électrodes sur la poitrine de sa patiente pour l'électrocardiogramme.

— Tu vois ce dessin, sur le papier ? Il montre comment ton cœur bat, dit Ryan quelques minutes plus tard. Et aussi qu'il va très bien.

La maman parut soulagée.

— C'est de l'asthme, alors ?

— La toux et le sifflement peuvent avoir d'autres causes, mais Jennie est trop jeune pour qu'on fasse un test de fonction respiratoire. C'est un peu frustrant, mais il faudra effectuer un traitement expérimental dans les semaines à venir, dit Georgie.

— Nous allons vous donner un inhalateur et un tube comme celui que nous venons d'utiliser, enchaîna Ryan. Vous vous en servirez chaque fois qu'elle présentera les mêmes symptômes. Elle recevra une dose de corticoïdes, le remède ira droit dans ses poumons et elle sera tranquille pendant que nous chercherons la cause du problème.

— Il faudra que vous teniez un journal de bord pour les médecins, ajouta Georgie. À chaque crise, vous décrirez les symptômes en précisant la date et l'heure, la météo du jour et s'il y a autre chose à signaler. La présence d'un animal domestique, par exemple, s'il faisait froid ou si elle était en train de courir. Je vais vous imprimer les instructions.

— Merci, dit la mère de Jennie.

— Ça va vous paraître un peu cruel, reprit Ryan, mais si vous l'enregistrez quand elle tousse, ce serait d'une grande aide pour le médecin ou l'infirmière.

— Inscrivez aussi le nombre d'aspirations, si cela la soulage ou si rien ne change, ou encore si cela empire. Plus vous donnez d'informations au médecin, plus il affinera son diagnostic.

— Je le ferai, affirma la maman.

— Génial ! Je vais vous remettre un plan d'action pour les deux prochains mois. Vous en ferez part à l'école maternelle, à votre famille et à vos amis, pour qu'ils sachent quoi faire si elle présente des symptômes d'asthme.

— Si elle doit se servir de l'aérosol plus de trois fois par semaine, dit Ryan, l'infirmière vous en donnera un autre. Ce sera un traitement préventif pour tous les jours, de façon à stopper les symptômes. Mais voyons déjà comment elle réagit pendant les deux prochains mois. Si vous êtes inquiète, appelez votre médecin ou venez nous voir.

— Merci, dit encore la maman.

Ryan s'accroupit près de la fillette et sortit un autocollant scintillant de sa poche.

— C'est pour toi, parce que tu as été très courageuse, alors je crois que tu le mérites.

— Merci, dit timidement l'enfant.

Georgie imprima le plan d'action et le journal de bord, puis montra à la mère comment le remplir.

— Prenez rendez-vous avec le spécialiste dans huit semaines.

— C'est ce que je vais faire, dit la maman en prenant sa fille par la main.

Après leur départ, Georgie soupira. Ryan et elle formaient une très bonne équipe, au point qu'ils terminaient quasiment les phrases de l'autre. Pourtant, il faisait marche arrière dès qu'il s'agissait de leur vie privée.

Pourquoi ?

Pour sa part, elle était persuadée qu'ils pouvaient être très bien ensemble. Mais si Ryan n'était pas prêt à leur accorder une chance, elle ne voyait pas quoi faire pour le convaincre du contraire.

Autant abandonner la partie.

Et l'an prochain, quand elle serait rentrée chez elle, Ryan disparaîtrait de sa vie.

8

— Juste un repas pour une personne, ce soir ? demanda Janie, l'air surpris.

— C'est la sortie de l'équipe, répondit Ryan. Je reste à la maison avec Truffe et Georgie peut y aller.

— Si Truffe n'avait pas été blessée, tu y aurais participé ?

Il fit la grimace.

— Seulement parce que je n'aurais pas eu une bonne excuse pour refuser.

— Où est le problème ?

— C'est un ceilidh.

S'il ne dansait pas avec Georgie, tout le monde le remarquerait et les spéculations iraient bon train. En outre, il n'arrêterait pas de penser au soir où ils s'étaient embrassés et au matin où elle s'était réveillée dans ses bras.

— En tant que médecin, tu devrais savoir que danser te fera du bien, fit Janie. Dis-moi plutôt ce qui t'ennuie vraiment.

Chaque fois qu'il pensait à Georgie, son esprit devenait confus…

— J'ai confié l'organisation à une collègue, dit-il, et elle veut que les hommes viennent en kilt.

— Et tu n'en as pas ? Je vais te prêter celui de mon Donald, vous faites à peu près la même taille.

— J'en ai un.

— Dans ce cas, il n'y a pas de souci. Je garderai Truffe toute la nuit, tu pourras rentrer tard. Tu travailles assez dur pour mériter de t'amuser un peu.

Janie reprit le plat qu'elle avait déposé dans le panier de Ryan.

— Je ne te le vends pas. Tu vas aller danser en kilt et je n'accepte aucune discussion. C'est ça ou j'appelle Clara pour qu'elle te fasse la leçon.

Ryan savait quand il était inutile de discuter. Il confia donc Truffe à Janie, puis se doucha et s'habilla. Lorsqu'il descendit, Georgie était prête.

— On peut y aller avec ma voiture, si tu veux, dit-elle.

L'espace d'un instant, il resta sans voix. Elle était splendide ! Ses cheveux formaient un chignon sur le haut de sa tête, une légère touche de mascara agrandissait ses yeux verts déjà immenses, et sa bouche à peine maquillée appelait le baiser. Elle portait une robe rouge très pudique, qui lui arrivait juste en dessous des genoux, mais avec ses talons hauts, ses jambes semblaient interminables.

Il éprouva une envie urgente de la prendre dans ses bras et de la faire tournoyer jusqu'à ce que sa jupe émette un doux frou-frou. Ensuite, il l'aurait reposée à terre.

— Ryan ? Tout va bien ?

Il parvint à se reprendre.

— Tout à fait. Non, c'est moi qui vais conduire pour que tu puisses boire un verre de vin ou d'autre chose.

— D'accord.

Elle toussota avant d'ajouter :

— Tu es plutôt pas mal, dans ce costume.

— Comme toi dans cette robe. Allons-y.

« Pas mal ». L'expression ne rendait pas justice à ce que Georgie ressentait. Elle n'avait vu des hommes en kilt que dans des films et, bien sûr, elle ignorait ce que signifiaient ces teintes gris et noir, mais elles allaient particulièrement bien à Ryan. Il portait aussi une veste Prince Charlie aux boutons gravés de motifs, un gilet, un sporran ou petit sac porté à la taille, une chemise à col cassé et un nœud papillon noir. Ses chaussures étaient vernies et ses chaussettes dévoilaient des genoux musclés.

Elle se sentit rougir en se rappelant ce qu'on disait à propos de ce que les Écossais portaient sous leur kilt.

À l'aide !

La dernière chose dont elle avait besoin, c'était de se comporter comme une lycéenne en plein béguin.

Sauf que c'était plus qu'un béguin. Elle était en train de tomber amoureuse de cet homme farouche et difficile. Un homme au grand cœur qui avait beaucoup à donner mais se tenait constamment sur la réserve.

Ils firent le trajet en silence, puis elle marcha près de lui en direction du club où ils devaient retrouver l'équipe. Parminder et les autres les attendaient dehors et, comme Parm l'avait décrété, tous les hommes célibataires étaient en kilt. Mais aucun d'eux n'arrivait à la cheville de Ryan.

— Je suis impressionnée, dit Georgie. Bravo, Parm ! Quelle belle équipe nous avons !

Alistair, un grand sourire aux lèvres, fit une pirouette.

— Certains sont plus beaux que d'autres.

— Vous êtes très mignon en jupe, Al, dit Georgie d'un ton léger.

— Une jupe ! Sachez que mon tartan fait huit mètres, dit Alistair en lui jetant un regard suggestif. Si vous êtes très gentille, je vous dirai ce que je garde dans mon sporran.

Sachant qu'il était totalement inoffensif et qu'il la taquinait, elle éclata de rire.

— C'est ça !

— Allons-y, dit Parminder. La première partie de la soirée est consacrée au ceilidh, ensuite ce seront les danses de salon.

La salle était magnifique. Les lumières étaient tamisées, des guirlandes ornaient les murs et les colonnes, si bien que l'endroit était comme imprégné de magie. Un orchestre jouait sur une estrade et un animateur faisait les annonces.

L'équipe gagna la piste pour participer à une danse traditionnelle et Georgie s'amusa énormément. Puis, quand les musiciens firent une pause, l'animateur se mua en DJ et lança des playlists.

Georgie dansa avec tous les hommes présents, sauf avec Ryan. L'évitait-il ?

Quand ce fut le tour des slows, les couples se formèrent pour évoluer lentement, joue contre joue, sur la piste. Soudain, Georgie éprouva une grande solitude.

Elle avait adoré danser avec Charlie, mais il n'était plus là. Et même s'il n'était pas mort, ils se seraient sans doute séparés et il vivrait avec sa nouvelle famille.

Perdue dans ses pensées, elle ne vit pas Ryan s'approcher.

— Je peux ?

Incapable d'articuler un mot, elle hocha la tête.

L'attirant dans ses bras, il la serra contre lui.

Ce n'est qu'une danse ! Une simple danse…

Tandis qu'ils évoluaient, enlacés, sur la piste, il sembla à Georgie que le monde extérieur s'effaçait. Il n'y avait plus que la chaleur et la solidité d'un corps masculin contre le sien.

Elle n'aurait su dire qui bougea le premier, mais les lèvres de Ryan frôlèrent les siennes. La caresse était aussi douce et délicate que celle d'une aile de papillon, mais, peu à peu, elle se mua en un baiser sensuel et passionné.

Quand il se redressa, ses yeux gris semblaient presque noirs, dans la lumière tamisée.

— Sortons d'ici, dit-il d'une voix rauque.

Ils étaient près de la porte, personne ne remarquerait leur départ ou ne propagerait de ragots. Leurs collègues présumeraient qu'ils étaient partis plus tôt à cause de Truffe.

— Oui, dit-elle.

À son grand soulagement, ils ne croisèrent aucun membre de l'équipe en allant chercher leurs manteaux. En silence, mais main dans la main, ils regagnèrent la voiture, même si Ryan s'arrêtait souvent pour embrasser Georgie. Il ne la lâcha pas pendant tout le trajet jusqu'au cottage, ne rompant le contact que pour changer de vitesse.

Lorsqu'ils arrivèrent au Grenier, Georgie tremblait d'anticipation. Une fois à l'intérieur, Ryan ôta son manteau et lui retira le sien.

— Tu danses encore avec moi ? demanda-t-il.

Elle acquiesça d'un signe de tête. Il chercha un slow sur son téléphone avant de la prendre de nouveau dans ses bras.

Après un long baiser, il la regarda dans les yeux.

— Qu'est-ce qu'on fait, maintenant ?

— On va dans ma chambre.

— Tu es sûre ?

— Tout à fait. J'en brûle d'envie depuis la nuit de l'aurore boréale.

Il lui caressa le visage.

— J'ai fait un vœu, en voyant l'étoile filante.

Elle se dressa sur la pointe des pieds pour l'embrasser encore.

— Que ce qui se passe en ce moment arrive ?

Les pupilles de Ryan s'élargirent.

— J'ai envie de me comporter comme un homme des cavernes et te porter jusque sur ton lit, mais cet escalier en spirale n'est pas vraiment fait pour ça.

— J'ai une meilleure idée.

Se débarrassant de ses chaussures, elle le prit par la main et l'entraîna vers l'escalier. Lorsqu'ils parvinrent devant la porte de sa chambre, il l'embrassa de nouveau.

— Dès que j'ai vu cette robe, dit-il, j'ai eu envie de te faire tournoyer autour de moi pour la voir s'envoler, ensuite je t'aurais serrée dans mes bras. Et maintenant, je brûle de te l'enlever.

— Avec ce kilt, cette veste et tes cheveux ébouriffés, tu es très sexy. On dirait un chef de clan écossais.

— En ce cas, je vais abuser de mon pouvoir…

Joignant le geste à la parole, il posa la main sur sa nuque et fit très lentement descendre la fermeture Éclair de sa robe, qu'il fit glisser le long de son corps. Bientôt, la robe ne fut plus qu'une flaque de couleur sur le sol.

Les pommettes légèrement rougies, il inspira profondément.

— Et maintenant, docteur Jones…

La soulevant dans ses bras, il poussa la porte avec l'intention évidente de la déposer sur le lit.

— Pas si vite ! protesta-t-elle.

Il se figea sur place.

— Ah bon ?

— Oui, parce que tu es un peu trop habillé. Il faut d'abord régler cette question.

— Que suggérez-vous, docteur Jones ?

— Il y a deux possibilités, docteur McGregor. Soit vous me mettez debout et je vous déshabille, soit vous me déposez sur le lit et vous me faites une séance de strip-tease.

Un lent sourire sensuel étira les lèvres de Ryan.

— Et laquelle préférez-vous ?

— Je n'en sais rien. Je suis gourmande et je voudrais les deux.

— Je suggère un compromis. D'abord, tu me retires ma veste.

Celle-ci fut facile à enlever. En revanche, les boutons ornés du gilet se révélèrent récalcitrants. Puis vint le nœud papillon et quand elle s'attaqua à la chemise, il respira plus vite. Elle la déboutonna, puis la fit sortir du kilt et tomber par terre.

Torse nu, Ryan était magnifique. Une toison légère recouvrait sa poitrine et son ventre était plat.

— Parfait, dit Georgie dans un souffle.

Cette fois, quand il la souleva du sol, leurs peaux entrèrent en contact et elle frémit de désir. Il l'embrassa passionnément avant de la déposer sur le lit.

— Alors, tu as envie que je me déshabille pour toi ?

— C'est surtout parce que je ne sais pas comment le kilt s'attache.

Il eut un petit rire.

— Il y a des agrafes, docteur Jones, ainsi qu'une épingle pour préserver notre modestie quand nous nous asseyons.

Cela voulait-il dire qu'il ne portait rien en dessous ? À cette idée, elle se sentit toute chaude.

— D'abord, le sporran, dit-il. C'est le mot gaélique pour sac. C'est là que je mets mes clés et mon portefeuille. Une poche déformerait le kilt.

Quelques secondes plus tard, le sporran rejoignait la veste.

— Maintenant, l'épingle, dit-il. Ensuite les agrafes, sauf que je dois faire un peu de rangement, d'abord.

— Du rangement ?

— Parfaitement.

Ramassant la robe, il la déposa sur le dossier de la chaise, puis en fit autant pour sa veste et sa chemise.

Ryan McGregor était manifestement un homme soigneux... À moins qu'il veuille la torturer.

Il enleva ensuite ses chaussettes.

— Parce que quand on se déshabille, il y a des priorités, dit-il.

Et un homme nu avec des chaussettes, ce n'était pas particulièrement sexy.

— Je comprends.

La fixant dans les yeux, il défit une agrafe, sur sa hanche droite, puis une autre. Retenant le kilt d'une main, il en fit autant à droite.

— Et maintenant, on retire le kilt, annonça-t-il.

Pour ce faire, il se retourna, révélant un short de jersey blanc et moulant.

— Finalement, un Écossais en kilt porte des sous-vêtements, dit-elle.

— Celui-ci, oui, répondit-il en déposant soigneusement le kilt sur la chaise. Maintenant, ferme les yeux.

Était-il pris de timidité ? Obéissante, elle s'exécuta, mais au bout d'un instant, ne put s'empêcher de soulever légèrement les paupières.

Ryan n'était plus dans la pièce.

Avait-il changé d'avis ?

Elle allait se lever quand il réapparut sur le seuil de la pièce, une boîte de préservatifs à la main.

— Puisque tu as désobéi, dit-il, je pense que c'est à ton tour de faire le show.

— Retirer un collant n'a rien de sexy !

— Est-ce que tu me demandes de le faire, par hasard ?

Une seconde, elle retint son souffle.

— Oui.

— Tes désirs sont des ordres, dit-il en s'inclinant.

Après avoir posé la boîte sur la table de chevet, il glissa les doigts sous la ceinture du collant. Incitant d'un geste Georgie à soulever les fesses, il le fit ensuite glisser le long de ses jambes, caressant chaque centimètre de peau qu'il dévoilait.

À la fin, Georgie frémissait de désir. Elle n'aurait su dire qui de lui ou d'elle lui retira le peu de vêtements qu'il lui restait, car ceux-ci furent rapidement dispersés sous l'effet de l'urgence qui les animait tous les deux.

Il l'embrassa, jusqu'à ce qu'elle le supplie de mettre fin à cette délicieuse torture.

— Tu es sûre ? demanda-t-il.

— Je manque de pratique, depuis un certain temps, mais oui, je suis sûre.

Tandis qu'il tendait le bras pour prendre un préservatif, elle posa la main sur la sienne.

— Laisse-moi faire.

Il eut un sourire si sexy qu'elle sentit le sang battre entre ses jambes.

Le passé n'existait plus, désormais. Seul comptait cet homme, ici et maintenant, et combien elle le voulait.

Elle ouvrit le sachet, puis caressa le sexe dressé de Ryan, le faisant gémir de plaisir. Enfin, elle déroula le préservatif le long de sa verge.

— Maintenant ? demanda-t-il.

— Maintenant, souffla-t-elle.

Il s'enfonça en elle, commença à bouger.

— Garde les yeux ouverts, ordonna-t-il.

Ce fut ce qu'elle fit, au lieu de baisser les paupières et de laisser les sensations se diffuser en elle. Et dans les yeux de Ryan, elle vit le reflet de son propre désir.

Et ce fut l'explosion de l'orgasme, elle sentit le corps de Ryan se tendre contre le sien et elle entendit son cri.

Il la tint encore un long moment avant de s'écarter, puis il se leva pour se débarrasser du préservatif. En revenant, elle le vit ramasser ses vêtements.

— Ne pars pas, dit-elle.

Le visage de Ryan passa par une succession d'émotions, comme s'il était partagé entre l'envie de rester et la pensée que ce n'était pas une bonne idée.

— Juste pour cette nuit, insista-t-elle.

Le lendemain serait un autre jour, mais elle voulait dormir avec lui.

Comme s'il lisait en elle, il hocha la tête et se glissa sous les draps, près d'elle, puis il l'attira dans ses bras. Elle se blottit contre lui, se sentant plus protégée et heureuse qu'elle ne l'avait été depuis bien longtemps.

Ce fut dans cet état de béatitude qu'elle finit par s'endormir.

Le lendemain matin, Ryan se réveilla le premier.

Il ne regrettait pas ce qui s'était passé, parce que faire l'amour avec Georgie avait été tout ce qu'il espérait et plus encore, mais il craignait de mal réagir à la situation et de lui faire du mal.

Il se dressa sur un coude pour la regarder dormir. Elle était si douce, si belle et si généreuse…

Et puis, elle ouvrit les yeux.

— Salut !

Avec ses joues roses, elle était tout simplement adorable. Il mourait d'envie de l'embrasser, mais cela n'aurait fait que compliquer les choses.

— Salut, dit-il doucement.

Elle plissa légèrement les paupières.

— Quelque chose te gêne. Je me trompe ?

— Ce n'est pas ta faute, mais la mienne.

— C'est ce que disent les hommes quand ils veulent se sentir moins coupables.

Il passa la main dans ses cheveux.

— Ce n'est pas ça. Mais je n'aurais pas dû t'embrasser, hier soir. Ce n'était pas juste envers toi.

— Parce que tu es toujours amoureux de ton ex ?

— Sûrement pas !

— Alors pourquoi ?

— Parce que... Je dois être honnête envers toi. Je suis le seul responsable de mon divorce. J'aimais Zoé et elle m'aimait. Très sincèrement, je n'ai jamais voulu lui faire du mal.

— Tu l'as trompée ?

Pourquoi imaginait-elle une chose pareille ?

— Non. Je n'aurais jamais fait ça, mais je l'ai quand même blessée. Elle voulait que nous soyons plus proches, que nous ayons des enfants, et je ne pouvais lui donner ni l'un ni l'autre.

À l'expression de Georgie, il devina qu'elle le croyait stérile et qu'elle allait avancer nombre de solutions. Il lui devait la vérité.

— Pas parce que je ne le pouvais pas. Mais depuis l'âge de six ans, j'ai appris à ne compter que sur moi-même et je me suis fermé aux autres. Zoé ne pouvait rien y changer. Au début de notre mariage, nous ne voulions d'enfants ni l'un ni l'autre. Son horloge biologique s'est ensuite enclenchée, mais pas la mienne. Il n'y avait pas de compromis possible, mais je n'ai jamais fait semblant d'être ce que je n'étais pas.

— Charlie l'a fait.

— Comment ?

— Il fréquentait une autre femme. Chaque fois qu'il partait en mission, elle était avec lui.

Il la fixa, choqué. Maintenant, il comprenait pourquoi elle lui avait posé cette question, un instant auparavant.

— C'est terrible. Je suis désolé.

— Il lui mentait à elle aussi. Il lui avait dit qu'il n'était pas marié.

— Comment l'as-tu appris ?

— Les parents de cette jeune femme, Trish, m'ont écrit. Charlie lui avait dit que j'étais sa sœur. Ils voulaient savoir s'ils pouvaient venir à l'enterrement. Ils m'ont dit combien leur fille avait aimé Charlie. Je crois que je leur ai brisé le cœur quand je leur ai expliqué que Charlie était fils unique et que j'étais son épouse. Et ils ont brisé le mien en m'apprenant que Trish était enceinte. Quand j'avais voulu un enfant, Charlie avait trouvé toutes les excuses du monde pour attendre. J'ai compris que c'était avec moi qu'il ne voulait pas fonder de famille.

— Comment les parents de Charlie ont-ils réagi ?

— Je ne leur ai rien dit. À quoi bon ? Tout le monde pensait que Charlie était un héros. C'était un excellent urgentiste et il partait constamment en mission dans des zones sinistrées.

— Comment as-tu pu supporter cette situation ? Tu savais que Charlie n'était pas l'homme qu'ils croyaient et tu ne rétablissais pas la vérité, alors que tu ne pleurais pas seulement parce que ton mari était mort, mais aussi à cause de sa trahison.

— Il n'était pas là pour se défendre. Si j'ai voulu quitter Londres, ce n'est pas seulement pour fuir la pitié des gens, mais parce que j'avais peur de craquer et de tout révéler.

— Tu ne l'as dit à personne ? Même pas à ta meilleure amie ?

— Non. J'en ai parlé à mon frère, parce qu'il ne comprenait pas pourquoi je m'éloignais de lui. Il était très en colère contre Charlie, mais je lui ai fait promettre de se taire.

— Tu es mille fois meilleure que moi. Je crois que j'aurais tout lâché.

Elle haussa les épaules.

— Encore une fois, à quoi bon faire du mal à des gens qui étaient déjà très affectés ? Je me demande encore ce qui serait arrivé si Charlie et Trish n'étaient pas morts. Est-ce qu'il m'aurait quittée pour elle ? Est-ce qu'ils auraient élevé leur enfant ensemble ?

— Ne te torture pas. Tu ne le sauras jamais.

— Non, mais je dois admettre que je ne suffisais pas à faire le bonheur de Charlie. Sinon, il n'aurait pas cherché ailleurs. Il y a clairement quelque chose qui ne va pas chez moi.

— Tu te trompes ! Il n'y a rien qui n'aille pas en toi ! s'écria Ryan.

— Tu crois ?

Mais une petite voix, dans la tête de Georgie, lui affirmait le contraire. Comment expliquer que Charlie en ait aimé une autre, ou que Ryan lui-même ne veuille pas poursuivre leur relation ?

— N'importe quel homme serait heureux de t'avoir dans sa vie, dit-il.

N'importe quel homme sauf lui ?

Elle ne regrettait pas d'avoir fait l'amour avec lui, puisque c'était ce qu'elle avait voulu. Mais elle n'était pas lâche et le moment était venu d'affronter les conséquences, elle le savait.

— Pour en revenir à nous, dit-elle, où en est-on, maintenant ?

Il posa un regard tourmenté sur elle.

— Tu me plais énormément, Georgie, et je crois qu'on serait bien ensemble.

Elle reprit espoir. Allait-il leur accorder une chance ?

— *Mais...*

Quelle imbécile ! Il y avait un « mais », bien sûr.

Il prit une grande inspiration.

— Tu veux des enfants, alors que je n'ai jamais pensé que la vie me conduirait dans cette direction. Il est tellement facile de commettre des erreurs, nous sommes bien payés pour le savoir, tous les deux ! Et je ne peux pas prendre ce risque avec toi.

— Je peux te demander quelque chose ?

Il lui jeta un regard soucieux.

— Quoi ?

— J'admets que tu ne veuilles pas d'enfants, mais est-ce que je peux te demander pourquoi ?

— Tu connais mon passé, répondit-il en se passant la main dans les cheveux. Après la mort de ma mère, personne n'a voulu de moi. Je ne veux pas qu'un enfant passe par là.

— D'accord. Mais si ta mère n'avait pas été éjectée de son vélo par une voiture, elle t'aurait aimé. Peut-être aurait-elle rencontré un homme et tu y aurais gagné une famille.

— Mais ce n'est pas arrivé.

— Autre chose... Si quelque chose t'arrivait, cet enfant aurait encore une mère pour l'aimer. Ou si quelque chose arrivait à ta compagne, il t'aurait, toi.

— C'est vrai, mais je ne me rappelle pas ce que c'est, d'être un fils. Je n'ai pas eu de modèle masculin, alors comment pourrais-je être un bon père ?

— Je t'ai observé, à l'hôpital. Tu t'occupes de tes patients comme s'ils étaient ta propre chair et ton propre sang. Pendant ta pause, je t'ai vu en train de lire des histoires à un enfant ou bavarder avec les plus âgés.

— Pour éviter qu'ils s'ennuient, pour qu'ils ne dérangent pas les autres.

Il n'y avait pas que cela. Elle avait remarqué qu'il passait du temps avec les enfants qui n'avaient pas de famille.

— Et Truffe ? Tu fais en sorte qu'elle soit nourrie, en bonne santé et aimée.

— C'est différent.

— Tu te trompes. Tu la traites comme les autres hommes traitent leurs enfants. Tu as érigé des remparts autour de toi, mais ils ne sont pas aussi hauts que tu l'imagines.

Il secoua la tête.

— Tu dois comprendre que j'ai toujours gâché mes relations amoureuses.

Le chagrin la submergea. Pourquoi abandonnait-il si facilement ? Il n'estimait pas qu'elle en valait la peine ?

— Donc, tu penses qu'il vaut mieux en rester là ?

— Je pense que c'est la meilleure solution.

— Parce que tu as trop peur pour tenter ta chance.

— Tu me traites de lâche ?

— Pas du tout ! Je suis persuadée que tu es effrayé, têtu, et que tu as décidé que tout est définitivement fixé, sans espoir de changement. Mais la vie n'est pas comme ça, Ryan. Elle peut évoluer. Il ne s'agit pas de rechercher la perfection, mais d'accepter les compromis ou le fait que quelque chose ne se passe pas comme on l'avait prévu. Tout ce que tu as à faire, c'est de tendre la main.

« Tout ce que tu as à faire, c'est de tendre la main. »

Georgie savait-elle à quel point c'était difficile ?

Il était clair qu'elle avait été aimée, pendant son enfance. Au point qu'elle était attentive aux autres, malgré ce que Charlie lui avait fait.

Ryan n'était pas sûr qu'à sa place, il aurait eu une attitude aussi noble.

Et il ne pensait pas pouvoir prendre ce qu'elle lui offrait, parce qu'il était profondément convaincu qu'il ne le méritait pas. Sinon, quelqu'un aurait déjà essayé de le garder, non ? Ses grands-parents, les familles d'accueil. Même Zoé avait renoncé, alors pourquoi serait-ce différent avec Georgie ?

— Je ne peux pas, dit-il.

— Tu ne vas pas essayer, c'est ça ? demanda-t-elle d'une voix triste.

— Non.

Il se sentait malheureux et coupable, mais incapable de changer ce qu'il était. Mieux valait battre en retraite tout de suite, au lieu de se laisser aller à croire que quelqu'un pouvait vraiment l'aimer, pour avoir finalement le cœur brisé.

— En tout cas, je te remercie pour ton honnêteté, dit-elle en redressant le menton. Je vais trouver un autre logement.

— Non. C'est moi qui suis la source du problème, c'est à moi de déménager.

— Tu m'as dit que les propriétaires refusaient les chiens. Ce sera plus facile pour moi.

C'était le moment où il était censé accepter. Elle lui donnait ce qu'il souhaitait et il ne pouvait lui offrir ce qu'elle voulait, alors autant la laisser partir.

Ce ne furent pourtant pas les mots qui sortirent de sa bouche :

— Ne pars pas.

Elle le fixa en silence.

— On est adultes, dit-il. On peut ignorer l'attirance qu'on éprouve l'un pour l'autre, comme nous le faisons au travail.

— Dit l'homme qui a fait l'amour avec moi cette nuit et est encore assis sur mon lit, fit-elle.

— Désolé. Je voudrais être différent, mais je n'ai jamais permis à personne de m'approcher de trop près. Si c'est ce que tu attends de moi, je te ferai forcément du mal et je ne le veux pas.

— Encore une fois, merci d'être honnête.

Honnête ? Il avait plutôt l'impression d'être le plus grand salaud que la terre ait jamais porté.

— Je ferais mieux d'aller chercher Truffe.

Georgie resta blottie dans son lit jusqu'à ce qu'elle entende la porte d'entrée se refermer.

Ryan McGregor était borné, têtu et très stupide.

En tout cas, il ne pouvait apparemment lui offrir que son amitié. Mais contrairement à Charlie, il ne lui avait pas menti. S'il lui avait demandé de rester, c'était seulement parce qu'il se sentait coupable. D'un autre côté, si elle se renseignait auprès des collègues pour trouver un autre logement, il serait évident pour tout le monde que le torchon brûlait entre eux. L'équipe en tirerait des conclusions hâtives et colporterait des ragots, sans compter qu'une fois de plus, on la prendrait en pitié.

Exactement ce qu'elle détestait.

Quelle imbécile elle avait été !

Elle aurait dû refuser, la nuit précédente. Aller se coucher seule, au lieu de céder à la tentation de faire l'amour avec Ryan. La gêne aurait subsisté un temps entre eux, après leur échange de baisers, mais au moins la situation aurait été gérable. Tandis que maintenant, elle savait ce que c'était, de faire l'amour avec lui, de dormir dans ses bras.

Elle avait fait semblant de croire que son cœur n'était pas impliqué dans l'histoire. Mais il l'était bel et bien ! Quelque part, en chemin, elle était tombée amoureuse de l'Écossais farouche, qui était génial avec ses collègues et ses patients. En même temps, il avait érigé de hautes barrières entre lui et le reste du monde parce qu'il avait trop peur de se laisser aller à aimer et qu'on l'abandonne de nouveau.

Un homme qui n'avait confiance qu'en sa chienne et sa meilleure amie, refusant d'ouvrir son cœur à tous les autres.

S'il avait pensé qu'elle en valait la peine, il aurait pris le risque de laisser tomber ses défenses.

Mais ce n'était pas le cas.

Elle n'avait pas suffi à Charlie, l'homme qu'elle avait épousé et qui avait fait un bébé avec une autre. Et elle ne suffisait pas à Ryan.

Le reste de son séjour en Écosse allait constituer un vrai cauchemar... Le même qu'à Londres. Elle était partie en mentant à tout le monde. Elle avait assuré qu'elle allait très bien, alors que son cœur était en pièces.

Mais elle allait s'en sortir ! De toute façon, elle n'avait pas le choix.

En tout cas, plus jamais elle ne tomberait amoureuse.

9

Les jours suivants, les conversations de Ryan et Georgie portèrent exclusivement sur le travail et sur Truffe. À l'hôpital, il était facile de se concentrer sur leurs patients ou leurs collègues, mais au Grenier, la situation était de plus en plus embarrassante. En dehors du partage des corvées et des repas, Georgie passait le plus clair de son temps libre à lire sur son lit.

Et c'était horrible.

Leur ancienne complicité lui manquait...

Cela commençait à être pénible au travail et elle craignait que l'un de leurs collègues ne remarque la tension qui régnait entre Ryan et elle. Par bonheur, ils avaient modifié leurs emplois du temps pour se succéder au chevet de Truffe, si bien qu'ils se croisaient le moins possible.

Un jour qu'elle avait commencé de bonne heure et Ryan plus tard, elle se réjouit cependant de son arrivée, alors qu'elle venait d'être appelée pour une urgence.

Elle effectuait des compressions thoraciques sur un bébé de dix mois qui avait cessé de respirer pendant qu'on l'examinait. Elle comprimait régulièrement son sternum avec la pulpe de deux doigts et, au bout de quinze pressions, elle soufflait dans son nez et sa bouche.

Ryan prit un masque et un ballon.

— Je m'occupe du massage et toi, du ballon, dit-il à Georgie.

Au bout d'une minute, il demanda :

— Pas de toux ou de haut-le-cœur ?

— Non.

Il prit le pouls du bébé.

— Rien. On continue.

Il leur fallut encore dix minutes d'efforts pour que la petite fille réponde.

— On la met sous respirateur et on prévient les parents, dit Ryan. Dis-moi ce qui s'est passé.

— Mollie a dix mois. Elle a eu une nuit agitée et la maman l'a amenée chez le médecin de famille, qui a dit que c'était juste du mucus. Puis elle s'est mise à avoir le hoquet, et du mal à respirer. Cette fois, le médecin a dit qu'il fallait nous l'amener. Je l'avais mise sous oxygène et fait une prise de sang quand elle a fait un arrêt respiratoire. Tu connais la suite.

— D'accord. Tu as fait ce qu'il fallait.

Une fois le bébé sous respirateur, Georgie présenta Ryan à la mère de Mollie.

— Que s'est-il passé ? Pourquoi l'infirmière m'a demandé de sortir ? demanda celle-ci en se tordant les mains. C'est un cauchemar ! Est-ce que Mollie va...

Son visage se crispa et elle ne put se résoudre à formuler à voix haute la pire de ses craintes.

— Nous sommes justement là pour vous mettre au courant, dit gentiment Georgie. Mollie a fait un arrêt cardiaque, c'est la raison pour laquelle l'infirmière vous a fait sortir, parce que c'est insoutenable, pour les parents. Mais par bonheur, le cœur de Mollie est reparti.

La maman porta une main à sa bouche.

— Son cœur s'est *arrêté* ? Mon Dieu ! Elle va s'en sortir ?

— Nous l'espérons, dit Ryan. Pour le moment nous l'avons sédatée et nous avons abaissé sa température pour nous assurer qu'il n'y a pas d'œdème cérébral. Nous l'avons mise sous respirateur pour qu'elle respire correctement et nous la surveillons de très près.

La maman écarquilla les yeux.

— Un respirateur ? Et vous la maintenez endormie ?

Georgie lui pressa doucement la main.

— Ça semble effrayant, mais c'est le meilleur moyen pour la tenir hors de danger, actuellement. Dans deux jours, nous la réveillerons, nous verrons alors comment elle réagit et si elle a besoin qu'on continue.

— Mon bébé… Est-ce que je peux la voir ?

— Bien sûr, dit Ryan. Elle n'aura pas les mêmes réactions que d'habitude, mais elle vous entendra si vous vous asseyez près d'elle et que vous lui parlez. Et elle saura que vous tenez sa main.

— Je peux appeler quelqu'un pour vous ? demanda Georgie. Le papa de Mollie ?

— Il travaille sur une plate-forme pétrolière. Il va être anéanti.

— Nous pouvons lui parler, si vous le souhaitez.

— Je vais l'appeler, mais je ne sais pas s'il pourra venir.

— J'aurai bientôt terminé mon service, dit Georgie. Je vais rester avec vous jusqu'à ce que quelqu'un, un parent ou une voisine, puisse vous soutenir.

— Mais vous avez travaillé toute la journée !

— Ne vous inquiétez pas. Je vous ferai du thé et je vous présenterai aux infirmières des soins intensifs. Je serai assise près de vous pendant que vous appellerez le papa ou n'importe qui d'autre.

— C'est… C'est très gentil de votre part. Vous êtes une bonne personne.

— Je viendrai vous voir avec ma tasse de café pendant ma pause, dit Ryan. Vous pourrez me poser toutes les questions que vous voudrez.

La maman semblait proche des larmes.

— Mollie est notre seule enfant. Nous avons fait trois fécondations in vitro pour l'avoir. Si quoi que ce soit lui arrive…

Georgie la serra dans ses bras.

— Il est bien trop tôt pour envisager le pire, et votre Mollie est une battante. Nous avons réussi à la ranimer après son arrêt cardiaque, alors, pour l'instant, prenons les choses telles qu'elles se présentent, un jour après l'autre.

Le lendemain, l'état de Mollie n'était pas encore stabilisé mais le père avait pu prendre l'avion pour rejoindre son épouse au chevet de leur enfant. Pendant sa pause, Georgie leur apporta du café et des sandwichs.

— C'est très gentil, mais je ne pourrai rien avaler, dit la maman.

— Mollie a besoin que vous préserviez vos forces tous les deux, répondit Georgie. Si vous vous effondrez, ça ne sera pas bon pour elle, alors mangez, s'il vous plaît.

Il y eut un moment difficile au cours de la journée, quand le rythme cardiaque de Mollie ralentit exagérément. Mais le temps que Georgie appelle Ryan pour avoir de l'aide, la situation s'était rétablie.

— Désolée. Je t'ai fait perdre ton temps, fit-elle.

— Non. Tu as fait ce qu'il fallait. Rien d'autre ?

Oui. Je voudrais que tu ne sois pas aussi entêté et que tu nous donnes une chance.

Mais elle n'allait pas prendre le risque d'être repoussée à nouveau.

— Je ne crois pas, répondit-elle froidement avant d'entamer la visite des patients.

D'ordinaire, Ryan évitait de penser à son travail une fois rentré au cottage, mais il ne pouvait s'empêcher d'évoquer la petite Mollie et la terreur dans les yeux de sa mère quand elle avait compris la gravité de la situation. Il pensait aussi à la façon dont Georgie s'était montrée calme, bienveillante et patiente envers les parents chaque fois qu'ils lui réclamaient une explication.

Et Georgie n'était pas seulement un excellent médecin, ce serait aussi une mère fabuleuse. Il avait observé son comportement avec leurs petits patients. Elle savait toujours quand il fallait les réconforter, les câliner ou leur raconter une histoire. Elle prenait le temps de le faire, même si cela l'empêchait de profiter de sa pause, de se restaurer ou de remplir des dossiers.

Elle serait le pilier de sa famille, quand elle en fonderait une.

Georgie était tout aussi fantastique avec Truffe. Bien qu'elle soit peu habituée aux chiens, elle avait appris des jeux pour distraire le labrador pendant son repos forcé.

Comme si Truffe était un enfant capricieux.

Tu la traites comme les autres hommes traitent leurs enfants.

Se comportait-il vraiment avec Truffe comme s'il était son père ?

Tu as érigé des barrières autour de toi, mais elles ne sont pas aussi hautes que tu l'imagines.

Avait-elle raison aussi sur ce point ? Pourrait-il surmonter sa résistance, se laisser aimer et faire partie d'une famille ? Chaque fois qu'il avait essayé, les choses avaient mal tourné et il savait que c'était sa faute.

Georgie prétendait qu'il n'avait qu'à tendre la main... Était-ce vraiment aussi simple ?

Voulait-il fonder une famille ?

Voulait-il fonder une famille avec Georgina Jones ?

Il commençait à croire que la réponse était positive, mais il avait besoin de trouver le bon moment pour en parler à Georgie.

Deux jours plus tard, Ryan relut tous les rapports que les soignants avaient réalisés sur Mollie.

— On devrait essayer d'arrêter la sédation aujourd'hui, dit-il. Si la façon dont elle réagit ne me plaît pas, on lui redonnera des sédatifs encore un jour ou deux.

Pendant la procédure, Georgie vérifia que Mollie respirait bien toute seule et ils la surveillèrent ensemble au moment où elle se réveilla.

La question était de savoir si son état s'était trop dégradé avant qu'elle soit mise sous respirateur, ou si elle était parvenue à passer ce cap. Ensuite, il faudrait trouver les causes de son arrêt cardiaque.

Ryan était au bord de la nausée. Vu ce qu'il avait ressenti lui-même quand Truffe avait disparu, il avait une petite idée de ce qu'éprouvaient les parents du bébé.

Georgie avait raison : Truffe était le substitut de l'enfant qu'il n'avait pas. Il avait été bouleversé alors qu'elle subissait une intervention très simple, mais les parents de Mollie affrontaient une épreuve bien plus dramatique.

Finalement, le bébé ouvrit les yeux.

— Parlez-lui, dit-il à sa maman.

— Mollie ? C'est maman, souffla-t-elle d'une voix tremblante.

Quand la petite fille sourit, Ryan sentit des larmes de soulagement lui picoter les yeux. Se tournant vers Georgie, il constata que les siens étaient humides.

En voyant les parents de cette petite fille se soutenir mutuellement, et la façon dont ils contemplaient cet enfant tant désiré, il se surprenait en train de vouloir ce qu'ils avaient.

S'était-il trompé en maintenant ses distances avec Georgie ? Et comment lui dire qu'il avait changé d'avis et qu'il voulait leur donner une chance à tous les deux ?

Mollie progressa si bien durant la semaine suivante que ses parents furent autorisés à la ramener chez eux avec un suivi et un traitement adaptés. Georgie était justement en train de signer le bon de sortie, quand elle eut une impression bizarre. Elle avait un goût de métal dans la bouche... Avait-elle attrapé une sorte de virus ?

Un peu plus tard, elle constata que ses seins étaient plus sensibles. Il lui fallut tout le reste de la journée pour comprendre que ces symptômes pouvaient avoir une autre cause. D'habitude, ses règles étaient régulières, pourtant elle était en retard.

Ridicule ! Elle ne pouvait pas être enceinte, puisque Ryan et elle avaient utilisé un préservatif.

Se sentant très bête, elle passa néanmoins dans un

supermarché où elle n'était jamais allée pour acheter un test de grossesse. De retour au Grenier, elle profita de l'absence de Ryan pour monter dans la salle de bains. Le résultat allait évidemment être négatif !

Un instant plus tard, elle fixait la petite fenêtre, dans l'attente du résultat. Selon la notice, il ne lui faudrait que quelques minutes pour être rassurée.

Ce furent les trois minutes les plus longues de sa vie. Chaque fois qu'elle regardait sa montre, elle constatait que quelques secondes seulement avaient passé.

Enfin, les mots apparurent, mais ce n'étaient pas ceux qu'elle espérait :

Enceinte d'une ou deux semaines.

Elle se figea sur place.

Qu'allait-elle faire ?

Elle avait voulu un bébé avec son mari, qui le lui avait refusé mais en avait fait un avec sa maîtresse. Et maintenant, elle portait l'enfant d'un homme qui était résolu à ne pas en avoir.

Mais désormais, le désir ardent qu'elle avait refoulé revenait en force. Ce bébé n'était peut-être pas une catastrophe, mais un cadeau du ciel.

Elle se sentait d'ailleurs tout à fait capable de l'élever seule, suivant en cela l'exemple de son frère. Malgré tout, elle allait devoir en parler à Ryan. De toute façon, d'ici la fin de son séjour, sa grossesse serait visible.

Comment allait-il réagir ? Ryan était un homme bon et intègre, il lui proposerait immédiatement son soutien, du moins financier.

Elle descendit lentement l'escalier. Truffe frotta le museau contre sa main, comme pour la réconforter.

— Il ne va pas être content, dit doucement Georgie, pas content du tout.

La chienne se rapprocha encore.

— Comment vais-je le lui dire ?

Truffe émit un faible « woof » qui fit sourire Georgie. Mais en attendant, elle n'avait pas la moindre idée de la façon dont elle allait annoncer la nouvelle à Ryan.

Elle y réfléchit tout en préparant le dîner, composé d'une fricassée de poulet et de brownies à la vanille et au chocolat dont l'odeur la détendit un peu.

Mais quand Ryan rentra, elle n'avait toujours pas trouvé la solution à son problème.

— Salut ! dit-elle. J'ai préparé le dîner.

— Merci, mais je n'ai pas faim.

Avait-il eu une mauvaise journée ? Ce qu'elle avait à lui dire allait encore faire empirer son humeur.

— Tu devrais quand même manger.

Il fronça les sourcils.

— Pourquoi ?

— Il faut qu'on parle.

— Tu vas déménager ?

Très certainement, une fois qu'il serait au courant. Elle ne répondit pas, mais elle fit réchauffer son plat et plaça un sachet de riz dans le micro-ondes.

Il mangea en silence.

Repoussant son assiette à moitié pleine, il la regarda :

— De quoi veux-tu qu'on parle ?

— Il n'y a pas de façon agréable de le dire, mais avant, je veux que tu saches que je n'attends rien de toi.

— Je ne comprends pas.

Dis-lui.

— Le soir du ceilidh... Il y a eu des conséquences.

Elle le vit pâlir à mesure que l'information se frayait un chemin dans son cerveau.

— Mais on a utilisé un préservatif.

— Tu es médecin. Tu sais qu'aucune contraception n'est sûre à cent pour cent. Et nous avons fait un bébé.

Ryan, profondément secoué, fixait Georgie.

Venait-elle de dire... ?

— Nous avons fait un bébé ? répéta-t-il, conscient qu'il devait avoir l'air stupide.

Elle inclina la tête.

Enceinte. De son bébé.

— Depuis quand le sais-tu ?

— Aujourd'hui. Après mon service. J'ai eu deux heures pour y réfléchir, et j'ai parlé à Truffe.

— Elle écoute bien.

— En revanche, ses conseils ne sont pas clairs. Tout ce qu'elle m'a dit, c'est « woof ».

Georgie cherchait visiblement à alléger l'atmosphère, mais elle avait les larmes aux yeux. L'une d'elles coula le long de ses cils et tomba sur sa joue. Ryan l'essuya délicatement du pouce.

— Dis quelque chose, demanda-t-elle.

Il avait l'impression que la nouvelle lui avait grillé le cerveau.

— Qu'est-ce que tu veux faire ? demanda-t-il finalement.

— Je n'ai pas essayé de te piéger, fit-elle.

— C'étaient mes préservatifs et c'était ma responsabilité, dit-il d'un ton clair. Je sais que tu n'y es pour rien.

— Il faut être deux, pour faire un bébé.

Il était quasiment sûr de ce qu'elle allait répondre, mais il posa quand même la question :

— Tu veux le garder ?

— Oui. Comme je te l'ai dit, je n'attends rien de toi. Je sais que mes parents et mon frère m'aideront. Quant à ma nièce, elle sera ravie d'avoir un cousin.

— Si je comprends bien, tu vas retourner à Londres ?

— Ça dépend de toi.

— Comment ?

— Qu'est-ce que tu veux ?

Il n'avait cessé de lui répéter qu'il ne voulait pas d'enfants, mais il commençait à penser qu'il s'était trompé.

Je vais être père.

— Tu sais que j'ai divorcé parce que Zoé voulait des enfants et pas moi ?

— Suppose qu'elle ait été enceinte accidentellement, qu'est-ce que tu aurais fait ? Tu aurais insisté pour qu'elle avorte ?

Pour qui le prenait-elle ?

— Bien sûr que non ! Et je serais resté auprès d'elle. Donc, tu as ta réponse : je resterai avec toi et je vous soutiendrai financièrement, l'enfant et toi.

— Mais pas affectivement ?

— Tu sais que je suis incapable d'éprouver ce genre d'émotions.

En fait, si, mais il ignorait comment les manifester.

— Je te rappelle que quand Truffe a été blessée, tu étais anéanti. Tu aimes cette chienne.

— Nous ne parlons pas de Truffe.

— Si ! Je t'ai déjà dit que tu l'aimais comme si elle était un enfant.

— D'accord, admit-il. J'aime ma chienne.

— Et elle t'aime, continua Georgie. Regarde-la, maintenant. Elle voit que tu es bouleversé et elle se tient près de toi.

En effet, Truffe était assise le plus près possible de lui et, son museau sur le genou de Ryan, elle s'appuyait contre lui.

— Ta chienne est la preuve vivante que tu es capable d'émotions.

Où voulait-elle en venir ?

— Peut-être, dit-il prudemment.

— Et tu l'utilises en déversant toute ton affection sur elle.

C'était sans doute vrai et il ne sut que répondre.

— Tu m'as bien dit que tu aimais Zoé ?

— C'est vrai.

— Donc, tu peux apprendre à aimer notre enfant.

Et il vit dans les yeux de Georgie ce qu'elle ne disait pas : « Peut-être que tu pourras apprendre à m'aimer. »

Elle ne l'avait pas quitté quand il était parti à la recherche de sa chienne, puis quand il l'avait amenée chez la vétérinaire.

À l'hôpital, il l'avait vue assise près de la mère de Mollie jusqu'à ce qu'un proche ou une amie vienne la soutenir. Et depuis trois mois qu'il la côtoyait, elle en avait fait autant avec tous les parents de leurs jeunes patients.

Tu peux lui faire confiance.

Contrairement à lui, elle semblait persuadée qu'il pouvait être père.

— Et si j'échoue ? Si je suis un père désastreux et un partenaire minable ? Si je te laisse tomber ?

Les yeux de Georgie s'emplirent d'espoir.

— Je ne pense pas que ça arrivera. Je ne recherche pas la perfection et notre bébé non plus. Tout ce qu'on veut, c'est quelqu'un qui nous aime tout au long du chemin.

Tendant le bras, elle lui prit la main.

— Et tu ne nous laisseras pas tomber. Il te suffit d'être toi. Un peu moins taiseux et têtu, ce serait pas mal, mais je ne veux pas te changer.

Elle prit une grande inspiration avant de continuer :

— Et puis, je prends le risque de te le dire : je t'aime, Ryan McGregor. Même si au début tu étais Grincheux McRenfrogné. J'aime tout, en toi : la façon dont tu poses tranquillement un diagnostic, la façon dont tu insistes pour voir les choses rationnellement, ce qui ne t'empêche pas de saisir la magie d'une aurore boréale, et enfin la façon dont tu m'as embrassée cette nuit-là. Je crois que je suis tombée amoureuse de toi à cet instant précis. Il y a aussi le soir où nous avons dansé ensemble… J'ai compris que je te voulais pour toujours.

Elle t'aime.

— Et sache que je n'envisage pas forcément de repartir à Londres, dit-elle. En fait, je viens de comprendre que, si tu me repousses, je camperai devant ta porte jusqu'à ce que tu m'acceptes dans ta vie. C'est comme ça que je vois les choses : toi et Truffe, vous êtes à moi, comme le bébé est à nous.

« Je camperai devant ta porte. »

C'étaient les paroles sincères d'une femme amoureuse !

— Si je comprends bien, je t'appartiens ? demanda-t-il.

— Absolument.

— Je m'appelle donc Ryan Jones.

Elle secoua la tête.

— Je préfère de loin Georgina McGregor.

Il sentit les barrières qu'il avait érigées autour de son cœur et qu'il croyait impénétrables se dissoudre sous l'effet de l'amour.

— Et tu me demandes en mariage ?

— Si c'est ce que tu veux, bien sûr. Je peux me mettre à genoux, même, mais ce n'est pas un morceau de papier qui changera ce que j'éprouve pour toi. Tu n'es pas Charlie, je sais que tu ne me négligeras pas. Tu es têtu comme une mule, pourtant je pense que tu m'aimes, toi aussi, mais que tu ne sais pas comment le dire.

Comment faisait-elle pour lire en lui de cette façon ?

— Aussi, dit-elle, je suis heureuse de l'avoir dit la première : je t'aime, Ryan McGregor, et je veux que nous formions une famille, toi et moi.

Se tournant vers Truffe, elle ajouta :

— Dis-lui que tu es d'accord avec moi.

— Woof, fit complaisamment Truffe.

Une famille… Une femme qui l'aimait vraiment.

Elle lui avait dit qu'il n'avait qu'à tendre la main, mais il avait pensé que c'était trop difficile. En réalité, cela ne l'était pas et il avait confiance en Georgie, le médecin compétent, la femme qui avait embrasé son cœur et lui avait montré que le monde était meilleur qu'il le croyait.

Il n'avait qu'à tendre la main.

— Je suis attaché aux traditions, dit-il. C'est à moi de te le demander.

Un genou à terre, il prit la main de Georgie.

— Tu as débarqué dans ma vie à la fin d'une journée horrible et tu y as apporté le soleil. Depuis que je te connais, je vois le monde différemment et grâce à toi, je pourrais croire que le monstre du Loch Ness existe. Tu m'as appris à faire un vœu sous une étoile filante… Un vœu qui a été exaucé. Alors j'espère que le second le sera aussi.

Il se tut quelques secondes avant de reprendre :

— Un vœu que je n'aurais jamais osé faire. Je ne me rappelle pas ce que c'est, de faire partie d'une famille, mais je sais que ma mère t'aurait adorée autant que moi. Est-ce que tu acceptes de m'épouser, Georgina Jones, et d'être mon amour jusqu'à la fin de nos vies ?

Elle se pencha pour l'embrasser.

— Oui ! Je ne peux pas te promettre que je t'obéirai, mais je t'aimerai, je t'honorerai et je te chérirai jusqu'à ce que la mort nous sépare. Je me moque du lieu ou de la date de notre mariage et nous aurons tout le temps de penser à l'endroit où nous voulons vivre. N'importe où, pourvu qu'il y ait un jardin de taille raisonnable pour Truffe et le bébé, avec une clôture sous laquelle la chienne ne pourra pas passer. Mais il y a aussi une condition qui n'est pas négociable.

Il retint son souffle.

— Laquelle ?

Elle rosit légèrement.

— Je voudrais que tu te maries en kilt, celui que tu portais quand on a conçu notre bébé.

Il sentit le sang bouillonner dans ses veines.

— Je crois que c'est envisageable, mais tu devras me l'enlever le soir de notre nuit de noces.

— Pas de souci ! Mais ces agrafes sont un peu compliquées, il va falloir que je m'entraîne.

— Et moi, je vais m'entraîner à te répéter que je t'aime. Il me semble que les leçons devraient commencer maintenant. Docteur bientôt McGregor, je vous aime.

— Je t'aime aussi.

— Bon début. Occupons-nous des agrafes, dit-il en se relevant pour la soulever dans ses bras.

— Dépose-moi ! Tu disais que me porter dans l'escalier était une mauvaise idée, protesta-t-elle.

— Ça, c'était avant. Maintenant, tu es ma future femme et je sais que je ne vais pas te lâcher parce que tu as confiance en moi. Avec toi, je réussirai tout ce que j'entreprendrai. Tu es mon monde, Georgie, et je t'aime, dit-il en l'embrassant. Je t'aime vraiment plus que tout.

Elle lui rendit son baiser.

— Maintenant et pour toujours.

SCARLET WILSON

Rencontre à Londres

Traduction française de
C. DUTEIL

BLANCHE

HARLEQUIN

Titre original :
FAMILY FOR THE CHILDREN'S DOC

Ce roman a déjà été publié en 2021.

Prologue

Clara Connolly sourit en regardant Harry, son ex, enlacer affectueusement sa dernière conquête et lui poser un baiser sur la tempe alors que les portes de l'ascenseur se refermaient sur eux.

Elle sentit des regards curieux se poser sur elle dans le hall d'entrée animé du St Christopher's Hospital d'Édimbourg. Quel message espérait-elle faire passer, avec ce sourire ? L'indifférence ? Le soulagement ? Aucun des deux en fait. Elle n'était sortie que quelques mois avec Harry, et il n'était assurément pas l'amour de sa vie. Plutôt une agréable aventure. Elle se réjouissait qu'il ait rencontré quelqu'un qui fasse battre son cœur, d'autant plus qu'il lui en avait parlé avant que tout le monde l'apprenne.

Le problème, quand on sortait avec un collègue, c'était qu'on tombait constamment l'un sur l'autre après la rupture. Et si elle était heureuse pour Harry et Gerta, le tic-tac de son horloge biologique la rappelait à l'ordre. Son sourire s'effaça pendant qu'elle attendait le retour de l'ascenseur pour monter au service pédiatrie. Elle n'avait que trente ans, mais presque toutes ses connaissances avaient déjà trouvé l'âme sœur, alors qu'elle enchaînait les relations décevantes. Sans drame. Sans maux de tête. Avec juste une impression générale de… vide.

Sa vie était pourtant bien remplie. Il y avait son meilleur ami Ryan, aussi malchanceux qu'elle en amour. Et ses nombreuses amies, pour la plupart mariées, enceintes, ou mères d'au moins un rejeton. Elle possédait un cottage dans un village proche d'Édimbourg, dans un cadre magnifique au milieu des champs, véritable havre de paix après une garde difficile. Mais depuis quelque temps, elle avait conscience du vide angoissant de son existence. La veille au soir, après un verre de vin, elle avait sérieusement envisagé de recourir à un don de sperme. Elle avait toujours voulu être mère. Bien sûr, elle pensait rencontrer quelqu'un avec qui partager les joies de la famille, mais plus elle cherchait, moins elle trouvait de candidats potentiels.

Pourquoi ne pas opter pour cette solution ? Elle avait réussi dans la vie, elle était propriétaire de sa maison et avait un bon emploi. Il n'y avait pas de raison pour qu'elle ne puisse pas élever un enfant seule. Mais le voulait-elle vraiment ?

La famille comptait beaucoup pour elle. Sa mère et son père avaient pris leur retraite en Espagne quelques années plus tôt, et ils avaient une vie sociale plus riche qu'elle. Son frère Euan, ingénieur en Australie, était marié, père de trois jeunes enfants, et il n'avait jamais été aussi heureux. Chaque fois qu'elle bavardait avec ses parents ou son frère en vidéo, ils lui demandaient immanquablement si elle avait rencontré quelqu'un. Sa famille voulait la voir casée et heureuse, et cela commençait à la tourmenter. Ce n'était pas comme si elle pouvait faire apparaître l'homme parfait d'un coup de baguette magique.

Sa mère avait toujours désiré une famille nombreuse, mais une pré-éclampsie avait mis fin à son rêve. Avec son frère qui vivait à l'autre bout du monde, Clara se devait de donner à ses parents des petits-enfants qu'ils pourraient voir grandir. D'ailleurs, elle avait toujours imaginé son avenir peuplé d'enfants.

Les portes de l'ascenseur s'ouvrirent, et quelques minutes plus tard elle pénétrait dans son service. Par les fenêtres, il y avait une jolie vue sur la ville, avec une partie du château royal et le Scott Monument, mais aujourd'hui, ces repères familiers lui procuraient un sentiment de malaise. Elle fit une rapide visite aux patients, étudia les diagnostics des admissions de la nuit et examina les enfants déjà hospitalisés dans son service. Elle venait de s'entretenir avec les parents d'un bébé souffrant d'une infection pulmonaire quand sa collègue Bea entra, un café dans chaque main. Elle en posa un sur le bureau de Clara.

— Tu as encore cette expression…

— Quelle expression ? demanda Clara, levant les yeux des examens qu'elle prescrivait sur l'ordinateur.

— Celle qui proclame que tout va bien alors qu'en réalité, tu ne vas pas bien du tout.

Clara but une gorgée de café.

— Comme ça ?

Elle travaillait depuis cinq ans avec Bea, une infirmière qui était passée chef de service, et elles étaient devenues amies. Bea n'était pas hypocrite, et elle non plus, ce qui expliquait probablement leur parfaite entente.

Bea soupira.

— Tu fais cette tête depuis que nous avons eu le petit Ben Shaw. Comme si tu venais ici par devoir, et plus par envie. Tu m'inquiètes.

Clara avala la boule qui lui obstruait la gorge. Ben Shaw avait été admis de nuit quelques mois plus tôt, en l'absence de Clara qui avait une gastro-entérite et avait été remplacée par un suppléant. Ben souffrait de douleurs abdominales et devait être réexaminé le lendemain.

Mais dès son arrivée dans le service, Clara avait compris ce qui n'allait pas chez lui. Rares chez les enfants, les occlusions intestinales étaient difficiles à repérer pour quelqu'un d'inexpérimenté.

Sur son ordre, Ben avait été transporté d'urgence en chirurgie, mais il avait fallu lui enlever une partie des intestins. Le diagnostic tardif avait bouleversé sa vie, et cela hantait Clara.

Bea pressa la main de Clara qui, la vue brouillée par les larmes, fixait l'écran. Cette histoire l'avait beaucoup affectée, la laissant engourdie, déprimée.

Ce n'était pas nouveau. On lui avait diagnostiqué une dépression pendant son adolescence, et cela ne l'avait plus quittée. Parfois elle allait bien. Parfois mal. Il lui arrivait d'avoir besoin d'un thérapeute et d'un traitement médicamenteux pour se sentir mieux. La plupart de ses connaissances n'en savaient rien, car elle était très discrète sur sa santé mentale. Quand elle avait dû s'absenter plusieurs mois durant ses études de médecine, sa famille et ses professeurs avaient été d'un grand soutien. Elle avait même été autorisée à passer un examen majeur à une date ultérieure. Mais elle n'en parlait jamais.

Elle s'adossa à son siège et prit son café à deux mains.

— C'est juste que ces derniers mois ont été durs, entre l'histoire de Ben, la rupture avec Harry, et ce qui se passe avec Ryan.

— Qu'est-ce qu'il se passe avec Ryan ?

— Tu peux garder un secret ?

Bea hocha la tête. Ryan McGregor, un collègue médecin, était le meilleur ami de Clara, et il parlait peu de sa désastreuse vie amoureuse.

— Il traverse une mauvaise passe, dit Clara. Il vit un divorce difficile et n'arrive pas à s'en sortir. Il va venir habiter quelques jours chez moi, le temps que ça s'arrange.

Bea fronça les sourcils.

— Ils ont vendu la maison et il a du mal à trouver une location en attendant d'acheter quelque chose, dit Clara.

— À cause de son chien ? demanda Bea, et Clara acquiesça. Je sais qu'il l'adore, mais rares sont les locations qui acceptent les animaux domestiques. Il risque de s'incruster chez toi plus longtemps que tu ne penses.

Clara battit des cils pour refouler ses larmes.

— Je ne sais pas quoi faire pour l'aider.

Bea la considéra avec sympathie.

— C'est dur de soutenir ses amis quand on ne va pas bien soi-même.

Clara se sentait déjà un peu mieux. Elle ne pouvait pas confier ses pathétiques angoisses à Ryan, qui avait assez à faire avec ses propres soucis. Cela aurait été égoïste. Mais parler avec Bea avait un peu allégé son mal-être.

Clara n'avait pas le moral, ces derniers temps, et ne voulait s'en ouvrir à personne. La semaine précédente, alors qu'elle remplissait un questionnaire postnatal avec une jeune mère dont l'état l'inquiétait, elle avait été interpellée par certaines questions et s'était demandé comment elle-même y aurait répondu. Elle n'avait pas de bébé, mais cela l'avait fait réfléchir sérieusement.

— Je dois me ressaisir. Je ne dépends de personne. J'ai un bon emploi, une belle maison. Je devrais être heureuse.

— Mais tu ne l'es pas, dit Bea d'un ton égal. Qui essaies-tu de convaincre, moi ou toi ?

— Non, je ne le suis pas, dit Clara, honnête, avec un soupir.

Elles gardèrent le silence un moment, pendant que Clara pensait à l'aveu qu'elle venait de faire. Cela n'avait pas été aussi effrayant qu'elle l'aurait cru. Peut-être grâce à Bea, à son intuition, sa compréhension, sa franchise. Bea ignorait que Clara avait fait la démarche d'aller voir son généraliste quelques jours plus tôt. La main de Clara se referma sur la plaquette de cachets au fond de sa poche. Elle ne savait pas encore si elle allait les prendre. Elle admettait en avoir besoin. Quand la vie commençait à s'assombrir, elle devait réagir. Elle avait vu son propre reflet sur le visage de la jeune mère en détresse. Et cette conversation avec Bea était un signe. L'assurance dont elle avait besoin. Ses doigts se resserrèrent sur les médicaments. La dépression n'était pas une marque de faiblesse. Elle frappait nombre de ses collègues et amis, stressés par leur métier. L'identifier, consulter son médecin et accepter le traitement n'étaient que les premières étapes. Il était temps de passer à la suivante. Elle sourit à Bea avec gratitude.

— J'adore travailler avec toi. Tu ne laisses rien passer.

Bea secoua doucement la tête.

— Cette conversation n'est pas terminée, Clara. En tant qu'amie, j'ai le devoir de te le dire, tu dois te laisser un peu d'espace pour décider ce que tu attends vraiment de la vie. Tu es jeune, belle, excellent médecin. Mais est-ce suffisant ? Peut-être qu'il te suffirait de changer d'air, prendre de la distance. Parfois, on s'encroûte et on a besoin de nouveauté. Si tu réfléchissais à ça ? fit-elle en désignant un prospectus sur le panneau d'affichage.

Clara tourna la tête vers le papier froissé placardé depuis des mois auquel elle n'avait guère prêté attention. L'annonce promouvait les échanges de postes entre hôpitaux du Royaume-Uni pour une durée de six mois.

Elle rit.

— Quelles sont les chances qu'un autre chef de clinique en pédiatrie veuille prendre ma place pendant six mois ? Et qu'il travaille à un endroit où j'aurais envie d'aller ?

Bea se leva et ramassa les tasses vides.

— Tu ne le sauras pas si tu n'essaies pas, répondit-elle avec un clin d'œil malicieux avant de quitter la pièce.

Pendant plusieurs minutes, Clara resta immobile. Elle avait réussi à exprimer ce qu'elle ressentait, et tout ce qu'avait dit Bea était vrai. Elle allait mal et n'arrivait pas à savoir pourquoi. Il n'y avait pas de raison objective, simplement plein de petites choses qui bouillonnaient sous la surface et lui donnaient un sentiment de tristesse et d'insatisfaction. Elle détestait cela. Elle avait l'impression de ne pas être *elle-même*.

Elle n'avait pas le droit d'être malheureuse. Elle avait toutes les raisons d'être enchantée de sa vie. Mais elle ne maîtrisait pas ses sentiments. Elle sortit le premier comprimé de la plaquette et l'avala. Voilà. Un pas après l'autre. Mais peut-être devait-elle aussi tenter autre chose ?

Elle finalisa les prescriptions pour les examens à réaliser sur ses patients. Puis elle ouvrit une nouvelle fenêtre sur l'écran de l'ordinateur et tapa machinalement l'adresse du site web mentionné sur le prospectus.

Il ne lui fallut qu'une minute pour entrer les informations la concernant : nom, profession, adresse personnelle… Elle téléchargea des photos de chez elle qu'elle avait prises avec son téléphone pour les envoyer à son frère en Australie. La rubrique suivante était la plus délicate. Où cherchait-elle un poste ? Elle secoua la tête. Elle laisserait le sort en décider.

Le sablier tournoyant apparut sur l'écran. Elle grogna. Elle avait dû perdre le site, ou sa recherche était trop vague pour le système. Quand ce truc pirouettait sur l'écran, c'était généralement mauvais signe.

Elle reculait son fauteuil de bureau pour regagner son service quand l'écran clignota et afficha des données. Elle les fixa, bouche bée. Il y avait une correspondance. Une seule.

Elle se pencha pour lire. Londres. Royal Hampstead Free Hospital. *Impossible.* Pourquoi un médecin d'un hôpital aussi prestigieux aurait-il voulu échanger son poste avec elle ?

Son cœur s'affola. Le destin. Elle avait laissé le sort décider. Et il avait répondu. Une occasion professionnelle dans un hôpital à la réputation fabuleuse. C'était trop beau pour être vrai.

Sur l'écran, un bouton l'invitait à en savoir plus. Son cœur bondit dans sa poitrine.

Elle n'hésita qu'un instant avant de cliquer.

Londres. Prépare-toi, Clara Connolly arrive.

1

Deux semaines plus tard

Clara secoua la tête. Elle était folle. Complètement folle. La veille, après son dernier jour de travail à Édimbourg, une fois son adorable cottage avec vue sur la paisible campagne écossaise regagné, un mouton facétieux était venu presser son mufle contre la fenêtre de sa cuisine. La routine, quoi.

Et aujourd'hui, elle tournait en rond au volant de sa voiture dans les rues de Londres, le dos trempé de sueur, en cherchant vainement un endroit où se garer.

Elle n'avait pas songé à se renseigner, supposant qu'il y aurait une place pour sa voiture près de l'appartement. Quelle erreur !

Certaines rues n'avaient pas une seule place de parking. D'autres n'autorisaient le stationnement qu'aux détenteurs d'une carte spéciale. Et garer son véhicule dans un parking coûtait la bagatelle de trente livres par jour. Trente livres !

Le voyage depuis Édimbourg avait pourtant bien commencé. Elle était partie tôt, au cas où des imprévus l'auraient retardée, et elle avait bien fait. Près de Newcastle, une collision sur l'autoroute avait ralenti la circulation, puis il y avait eu de gros travaux près de Doncaster. Finalement, elle était arrivée à Londres en pleine heure de pointe. Pour ne rien arranger, elle n'avait pas mis son GPS à jour et il ignorait quelles voies étaient à sens unique, ou interdites d'accès. Quand le énième chauffeur de taxi klaxonna rageusement pour la rappeler à l'ordre en la fusillant du regard, elle était au bord des larmes.

Elle s'était toujours enorgueillie d'être bonne conductrice, et n'avait jamais eu ni provoqué d'accident. Mais en une heure à Londres, elle avait évité de justesse plusieurs accrochages et une collision frontale. Lorsqu'elle aperçut enfin les gratte-ciel aux lignes pures du quartier de Canary Wharf où se trouvait l'adresse qu'elle cherchait, elle était à bout de nerfs.

Ignorant le panneau d'interdiction de stationner, elle s'arrêta devant l'immeuble et, descendant de voiture, elle inspira l'air tiède et moite.

Émergeant de l'élégante tour, un homme fronça les sourcils en croisant cette femme hagarde et mal garée. Sa voiture était pleine à craquer, on n'allait quand même pas lui interdire de décharger ses affaires ici, quand même !

La façade du hall d'entrée était entièrement vitrée et l'immeuble se dressait face à Canary Wharf. Examinant la rangée de petites boîtes à gauche du hall, elle trouva le 14C et entra le code approprié. À la vue de la clé métallisée, de la télécommande beige et de la mince carte électronique qui devaient ouvrir la porte de son appartement, elle poussa un soupir de soulagement.

Jetant un coup d'œil à sa voiture, elle hésita à aller chercher quelques affaires pour ne pas prendre l'ascenseur les mains vides, mais la curiosité l'emporta. Elle avait hâte de découvrir son foyer des six prochains mois.

Les portes métalliques coulissèrent et elle sentit à peine l'ascenseur vibrer avant qu'il la dépose au quatorzième étage. En quelques pas, elle parvint devant l'appartement, scanna la carte électronique, et la porte s'ouvrit avec un déclic.

Elle entra et eut le souffle coupé. Le soleil bas dans le ciel baignait les lieux d'une lumière chaude et dorée.

Tout paraissait si propre ! Le vestibule au carrelage ivoire menait à une cuisine immaculée dans les mêmes tons, qui ouvrait sur un spacieux salon meublé de trois canapés crème, d'une table en verre et d'une télévision accrochée sur le mur de gauche. Mais le plus spectaculaire était la vue. Les baies vitrées qui occupaient la façade révélaient toute la beauté de Canary Wharf, situé à un jet de pierre. Ses pas la conduisirent machinalement vers les portes coulissantes. Elle les ouvrit et sortit sur le balcon.

Les docks étaient assez proches pour qu'elle puisse voir l'activité fébrile qui y régnait. Les restaurants et les bars se côtoyaient, et des bateaux dansaient sur l'eau. Le bourdonnement des employés fréquentant les cafés et les restaurants après leur journée de travail flottait jusqu'à elle, avec les parfums épicés qui montaient des cuisines.

Le regard de Clara suivit la ligne d'horizon de la ville et repéra l'auditorium et la rivière qui serpentait plus loin. Elle était vraiment à Londres. Elle l'avait fait. Elle avait quitté l'Écosse, changé le cours de sa vie. Appuyée au garde-fou, elle ferma un instant les yeux et inspira l'air tiède, se laissant envahir par les sensations nouvelles. Il faisait plus chaud qu'en Écosse, mais sa peau la picotait.

Elle rouvrit les yeux et faillit sursauter devant la vue imprenable. Le long des docks, des tours tachetées de lumières projetaient une lueur mauve et rose qui se reflétait en scintillant sur l'eau. C'était magnifique, et s'y habituer ne serait pas difficile. Elle se retourna pour examiner l'intérieur de l'appartement.

Il ne ressemblait en rien à ce qu'elle connaissait. C'était comme un show-room agrémenté de meubles superbes à la disposition étudiée. Sans les coussins épars et les livres dans la bibliothèque, on aurait pu le croire inhabité.

Avec une grimace, elle pensa à son canapé mou peu élégant, à ses murs de pierre sombre et à sa cheminée capricieuse. Pourvu que Ryan ait, comme il l'avait promis, rangé le cottage avant de partir, laissant à sa remplaçante un mot de bienvenue et le réfrigérateur bien rempli.

Elle déambula dans l'appartement. La chambre était aussi immaculée que le reste, avec du linge de lit blanc et un grand et confortable plaid rose au pied du lit. De la place avait été libérée pour elle dans le dressing, et elle résista à la tentation de regarder quels vêtements sa collègue avait laissés.

Devant la baie vitrée, un joli bureau jouissait de la vue imprenable sur Londres. Dessus trônait une bouteille de champagne ceinturée d'un ruban rose, avec un message :

J'ai pensé que, si vous étiez comme moi, vous auriez besoin de ça après votre long voyage.

Il y a une cachette secrète pour le chocolat dans le tiroir de droite, et j'ai commandé des provisions en ligne que Louie, le concierge, a dû vous laisser dans la cuisine.

En cas de problème, appelez-le en composant le 01, il sera ravi de vous aider.

À part ça, profitez bien de Londres !

Georgie

Incapable de résister, Clara ouvrit le tiroir et découvrit un assortiment de chocolats, du noir à la menthe, du chocolat au lait à l'orange, des caramels au chocolat, et une énorme barre de caramel au beurre salé.

Apparemment, les choses s'arrangeaient.

Elle fronça les sourcils. Un concierge ? Elle n'avait vu personne derrière le bureau du hall d'entrée. Retournant dans la cuisine, elle ouvrit le réfrigérateur étincelant. Du lait, du beurre, des œufs, du fromage et du bacon l'attendaient, ainsi qu'une sélection de fruits et de légumes. Dans un placard, elle trouva du pain, des pâtes et quelques bocaux, largement de quoi dîner pour plusieurs jours. C'était vraiment gentil et prévenant de la part de sa collègue. Mais là, elle avait très envie de pizza.

Avec un soupir, elle regagna le rez-de-chaussée pour aller chercher le reste de ses affaires. Il lui faudrait au moins une heure pour tout monter et défaire ses bagages.

Le hall d'entrée était désert et, à travers la vitre, elle vit un agent de police devant sa voiture. Elle se précipita dehors, marmonna des excuses et ouvrit la portière avant qu'il ait pu rédiger un PV. Haussant les sourcils, il désigna une rampe d'accès à droite de l'immeuble.

— Seuls les véhicules d'urgence peuvent se garer ici, fit-il en grommelant. Si vous alliez plutôt au parking souterrain ?

Un parking souterrain. Bien sûr. Un immeuble de ce standing avait forcément un parking pour les résidents. Mais elle ne l'avait pas vu depuis la rue. Irritée, elle monta dans sa voiture et démarra. Elle dut opérer de savantes manœuvres pour insérer son gros 4-4 dans l'étroit accès.

Retenant son souffle, elle descendit lentement la rampe. Pour la première fois de sa vie, elle regrettait d'être au volant de l'encombrant véhicule, parfait pour les routes de campagne écossaises mais complètement inadapté ici.

Il faisait particulièrement sombre dans le parking. Des lampes n'étaient-elles pas censées s'allumer à l'entrée d'un véhicule ? Elle avait l'impression d'être dans un film d'horreur, et qu'à tout instant un tueur armé d'une hache allait bondir sur le capot de sa voiture.

Elle alluma ses phares et freina brutalement à quelques centimètres d'une petite voiture de sport rouge. Elle souffla. Bon sang, il s'en était fallu de peu.

Elle regarda à droite et à gauche, scrutant le parking sombre. Il n'avait pas l'air immense et, sans éclairage, elle allait avoir du mal à manœuvrer sa grosse voiture, trop ancienne pour bénéficier de détecteurs de recul. Elle préférait ne pas penser aux luxueuses autos dissimulées dans l'ombre.

Repérant des lignes blanches au sol, elle roula lentement vers une place de stationnement. Ses phares éclairèrent le côté d'une voiture, et elle avança et recula à grand renfort de jurons pour se glisser dans l'emplacement. Elle avait l'impression de ne plus savoir conduire !

À sa décharge, les places étaient minuscules, elle y voyait mal, et elle était fatiguée. Elle aurait simplement voulu attraper ses affaires et regagner l'appartement pour déboucher cette bouteille de champagne.

De guerre lasse, elle cessa de manœuvrer et descendit de voiture en retenant sa portière pour ne pas toucher le véhicule voisin. La sueur lui coulait dans le dos. Il faisait beaucoup plus chaud dans la capitale. Elle n'avait pas pensé à ce détail quand elle avait fait ses valises.

Elle contourna à tâtons le 4-4 et, ouvrant le coffre qui s'éclaira faiblement, elle attrapa des cartons. Ne comptant pas redescendre ce soir, elle n'allait prendre que le strict nécessaire. Elle n'était pas impressionnable, mais n'importe qui aurait été stressé, seul dans un parking inconnu plongé dans le noir. Elle posa un carton sur le toit du 4-4 et en prit trois autres. Au fond du parking, elle distinguait un petit carré bleu lumineux qui devait être l'ascenseur. Au moins, elle pourrait remonter. Le lendemain, elle parlerait au concierge de ce problème d'éclairage. Au pire, elle achèterait une lampe torche.

Comme elle refermait le coffre, les bras chargés de cartons, les lumières du parking s'allumèrent subitement, comme par magie. Elle tressaillit. En équilibre instable, le carton sur la pile bascula, se vidant sur le sol en béton.

Elle gémit tandis qu'un véhicule descendait au parking. Le conducteur s'arrêta, la foudroya du regard, et se gara sur l'emplacement d'en face. Sympathique, le gars.

Elle s'agenouilla et fourra ses affaires de toilette et ses sous-vêtements pêle-mêle dans le carton. Pas question que Grincheux voie ses petites culottes.

Un murmure étouffé lui fit lever les yeux, l'homme portait un enfant endormi dans ses bras.

— Essayez au moins de vous garer à votre emplacement, fit-il, peu amène, en s'éloignant à grands pas.

Maintenant que le parking était éclairé, elle vit que chaque place portait un numéro. Et elle s'était garée au 24F. Oups.

Elle essaya de déchiffrer les numéros. Si elle ne se trompait pas, le 14C devait se trouver tout au fond. Génial. Elle allait devoir y porter ses cartons. Devait-elle déplacer sa voiture ? Peut-être pas maintenant. Elle le ferait quand elle viendrait chercher le reste de ses affaires. Elle se releva d'un bond et courut derrière le mauvais coucheur.

Il était grand, environ un mètre quatre-vingt-dix, avec des épaules larges et des enjambées scandaleusement rapides. La cabine d'ascenseur s'ouvrit et il s'engouffra à l'intérieur.

— Excusez-moi, dit-elle en s'approchant. Je n'ai pas vu ce que je faisais... Le parking n'était pas éclairé quand je suis arrivée et je n'ai pas encore pu parler au concierge et...

Voilà qu'elle bredouillait maintenant. Un comble.

Il se retourna, et elle faillit s'étrangler. Il était d'une beauté saisissante. *Vraiment* saisissante. Des cheveux bruns, une silhouette élancée et athlétique, la mâchoire bleuie par une barbe naissante, des yeux pénétrants.

Il y avait longtemps qu'elle n'avait pas prêté attention à ce genre de détails. Les hommes qu'elle avait rencontrés ces derniers temps se confondaient dans son esprit. C'était la première fois qu'elle *remarquait* quelqu'un depuis longtemps. Dommage qu'il soit aussi arrogant que beau.

Son bafouillage n'arrangeait rien, et elle détestait exposer sa nervosité. Surtout devant un homme qui lui témoignait un tel mépris. Comment osait-il ? Ne pouvait-il se montrer un peu amical ?

Quelle horrible situation. Il vivait de toute évidence dans l'immeuble, et elle n'avait pas envie de se faire un ennemi de quelqu'un qui serait son voisin pour les six prochains mois. D'un autre côté, il devait se rendre compte qu'elle venait juste d'arriver. Ne pouvait-il pas faire un effort ?

Apparemment pas. Ses yeux bleu marine étaient toujours aussi furibonds. Il y eut un bruit derrière elle, suivi du hurlement strident d'une alarme de voiture qui les fit sursauter. Contre lui, l'enfant tressaillit et se mit à pleurer.

Clara se retourna. La caisse posée en équilibre précaire sur le toit de sa voiture avait disparu, et l'alarme du véhicule voisin s'en donnait à cœur joie...

— Oh ! mon Dieu.

Elle se tourna vers l'ascenseur dont les portes se refermaient. Elle poussa un soupir.

— Bienvenue à Londres, Clara Connolly, fit-elle tandis que les lumières du parking s'éteignaient, la plongeant dans les ténèbres.

Une nouvelle fois.

2

Joshua Woodhouse passait une mauvaise journée.

Rectificatif. Il passait une mauvaise *semaine* depuis que sa sœur Georgie lui avait appris à brûle-pourpoint qu'elle échangeait son poste avec une collègue pour une durée de six mois et qu'elle partait pour l'Écosse. Il n'arrivait pas à s'en remettre. Était-elle malheureuse ? Déprimée ? Neurasthénique ? Pourquoi n'avait-il rien vu ? Elle lui avait simplement dit qu'elle avait besoin de changer d'air quelque temps, et il ne pouvait l'en blâmer. Après la mort accidentelle de son mari, l'année précédente, Georgie avait pourtant repris le cours de sa vie, continuant à travailler au service pédiatrique du Royal Hampstead Free, et jouant à l'occasion les baby-sitters pour sa nièce Hannah, la fille de Joshua, donc.

Poussée par les questions insistantes de Joshua, Georgie avait fini par lui avouer la vraie raison de son départ : au moment de sa mort, son mari entretenait une liaison. Joshua avait été choqué de l'apprendre, comme Georgie, qui ne l'avait découvert qu'après le décès de son époux. Au début, Joshua avait reproché à sa sœur d'avoir gardé le secret, mais elle avait rétorqué que cela ne concernait qu'elle. Il avait beaucoup culpabilisé de ne pas l'avoir soutenue dans cette épreuve. Même si elle avait repris son travail, il aurait dû deviner qu'elle n'allait pas bien. Mais il ne l'avait pas questionnée. Et maintenant, elle avait décidé de changer de décor pour six mois.

Quoi qu'il en pense, il n'avait pu que la laisser partir en Écosse avec sa bénédiction.

Il avait trop de soucis. Être à la fois chef de service dans un des plus éminents hôpitaux londoniens et parent unique d'une petite fille lui embrouillait parfois l'esprit.

Il avait engagé une nourrice. Mais deux jours après que Georgie lui avait annoncé son départ, la jeune fille l'avait appelé, en pleurs, pour lui dire que son père, qui vivait en Suède, souffrait d'un cancer en phase terminale. Joshua lui avait immédiatement réservé un vol pour la Scandinavie. Conscient qu'elle ne reviendrait pas, il avait engagé une nouvelle nounou au pied levé. Pourvu qu'elle fasse l'affaire !

Les parents de Joshua voulaient qu'il vienne s'installer près de chez eux, dans le Norfolk. Ils adoraient leur petite-fille et étaient toujours ravis de s'occuper d'elle. Ils venaient d'ailleurs souvent garder Hannah à Londres. Mais il n'aimait pas se décharger trop sur eux.

Hannah était *sa* fille. Il était le pilier de sa vie, car sa mère était morte d'une leucémie aiguë trois semaines après l'avoir mise au monde. Abby avait compris qu'elle était malade en fin de grossesse et avait attendu la naissance pour en parler, ce qu'il avait eu beaucoup de mal à accepter. Rétrospectivement, il était horrifié en se rappelant sa fatigue, sa pâleur, ses bleus…

Il avait passé les premiers mois de la vie de sa fille à culpabiliser tout en s'occupant d'elle. Mais avec le temps, il avait pris du recul. Les proches d'Abby savaient qu'elle aurait toujours fait passer la vie de son enfant avant la sienne. Après une fausse couche un an plus tôt, elle était prête à tout pour que leur enfant naisse en bonne santé. C'était notamment pour sa détermination que Joshua l'avait aimée.

Sa leucémie était agressive et ses chances de survie pratiquement nulles. En parlant avec des collègues, Joshua avait compris que l'issue était inévitable. S'il avait été au courant de son état plus tôt, ils auraient passé les dernières semaines de sa grossesse à se disputer, car il l'aurait poussée à accoucher avant terme pour suivre un traitement et prolonger le temps qu'il leur restait ensemble.

Au lieu de cela, ils avaient attendu avec impatience la naissance de leur fille, et n'avaient connu que quelques semaines angoissantes à penser à l'avenir. Abby avait eu une fin paisible et, malgré son chagrin, il avait pu dire à sa femme combien il l'aimait et l'écouter parler des espoirs et des rêves qu'elle formait pour Hannah. Abby avait même rédigé un journal pour leur fille et plusieurs lettres à lui remettre plus tard, ainsi qu'une liste d'instructions pour lui.

Hannah était le portrait de sa mère, avec les mêmes yeux bleus, la même chevelure brune. Elle avait à peine connu Abby mais avait hérité d'elle des gestes et des manies qui ne laissaient pas d'étonner Joshua.

Son portable vibra dans sa poche. Georgie lui faisait savoir que son arrivée en Écosse avait été « intéressante » et qu'elle avait hâte de commencer à travailler.

Un déclic se fit dans l'esprit de Joshua, et ce fut en grommelant qu'il franchit la porte de son service. La veille, il avait couru pour amener Hannah de la garderie à son cours de danse classique, et elle s'était endormie dans la voiture en rentrant. À présent, il avait un mauvais pressentiment au sujet de la femme bizarre croisée dans le parking. Et, comme si la vie voulait lui donner une leçon, il vit une femme brune au bureau des infirmières. Son estomac se tordit. *Seigneur, faites que ce ne soit pas...*

Mais ses craintes se confirmèrent. Elle se retourna et ses yeux s'agrandirent quand elle le reconnut.

— Ah, le voilà, dit l'infirmière Luan, en lui faisant signe. Clara, je vous présente le Dr Woodhouse. Josh, voici notre nouvelle Georgie. Je lui parlais justement de votre sœur.

Affichant un air impassible, il s'avança et lui tendit la main. La veille, tout à ses préoccupations, il n'avait pas été très amical. Il lui avait fallu un temps infini pour calmer Hannah, que l'alarme déclenchée dans le parking avait arrachée au sommeil.

La femme était grande et mince, avec des cheveux sombres et des yeux noisette. Chaussée de ballerines plates, elle portait un élégant pantalon noir et un top rouge sous sa blouse blanche. Il s'efforça de ne pas fixer ses pommettes hautes et ses lèvres vermeilles. Elle était jolie... plus que jolie. Il ne s'en était pas aperçu dans le garage mal éclairé.

— Docteur Connolly, je présume ?

Il se mordit la lèvre. Avait-il vraiment dit *ça* ? Bon sang. Écossaise, elle allait croire qu'il se moquait d'elle en reformulant à sa sauce la célèbre question de l'explorateur Stanley : *Docteur Livingstone, je présume ?*

Mais Clara Connolly serra la main qu'il lui tendait. Elle avait une poignée de main ferme, un peu trop ferme. Elle devait être irritée contre lui.

— Oui, je suis Clara, dit-elle avant de plaquer un sourire sur ses lèvres. Ravie de faire votre connaissance.

Honnêtement, il avait oublié que sa nouvelle collègue devait s'installer dans l'appartement de sa sœur. Il n'était même pas sûr que Clara sache qu'il vivait dans le même immeuble. Eh bien, maintenant, elle était au courant. Elle le prenait probablement pour le plus grand rustre de la planète. Et il ne pouvait pas y faire grand-chose.

— Permettez-moi de vous montrer les lieux et de vous expliquer comment nous travaillons, dit-il en l'invitant d'un geste à le suivre.

Il était fier de son service à la réputation d'excellence. Il apportait un soin particulier au recrutement et exigeait de multiples références pour déterminer si un candidat pouvait s'intégrer à son équipe. Cette fois, il n'en avait pas eu l'occasion, l'échange de postes s'étant fait très vite. Bien sûr, il avait vu le CV de Carla Connolly, aussi impressionnant que la liste des hôpitaux où elle avait travaillé. Il avait même reconnu les noms de certains de ses patrons, d'éminents collègues à lui. Clara était au même stade de sa carrière que sa sœur, mais il ignorait tout d'elle. Cela l'irritait. Malgré ses qualifications irréprochables, pouvait-il lui faire confiance pour trouver sa place dans son équipe ? Il avait l'impression qu'elle avait magouillé pour atterrir ici.

Elle chaussa des lunettes à monture rouge et aux branches ornées de personnages de bande dessinée.

— Voici notre unité d'évaluation pour les admissions générales. Nous avons quatorze lits. Les enfants ne s'attardent pas aux urgences. Ils viennent directement ici quand ils ont été triés, le cas échéant avec leurs radios. Les échographies peuvent être réalisées dans le service, et la crème anesthésiante qu'on leur met sur le bras au rez-de-chaussée nous permet de leur faire immédiatement une prise de sang en vue d'analyses.

Clara hocha la tête. Il y avait une pile de tablettes numériques contre le mur et il lui en tendit une.

— On a dû vous communiquer un mot de passe ce matin. Tous nos dossiers sont électroniques, et nous prescrivons tous nos examens sur tablette. Elle permet de se connecter à tous les dispositifs de l'hôpital.

Il continua à avancer en regardant autour de lui.

— Nous avons un département de chirurgie générale, une unité médicale, un service d'oncologie pédiatrique de douze lits pour les traitements, et six lits pédiatriques en soins intensifs, le tout à cet étage. Vous devrez participer à un certain nombre de nos consultations pédiatriques, installées au rez-de-chaussée, et porter un bip sur vous.

Il s'éclaircit la gorge, se retourna et baissa la voix.

— À en croire votre CV, vous avez de l'expérience dans ces domaines. Vous serez sûrement ravie de la parfaire chez nous.

Il y avait du défi dans sa voix, et elle leva le menton.

— Vous découvrirez que je suis déjà très compétente dans tous ces domaines, docteur Woodhouse.

— Eh bien, nous verrons, répondit-il avec lenteur.

— Puis-je savoir ce que cela veut dire ? demanda-t-elle, une lueur de colère dans les yeux.

— Exactement ce que je dis. Nous verrons.

— Je n'aime pas vos sous-entendus. Vous avez pu voir dans mon CV que je suis plus que compétente dans mon travail. Tous ceux qui me connaissent et tous mes collègues peuvent en témoigner.

— Justement, je ne vous connais pas et n'ai jamais travaillé avec vous, répondit-il en se dirigeant vers son bureau. Vous m'avez été imposée quasiment sans préavis.

La dernière phrase la fit tressaillir, mais elle se tut jusqu'à ce qu'ils soient dans son bureau, dont elle referma la porte derrière elle. Elle s'y adossa et croisa les bras.

— Si vous me disiez le fond de votre pensée, docteur Woodhouse ? Est-ce ainsi que vous traitez les nouveaux arrivants ? Pardonnez ma franchise, mais vous devriez améliorer votre accueil... Aussi bien sur le plan personnel que professionnel, dit-elle en le fusillant du regard.

Il la fixa, interdit. Il s'attendait à une réaction, bien sûr, mais Clara Connolly rendait manifestement coup pour coup.

Cela promettait d'être intéressant. Il aimait travailler avec des gens directs, cela faisait gagner du temps.

Il s'assit derrière son bureau.

— Il s'agit de mon service, docteur Connolly, et je le gère à ma manière.

— Je m'étonne que vous ayez encore du personnel...

Il crut voir passer du regret dans son regard. Il pouvait l'observer à loisir maintenant qu'ils étaient seuls. Elle avait de fines rides autour des yeux, des taches de rousseur sur le nez, et un maquillage soigné. Son rouge à lèvres était assorti à ses lunettes, et sa queue-de-cheval dansait tandis qu'elle s'échauffait.

Il prit une inspiration.

— Je ne suis pas familiarisé avec les échanges de postes. J'ignorais même que cela existait avant que Georgie m'annonce qu'elle permutait avec vous et partait pour six mois.

Clara le regarda droit dans les yeux.

— Vous savez pourquoi elle voulait s'en aller ?

Il tressaillit. Était-elle sarcastique ? Il ne répondit pas. Il n'avait révélé à personne la vraie raison du départ de Georgie.

— Normalement, je recrute moi-même le personnel du service. J'aime m'assurer qu'on saura s'intégrer dans l'équipe, ce que je n'ai pas pu faire avec vous.

— Alors quoi ? Vous voulez que je retourne d'où je viens ?

Il n'était pas tout à fait lui-même depuis quelques semaines, et il s'interrogea. Reportait-il sa frustration sur son entourage depuis le départ de sa sœur ?

Était-il juste envers cette pédiatre ? Elle était élégamment vêtue, ponctuelle, et semblait intéressée par le poste. Elle avait fait un long voyage, et son arrivée à l'appartement ne s'était pas déroulée dans les meilleures conditions.

Il l'étudia un moment. Son silence ne semblait pas la gêner, et elle ne se sentait pas obligée de combler le vide en bredouillant des propos sans queue ni tête.

Peu importait qu'elle l'ait irrité et qu'il ne sache que penser de son attitude de défi. Tant pis si son parfum léger le troublait et s'il s'était rendu compte de sa beauté. Tout cela ne comptait pas. Il avait un service à diriger.

— Non, je ne veux pas que vous retourniez d'où vous venez, répondit-il avec calme. Je vais prendre mon temps pour voir comment vous vous intégrez dans mon équipe. Tous les nouveaux font de la figuration, la première semaine. Observez et apprenez nos modes de fonctionnement. Dès la semaine prochaine, vous serez sur le planning de garde, comme les autres. Faites connaissance avec le personnel. S'il y a des procédures que vous n'avez pas effectuées depuis un moment, dites-le, et demandez à les observer pour vous familiariser avec elles. N'hésitez pas à passer la journée avec les chirurgiens pédiatriques. Visitez notre unité de chirurgie ambulatoire et présentez-vous. Le Dr Morran, notre oncologue pédiatrique, voudra revoir avec vous un certain nombre de protocoles pour s'assurer que vous pouvez gérer une urgence en son absence. Hans Greiger est notre anesthésiste pédiatrique en chef et notre référence pour les soins intensifs néonatals. Rencontrez-le. D'ici une semaine, docteur Connolly, je veux que mes patients soient en de bonnes mains avec vous. Mes attentes incluent le fait que vous sachiez identifier vos lacunes et que vous trouviez par vous-même des possibilités d'améliorer vos performances.

À ce stade de sa carrière, elle ne devait pas avoir beaucoup de lacunes. Mais il traitait chaque membre de son équipe de la même façon. Il était convaincu que tous les médecins devaient rechercher des occasions d'apprendre. Qu'ils étaient responsables de leur propre savoir. Et il voulait que son équipe connaisse ses limites.

Elle garda le silence un long moment. Puis elle croisa de nouveau les bras sur sa poitrine et esquissa un sourire.

— Bien. Allons-nous parler du sujet tabou, maintenant ?

— Que voulez-vous dire ?

— Que nous avons commencé du mauvais pied hier soir.

Ah, *ça*...

— On peut le dire.

— Êtes-vous toujours aussi désagréable avec les nouveaux locataires ?

— La plupart d'entre eux évitent de se garer sur ma place de parking et de déclencher une alarme qui réveille ma fille.

Elle leva la main.

— D'abord, ces places sont ridiculement étroites. Je vous ai probablement rendu service. Comment auriez-vous pu sortir votre fille de la voiture si vous vous étiez garé là ? Mais vous avez raison, et je vous présente mes excuses. Quel est le problème avec l'éclairage du parking ? Est-on censé tâtonner dans le noir ? Je n'y voyais rien, et j'ignorais que les places étaient numérotées avant que vous arriviez et que l'endroit s'illumine comme un sapin de Noël. Rassurez-vous, ça ne se produira plus... Votre fillette allait bien ?

Il ébaucha un sourire, amusé par son accent écossais exacerbé par la nervosité.

— Hannah s'est rendormie une fois dans l'appartement.

Mais j'espère que vous n'avez pas endommagé la voiture de Len Brookenstein. C'est la prunelle de ses yeux, il l'adore.

Elle soupira.

— Le carton ne contenait que des vêtements et il a à peine effleuré sa voiture. Son alarme doit être ultra-sensible, dit-elle, soutenant son regard sans ciller. J'ai vérifié, il n'y a pas la moindre égratignure.

— Georgie ne vous avait pas laissé les clés ? demanda Joshua, les sourcils froncés.

Elle fouilla dans sa poche et sortit un jeu de clés.

— Si, mais je ne vois pas le rapport.

Il se leva et s'approcha.

— Vous ne les aviez pas sur vous quand vous étiez dans le garage hier soir ?

— Non, pourquoi ?

Touchant sa main tendue, il retourna le bip en plastique crème attaché au porte-clés.

— C'est la télécommande du parking. Quand vous descendez la rampe en voiture ou sortez par l'ascenseur, le détecteur active automatiquement l'éclairage. Et non, conclut-il avec un sourire malicieux en rencontrant son regard, vous n'êtes pas censée tâtonner dans le noir.

Elle s'empourpra et regarda le trousseau dans sa main.

— Mince, dit-elle en retournant la télécommande, frôlant ses doigts au passage. Je les avais laissées dans l'appartement…

— Mais alors… Vous n'avez pas fermé la porte à clé ? s'écria-t-il, incrédule.

— Non. Pourquoi ? Je comptais porter tous mes cartons dans l'ascenseur. Pourquoi m'embarrasser inutilement ?

Il recula d'un pas.

— Ça m'embête de vous le dire, mais vous êtes à Londres maintenant, Clara. Quand vous quittez l'appartement, vous fermez à clé.

Elle fronça les sourcils et demanda :

— Il ne doit pas y avoir un vigile dans le hall d'entrée… ? Un concierge ? Les intrus ne peuvent pas entrer comme ça.

Josh leva les yeux au ciel.

— Vous ne saviez pas que notre concierge était surnommé « l'heureux vagabond » par les résidents ?

— Comment ça ?

— Vous n'avez pas encore rencontré Louie ?

Elle secoua la tête.

— Eh bien, disons que Louie n'aime pas beaucoup rester assis derrière un bureau. Il est à la retraite et a pris le poste de concierge après la mort de sa femme parce qu'il n'aimait pas rester seul chez lui. Il adore bavarder, précisa Joshua en souriant. Quand il n'est pas à son poste, il papote quelque part. Ce n'est pas idéal pour la sécurité de l'immeuble, d'où la nécessité de fermer sa porte à clé.

Elle parut désemparée, comme si elle plaignait Louie.

— Il a eu des problèmes à cause de ça ? demanda-t-elle.

— Non, personne n'a le cœur de se plaindre, et il est très serviable. Il prend les colis des résidents, règle leurs petits tracas domestiques, fait entrer les réparateurs et les surveille le cas échéant. Il raconte aussi de belles histoires à Hannah, qui est sa plus grande admiratrice.

— Votre fille ? L'enfant que j'ai vue hier ?

Se souvenir de l'incident du parking l'agaça de nouveau.

— Et que vous avez réveillée ? Oui, c'est elle.

Clara grimaça.

— Désolée, c'était involontaire. J'espère qu'elle ne vous a pas empêchés de dormir toute la nuit, votre épouse et vous.

Il eut l'impression de recevoir un seau d'eau glacée sur la tête. Il y avait longtemps qu'on ne lui avait pas parlé de sa femme. Ses proches savaient qu'elle était morte depuis des années. Sur le point de préciser qu'il était veuf, il se tut. Il n'avait pas invité cette femme dans sa vie. Il ne savait toujours pas si elle s'adapterait à son équipe. L'irritation le submergea. Il n'avait pas à partager des informations personnelles avec elle. Cela ne la concernait pas.

Sans répondre, il prit le dossier qu'une secrétaire lui avait laissé avec les documents à remplir par Clara.

— Tenez, c'est pour vous. Il y a des dizaines de cours en ligne que vous devez consulter sur la santé et la sécurité, la mise à niveau des manipulations, l'anaphylaxie, etc. Les Ressources humaines vous demandent de remplir ces papiers et de les leur déposer au dernier étage. Vous pouvez vous installer dans le bureau d'en face. Et vous vous présenterez à Helen, ma secrétaire, et à Ron, le réceptionniste du service. Ils vous diront tout ce que vous aurez besoin de savoir.

Lorsqu'il passa derrière elle pour ouvrir la porte, il capta des effluves de son parfum. Une odeur fraîche, agréable. Mais les propos de Clara l'avaient irrité. Il n'avait aucune envie de lui expliquer sa situation. Surtout depuis qu'il avait vu l'éclair de sympathie dans son regard quand elle avait appris que le concierge était veuf.

Il ne supportait pas la pitié, et il y avait souvent été confronté, ces cinq dernières années. Il avait reconstruit sa vie en se concentrant sur Hannah. Très pris par son travail, il passait la plupart de ses soirées à conduire sa fille à diverses activités ludiques ou sportives.

Il n'y avait pas de place pour la sympathie dans son existence. Hannah et lui allaient bien. Ils étaient solides. Et il ne voulait pas entendre les questions indiscrètes de ceux qui apprenaient qu'il était veuf. Il baissa les yeux sur sa main posée sur la poignée de la porte. Deux ans plus tôt, jugeant que c'était le bon moment, il avait retiré son alliance.

Il était sorti avec d'autres femmes, mais jamais sérieusement. Georgie l'y avait encouragé, gardant Hannah à l'occasion. Cependant, aucune n'avait déclenché en lui cette... étincelle... cette soif, cette envie d'en savoir plus sur elle. Et cela n'arriverait peut-être jamais.

Il aimait croire que, si Abby avait vécu, leur mariage aurait duré et qu'ils auraient vieilli ensemble. Il ne croyait pas qu'un nouvel amour soit impossible, simplement qu'il ne l'avait pas encore trouvé.

— Je vous laisse continuer, dit-il d'un ton brusque à Clara en quittant la pièce.

Il avait initialement prévu de l'emmener faire le tour du service pour la présenter, mais il avait besoin de distance. Elle avait du pain sur la planche, et lui aussi.

Clara regarda la haute silhouette s'éloigner. Que venait-il de se passer ? Quand elle avait vu qui était son nouveau patron, elle avait eu du mal à rester impassible.

Grincheux en personne. Il ne l'aimait pas, ni personnellement, ni au travail, apparemment. Elle avait toujours été impulsive. Elle avait espéré que Londres marquerait un nouveau départ pour elle, mais elle semblait déjà sur une mauvaise pente. Pour compliquer les choses, elle avait à peine fermé l'œil de la nuit. Peut-être à cause du nouveau lit, ou des bruits inhabituels. En tout cas, la rumeur de la ville n'arrangeait rien. Du balcon, les restaurants et les bars semblaient loin, mais la nuit, les rires et les cris tapageurs parvenaient jusqu'à elle. Cela lui apprendrait à laisser la porte du balcon ouverte.

Un type agita la main pour attirer son attention.

— Clara ? Approchez et prenez votre dossier. Je suis Ron, dit-il en désignant son badge. Pour certains, je suis le secrétaire réceptionniste, pour d'autres, un magicien. Asseyez-vous. J'ai du café et des beignets, et je vais vous aider avec vos papiers et vos formations en ligne.

Un visage amical. Dieu soit loué. Elle sourit et se dirigea vers lui.

— Un café serait le bienvenu, merci.

Elle s'assit à côté de lui et passa l'heure qui suivit à remplir des documents et à passer en revue les formations en ligne. Ron lui imprima la liste des postes téléphoniques dont elle aurait besoin, ainsi qu'un pense-bête pour se rappeler les noms. Il connaissait aussi l'emploi du temps de chacun et put lui dire où trouver ceux qu'elle voulait rencontrer.

— Hans Greiger. Fantastique. Possède une connaissance encyclopédique sur les super héros et parle toujours aux enfants de leur héros favori en les endormant. Aux soins intensifs, il est à la pointe de la recherche. Notre service teste de nombreuses nouvelles méthodes pour sauver des vies. Même chose pour le Dr Morran, l'oncologue, pour qui la recherche compte beaucoup. Le Dr Morran est mère de deux adolescents et entraîneuse de rugby. Elle est minuscule mais peut plaquer quelqu'un de deux fois sa taille. Et maintenant...

Ron sortit une autre liste et désigna des noms.

— ... Il est revêche quand il a l'estomac vide... Elle a toujours un livre dans la poche de son manteau... Marlon sculpte des animaux avec des ballons pour les gosses, utile à savoir... Fi trouve toujours de quoi manger ; si vous avez faim, adressez-vous à elle. Même si les placards semblent vides, elle vous dénichera un truc. Et si vous appelez pour un scan, essayez d'avoir Ruby, c'est la plus serviable.

Clara hochait la tête en prenant des notes. Ron était une mine d'informations.

— Euh... Et Joshua ? Vous ne l'avez pas mentionné.

Ron lui jeta un regard surpris.

— Le meilleur type de la planète, sans l'ombre d'un doute. Dommage qu'il n'ait personne. Il le mérite.

— Comment ça ?

— Georgie ne vous a rien dit ? Je croyais que vous étiez en contact, que vous aviez échangé vos logements et tout ?

— C'est exact, mais elle ne m'a pas parlé de son frère. J'ignorais qu'ils habitaient dans le même immeuble... À propos, l'appartement est somptueux.

— Oui. Quand Georgie a emménagé, elle n'arrêtait pas de nous montrer des photos. Joshua et elle ont hérité d'une tante âgée qui était à la tête d'une petite fortune, grâce à une invention de feu son époux. Georgie et Joshua ont été les premiers surpris. Au moins, maintenant, il n'a plus à se soucier d'une hypothèque en plus du reste...

— Comment ça ? demanda Clara.

— Je supposais que Georgie vous l'avait dit. Josh est veuf. Sa femme est morte quelques semaines après la naissance d'Hannah. Il l'élève seul.

Elle porta les mains à sa tête et posa lourdement ses coudes sur le bureau.

— Oh ! non..., dit-elle en gémissant.

— Quoi ?

Cela expliquait l'expression de Joshua. Elle l'avait senti se fermer comme une huître, sans comprendre pourquoi. Bon sang. Georgie aurait pu la prévenir.

Ron lui donna un coup de coude.

— Qu'est-ce que vous avez fait ?

Elle releva la tête, consciente d'être ébouriffée.

— Quand je suis arrivée à l'appartement hier soir, il y a eu une série de désastres. Dans le parking où il faisait complètement noir, je me suis garée sur l'emplacement de Joshua, puis un de mes cartons s'est renversé, éparpillant mes vêtements partout et déclenchant l'alarme d'une voiture alors qu'il gagnait l'ascenseur avec sa fille endormie dans les bras.

Ron grimaça.

— D'accord, c'était un mauvais départ, mais quel rapport avec son veuvage ?

Elle ferma les yeux.

— Tout à l'heure, dans son bureau, j'ai mentionné ce mauvais départ et... je crois avoir dit que j'espérais que sa femme et lui n'avaient pas eu trop de mal à calmer Hannah.

Ron s'adossa à sa chaise.

— Oh... Eh bien, vous ne pouviez pas savoir. Et Josh n'a rien dit ?

Secouant la tête, elle couvrit son visage de ses mains.

— Il s'est juste fermé et m'a plantée là… Je devrais aller m'excuser, dit-elle en se levant.

— Oh non, répondit Ron, l'arrêtant d'un geste. Vous ne devez pas en parler. Je le connais. Inspirez un bon coup, classez l'info, et surtout, ne recommencez plus.

Une série d'émotions passèrent dans son regard. De la pitié, de la lassitude, mais l'honnêteté dominait.

— Vraiment ? dit-elle, mal à l'aise. Je ne voudrais pas empirer encore les choses…

Ron haussa les sourcils et esquissa un sourire.

— Vous êtes sérieuse ?

Elle rit nerveusement. Ron poussa un beignet vers elle.

— Non merci. Je ne peux pas me permettre de m'offrir une nouvelle garde-robe. Et je dois trouver une salle de gym dans le coin.

Ron, théâtral, plaqua la main sur son torse.

— Je suis là pour ça. Il y a une salle à l'hôpital, gratuite pour le personnel, et utilisée occasionnellement par les patients. Mais vous en avez une superbe dans votre immeuble, ainsi qu'une piscine. Georgie ne vous l'a pas dit ?

— Ces infos figurent probablement sur la brochure d'échange que j'ai cessé de lire dès que j'ai aperçu la vue imprenable de l'appartement… Mais en toute franchise, je n'ai pas trop apprécié les lieux cette nuit.

— C'est vrai ? Pourquoi ?

— Le vacarme, répondit-elle avec un haussement d'épaules. J'habite un cottage au milieu de nulle part, le seul bruit à des kilomètres à la ronde est le hululement d'une chouette ou le bêlement d'un mouton. À Londres, c'est différent. Et il fait plus chaud. Alors hier soir, j'ai laissé la porte du balcon entrouverte pour avoir de l'air frais.

— Et vous avez eu droit au tapage festif de Canary Wharf et des docks ? fit Ron en riant.

Elle remonta ses lunettes sur son front et se frotta les yeux en soupirant.

— Quelque chose comme ça, dit-elle en s'étirant le dos. C'était peut-être à cause du lit ou des bruits inhabituels, en tout cas, j'ai l'impression de ne pas avoir fermé l'œil de la nuit. Et, entre nous, quand je ne dors pas, je suis acariâtre.

— Je noterai cette information dans votre dossier, dit Ron, pince-sans-rire, en sortant une grande enveloppe d'un tiroir. Tenez, montez tout ça aux Ressources humaines pour être sûre d'être payée à la fin du mois.

Elle glissa les papiers dans l'enveloppe et, en se levant, aperçut Joshua en train de parler avec un collègue près du lit d'un patient. N'était-il pas étrange que son patron ne l'ait pas emmenée faire la tournée des lits pour qu'ils s'habituent à travailler ensemble ? C'était ce qui se faisait, normalement. Les premières tournées étaient en général une mine d'informations sur la façon de travailler d'un collègue. Comment devait-elle prendre cette mise à l'écart ?

Elle se sentait mal à l'aise. Peut-être doutait-il de ses compétences parce qu'il ne l'avait pas choisie lui-même. Jamais on n'avait mis ses aptitudes en question, et elle s'enorgueillissait d'être un bon médecin.

Mais il avait aussi parlé d'équipe. La débâcle de la veille avait-elle été un test, l'avait-il déjà condamnée ? Croyait-il sa personnalité incompatible avec l'équipe ? Qu'est-ce que cela révélait d'elle ? Était-elle maladroite ? Antipathique ?

Tant d'incertitudes. Elle n'avait vraiment pas besoin de cela en ce moment. Rien de tel pour saper votre confiance et vous mettre le moral dans les chaussettes.

Baissant les yeux, elle agita les orteils dans ses chaussures américaines. Elle les avait en six couleurs. Elles étaient parfaites pour les longues journées debout, quand le travail vous faisait parcourir des kilomètres chaque jour.

Elle prit une profonde inspiration. Luan, l'infirmière qu'elle avait rencontrée, avait semblé très gentille, et Ron était une source inépuisable d'informations. Ils ne lui avaient pas donné l'impression qu'elle était inadaptée.

Elle scruta les noms de la liste devant elle. Ces gens allaient-ils l'aimer ? Sa franchise allait peut-être lui nuire. Jamais auparavant elle n'avait dû adapter son caractère à un poste, mais il y avait un début à tout.

Elle leva la tête au moment où Joshua en faisait autant. Il plissa le front, et elle s'empressa de détourner les yeux.

Ron surprit sa réaction.

— Il vaut mieux ne rien lui dire, lui rappela-t-il. Ça s'est passé il y a des années, mais je doute qu'il veuille rouvrir ses vieilles blessures. Ce n'est pas un bon sujet de conversation avec son nouveau patron.

Elle acquiesça et plaqua un sourire sur son visage.

— Non, bien sûr. Vous avez raison. Bon, j'apporte les papiers aux Ressources humaines, puis je commence à rencontrer des personnes de la liste.

Comme Ron hochait la tête, le téléphone sonna. Elle s'éloigna tandis qu'il décrochait.

Ce matin, au réveil, elle était fatiguée mais enthousiaste à la perspective de commencer son nouveau travail. Mais ces deux dernières heures, son exaltation avait fondu comme neige au soleil. Elle avait peut-être commis une grave erreur en venant ici.

Marchant lentement le long du couloir, elle regarda le paysage londonien par la paroi vitrée.

Pourquoi diable avait-elle voulu partir de chez elle ?

3

Clara avait gardé la tête haute. D'abord, elle avait appris à dormir avec la porte du balcon fermée. Puis elle avait passé des heures en réunions, charmant – du moins l'espérait-elle – toutes les personnes de la liste remise par Joshua. Elle avait mémorisé les protocoles du Dr Morran et s'était si bien familiarisée avec le personnel des soins intensifs de Hans Greiger qu'elle savait comment ils prenaient leur café. Mais cela en valait la peine. Même si elle était officiellement en surnombre, on l'autorisait à travailler et à assister ses collègues. Et Hans avait été présent quand elle avait intubé un petit bébé et lui avait posé une voie centrale. Deux procédures délicates, surtout sur un nourrisson. Elle savait que Hans l'observait – il le faisait probablement avec tous les nouveaux médecins – mais elle avait senti son cœur se gonfler de fierté quand il l'avait complimentée sur ses compétences et la manière dont elle avait géré la famille du petit patient.

Enfin, elle avait pu passer un peu de temps en hospitalisation de jour et rencontré les kinésithérapeutes, les ergothérapeutes, les orthophonistes et les diététiciens affectés à la pédiatrie. Seuls les systèmes électroniques lui avaient donné du fil à retordre. Elle avait plusieurs fois été déconnectée, ce qui était agaçant quand on prescrivait des examens ou cherchait des résultats d'analyse. Incapable de résoudre seule le problème, elle avait dû faire appel à la hotline.

À la fin de sa première semaine, elle était épuisée, mais soulagée. Elle avait bien utilisé son temps. Elle avait parfois aperçu Joshua au travail mais jamais dans leur immeuble. Seul aspect négatif de la semaine, elle avait fait une razzia sur le « tiroir à chocolat » de l'appartement, mais au moins, elle avait trouvé la salle de gymnastique. Celle-ci était bien équipée et elle n'y avait croisé qu'une personne, ce qui lui convenait tout à fait car elle n'aimait pas spécialement voir du monde quand elle était à bout de souffle et en sueur.

Aujourd'hui elle allait assister à sa première réunion du personnel – organisée quotidiennement par Joshua – et elle avait hâte d'y être.

À son arrivée, Ron lui fit signe.

— Prenez du café. La bouilloire est allumée.

Elle consulta sa montre. La réunion commençait à 7 h 30 et il n'était que 7 heures.

— Ils sont déjà tous là, dit-il.

Elle déglutit.

— Je me suis trompée d'heure ?

— Non, ils sont comme ça.

Elle avait envie de se ruer dans la pièce. Elle était déjà affreusement embarrassée d'arriver la dernière. Mais elle prit une inspiration et alla dans la cuisine pour se servir une tasse de café avec un nuage de lait. Elle n'était pas en retard, et elle ne se comporterait pas comme si c'était le cas.

La tête haute, elle se dirigea vers la salle de réunion. Elle hésita à frapper, mais elle leva le menton et, ouvrant la porte, entra dans la pièce avec un grand sourire.

Joshua, qui était en train de parler, s'interrompit et, visiblement fâché, la regarda.

— Ah, vous voilà. Asseyez-vous pendant que nous continuons.

— Je croyais que la réunion commençait dans… vingt-sept minutes, dit-elle avec un coup d'œil à sa montre. Avez-vous oublié de me prévenir du changement d'horaire ?

Elle avait parlé d'un ton léger mais en choisissant soigneusement ses mots.

Dans la salle, une femme médecin s'étrangla dans son café et leva sa tasse dans sa direction.

— Soyez la bienvenue, vous me plaisez déjà ! Je suis Lucy et, si vous l'ignorez, ces réunions matinales sont l'occasion d'une course contre la montre pour voir qui arrivera le premier. Mais le patron attend en général que tout le monde soit là…, dit-elle en regardant Joshua droit dans les yeux.

Clara prit place.

— Eh bien, si j'ai manqué quelque chose d'important, le Dr Woodhouse me mettra au courant plus tard.

Il y eut un silence, puis Joshua s'agita sur sa chaise et reprit la parole. La réunion ne dura qu'une trentaine de minutes. Joshua évoqua un certain nombre de choses, notamment les nouvelles instructions de dosage pour un médicament utilisé en pédiatrie et la couverture du congé maladie, et il insista sur les patients qu'il voulait voir étroitement surveillés. Le Dr Morran donna ensuite des ordres spécifiques concernant plusieurs de ses patients. D'autres traitèrent de sujets plus généraux, le retard dans les examens, les délais de consultation dans les autres services, et les nouvelles admissions. Clara comprit pourquoi Ron lui avait conseillé d'apporter un café. La somme d'informations traitées en une demi-heure était énorme, mais cruciale pour le bon fonctionnement du service en toute sécurité.

Elle scruta la salle, mettant des noms sur des visages encore inconnus. Son téléphone vibra dans sa poche et elle y jeta un discret coup d'œil. Ryan. La honte la submergea. Elle n'avait pas pu avoir de vraie conversation avec lui depuis son arrivée à Londres. Ils s'étaient laissé des messages et s'étaient manqués. Elle savait que le départ de Ryan de son cottage avait été un peu compliqué et elle avait envoyé un mail à Georgie pour s'en excuser. La réponse avait été brève et adorable :

Aucun problème. Ce genre de chose arrive.

Clara se demanda ce que Ryan pensait de la mystérieuse Georgie. Tout le monde ici semblait avoir beaucoup d'affection pour elle, et Clara espérait que ses collègues écossais s'étaient montrés plus accueillants que Joshua.

— Docteur Connolly ? dit une voix sévère.

Elle sursauta, embarrassée d'avoir laissé son esprit vagabonder pendant que les autres quittaient la salle.

Avant qu'elle ait pu répondre, son biper sonna.

— Le devoir m'appelle, déclara-t-elle avec un sourire gêné avant de filer vers l'escalier.

En descendant rapidement les marches pour gagner les urgences, elle se demanda si elle n'allait pas s'attirer des ennuis. Le médecin urgentiste sollicitait sa présence. D'après le protocole, les enfants devaient être rapidement transférés à l'unité d'évaluation pour ne pas s'attarder aux urgences, stressantes pour eux. Mais si un consultant urgentiste requérait l'assistance d'un pédiatre, elle ne pouvait pas se défiler.

Poussant les portes battantes, elle se dirigea vers le poste des infirmières. Joe Banks, brièvement croisé la semaine précédente, la salua d'un geste.

— Vous êtes de garde ? Bon. J'ai un cas inhabituel à vous soumettre. Je voudrais votre opinion.

Elle s'interrogea. La testait-il ? Mais devant un cas insolite, il était normal de demander un deuxième avis.

Joe désigna l'écran devant lui et poussa une feuille vers elle. Elle scruta l'écran. Fillette de sept ans avec fièvre, tachycardie et éruption avec démangeaison. Ce pouvait être un tas de choses, pas forcément rares.

— Attendez de voir l'éruption, dit Joe comme s'il lisait en elle. J'ai isolé l'enfant dans une salle jusqu'à ce que vous décidiez si elle est contagieuse ou pas.

Elle comprenait mieux. Si le médecin trieur des urgences soupçonnait un bambin d'avoir une maladie contagieuse, il ne l'enverrait pas à l'unité d'évaluation, où de nombreux enfants et parents risquaient d'être exposés à un virus.

Elle prit la fiche et sourit.

— Merci, dit-elle.

Elle alla dans la pièce de stockage des gants, masques, surblouses et désinfectants pour les mains. Elle s'équipa du nécessaire et alla voir la petite patiente.

— Bonjour, je m'appelle Clara et je suis pédiatre, dit-elle, souriant à la mère inquiète et à la fillette somnolente couchée sur le lit. Je vais vous poser des questions et examiner Jessica, si vous le voulez bien.

La femme acquiesça.

— Je m'appelle Meg, dit-elle en considérant avec angoisse la tenue de protection de Clara. Est-ce que je dois porter tout ça, moi aussi ?

Clara secoua la tête.

— Nous ignorons encore si Jessica est contagieuse. Dans l'affirmative, nous prendrons les précautions nécessaires.

Elle entreprit de poser une série de questions pour connaître le contexte et les antécédents médicaux de Jessica. Par mesure de précaution, elle voulut aussi savoir si Meg était enceinte, et si elle ou des membres de la famille présentaient des symptômes. Certaines maladies infectieuses se propageaient facilement entre les proches, et plusieurs présentaient des risques pour une femme enceinte.

Elle reprit ensuite la température de Jessica, vérifia son rythme cardiaque, et remonta délicatement sa chemise de nuit pour examiner ses plaques rouges.

Son bip sonna et elle baissa les yeux vers le dispositif fixé à la poche de sa blouse. Le numéro affiché était celui de son service, et elle eut la désagréable impression qu'on la surveillait.

De nombreuses affections pouvaient correspondre aux symptômes de la fillette, notamment la rougeole, la méningite ou même une infection virale. Si certaines éruptions étaient caractéristiques, beaucoup étaient impossibles à identifier au début. Poursuivant l'examen, elle étudia la paume d'une main et se figea avant de la retourner. Là, sur le côté, il y avait une marque étrange. Elle se pencha pour mieux voir. Était-ce une morsure ou une éraflure ?

Quoi qu'il en fût, la peau autour était légèrement rouge et enflammée. Cela ne sautait pas aux yeux et on pouvait ne pas le remarquer.

— Vous avez des animaux ? demanda-t-elle à Meg.

— Oui. Deux chats, une vieille tortue et un rat.

Clara hocha la tête et prit des notes.

— Je vais d'abord donner quelque chose à Jessica pour faire baisser sa température, puis je prescrirai des examens en demandant qu'ils soient réalisés le plus vite possible. Après quoi, je reviendrai vous voir pour faire le point.

Meg lui adressa un pâle sourire, à moitié rassurée. Une idée était venue à Clara… Elle n'avait rencontré cette maladie qu'une fois, et elle voulait vérifier certains détails avant de se prononcer.

Elle savait qu'elle devait éliminer toutes les affections banales pouvant causer de la fièvre et une éruption cutanée, et la liste était longue, mais son instinct lui soufflait de ne pas ignorer la minuscule marque.

Elle avait déjà rencontré un cas de fièvre par morsure de rat. Il pouvait s'agir de cela, et elle devait s'en assurer.

Une voix grave se fit entendre derrière elle.

— Quel est le problème ici ?

Elle se raidit. Elle n'avait même pas eu le temps d'enregistrer ses découvertes préliminaires. Elle n'avait vraiment pas envie que son nouveau patron regarde par-dessus son épaule pendant qu'elle ordonnait des tests inhabituels.

— Vous n'avez pas compris que tous les enfants devaient aller directement à l'unité d'évaluation ? Il est connu que l'environnement des urgences peut leur causer un stress inutile, ainsi qu'à leurs familles.

Refrénant son irritation, elle se retourna.

— Bien sûr que je le sais, répondit-elle d'un ton professionnel.

Je ne suis plus une étudiante de première année. J'ai une bonne raison de garder ma patiente ici.

Il tiqua, ne s'attendant visiblement pas à une réponse aussi directe. Il était pontifiant et s'adressait à elle comme s'il avait affaire à une idiote inexpérimentée. Un toussotement attira l'attention de Clara. Alan Turner, le chef des urgences, l'observait avec un vague sourire.

— Ne vous inquiétez pas, docteur Woodhouse, si j'ai besoin de votre expertise, je vous le ferai savoir, dit-elle en s'efforçant de contenir sa colère. Je contrôle la situation.

Joshua la fixa longuement de son regard dur. Elle voyait presque tourner les rouages de son cerveau pendant qu'il hésitait entre la réprimander et laisser tomber. Il jeta un coup d'œil à Alan qui prétendait ne pas écouter.

— Je compte avoir bientôt de vos nouvelles, dit Joshua entre ses dents serrées.

— Bien sûr, répondit-elle avec un enjouement forcé tandis qu'il tournait les talons et s'éloignait à grands pas pressés.

Alan s'approcha et déchiffra le papier qu'elle tenait à la main. Les examens sanguins qu'elle avait prescrits n'apparaissaient pas dans le système informatique car ils étaient inhabituels et elle avait rédigé l'ordonnance à la main.

— Je n'ai jamais vu ça, dit-il, surpris.

— J'ai déjà été confrontée à un cas de ce genre et mon instinct me dit de vérifier.

Alan se tourna vers les portes par où Joshua avait disparu.

— Vous savez que ce type de test, rare pour notre laboratoire, doit être agréé par le chef du service ?

Le cœur de Clara sombra. Ses doigts froissèrent le papier.

— Dites-moi que vous plaisantez.

Secouant la tête, il lui prit l'ordonnance.

— Je ne crois pas que le moment soit bien choisi pour courir après Joshua.

— Moi non plus.

— Disons que, pour cette fois, je valide votre demande.

Ça m'intéresse de connaître les résultats. Appelons ça de la curiosité professionnelle.

Elle poussa un soupir de soulagement. Elle n'avait pas compris que toute requête inhabituelle devait passer par le patron du service. Pourtant, c'était logique. Un médecin inexpérimenté pouvait prescrire des examens onéreux et inutiles. La sécurité sociale devait faire attention aux coûts.

Valider ces tests pouvait attirer des ennuis à Alan, elle en avait conscience.

— Merci, Alan, j'apprécie votre geste.

— Je ne le referai pas...

Il avait manifestement senti la tension entre Joshua et elle. Il n'était pas souhaitable que les autres départements pensent qu'il y avait des frictions au sein du service de pédiatrie.

— Mais je vous laisse le temps de vous adapter, dit Alan avec un signe de tête avant de s'engouffrer dans un box.

Elle considéra ses documents. Pourvu qu'elle n'ait pas fait tout cela pour rien.

Joshua contenait avec peine sa colère. Il avait beau être un as du contrôle, ce n'était pas toujours simple pour un chef de service.

Il s'efforçait d'être un guide pour son personnel et ne laissait jamais un collègue sans soutien dans une situation qu'il n'arrivait pas à gérer.

Mais ce n'était pas le cas de Clara Connolly. La pédiatrie était un petit milieu, et il s'était renseigné sur elle. Il n'avait eu que des retours positifs, ce qui était à la fois rassurant et agaçant. Pourquoi cette femme séduisante l'irritait-elle autant ?

Sa queue-de-cheval légèrement de travers, par exemple, lui tapait sur les nerfs.

Quand il avait appris qu'elle avait été appelée aux urgences, il s'était attardé pour vérifier ses notes d'évaluation. Il ne voulait pas se montrer intrusif, simplement s'assurer qu'il pouvait se fier à ses compétences. Mais ne voyant apparaître ni son patient ni ses notes, il avait perdu patience et était descendu aux urgences. Il avait peut-être été un peu sec avec elle, mais elle avait répliqué sur le même ton, ce à quoi il ne s'attendait pas venant d'une nouvelle arrivée.

Il avait dû se faire violence pour ne pas exploser. Et quand il était remonté au service de pédiatrie en fulminant, il avait pensé à Georgie. Aurait-il vérifié le travail de sa sœur ? Bien sûr que non.

Comment aurait-il réagi à la place de Clara, s'il pensait qu'on l'espionnait ?

Cependant, tous les patients admis en pédiatrie étaient sous sa responsabilité. Et il avait le droit de poser des questions. De surveiller son personnel.

Il attendit une heure. Puis deux. Ses doigts le démangeaient de consulter le rapport de Clara sur l'ordinateur, mais il se retint.

— Des nouvelles du Dr Connolly ? demanda-t-il.

Ron leva les yeux de son écran.

— Elle m'a juste commandé un sandwich au thon quand j'irai à la cantine. Elle est retenue aux urgences.

Elle était là-bas depuis des heures. Cela devenait ridicule.

Il n'attendrait pas une minute de plus.

Cinq minutes plus tard, il arrivait aux urgences où l'agitation régnait. Avisant Alan Turner qui sortait de réanimation en retirant ses gants, il lui emboîta le pas.

— Deux fois en un jour, Josh ? J'ignorais qu'on t'avait appelé, dit Alan, narquois. Ta nouvelle collègue me plaît. Elle est brillante. Je n'aurais jamais identifié ce cas.

Joshua ralentit.

— Quel cas ?

Alan lui adressa un sourire entendu.

— La fièvre par morsure de rat, répondit-il, pénétrant en salle de traitement et commençant à se laver les mains.

La fièvre par morsure de rat ? Joshua n'avait jamais entendu parler de ça.

— J'ai dû faire des recherches, et le diagnostic a été confirmé… Oh ! pardon, mais j'ai validé les examens pour elle. Tu n'étais pas là… Je lui ai dit de ne pas te déranger.

Il mentait. Joshua le savait. Il aimait bien Alan et le respectait. Mais il ne laisserait pas le chef d'un autre service conspirer avec un nouveau membre de son équipe.

— J'apprécierais que tu ne le fasses plus, Alan, dit-il calmement.

Prenant des serviettes en papier pour se sécher les mains, Alan acquiesça d'un air conciliant.

— Bien sûr.

L'irritation de Joshua s'était un peu calmée mais n'avait pas complètement disparu. Clara aurait dû l'appeler pour le tenir au courant des derniers rebondissements, surtout pour un cas inhabituel. Mais il ne pouvait s'empêcher d'être impressionné que sa nouvelle collègue ait diagnostiqué une affection dont il n'avait jamais entendu parler.

Il sortait son téléphone pour vérifier ses messages quand Clara, le sourire aux lèvres, sortit d'une salle voisine.

— Oh ! Joshua, j'allais justement vous appeler. Je sais que vous aimez traiter les enfants au service d'évaluation, mais je viens de mettre Jessica sous perfusion d'antibiotique. Elle souffre de fièvre par morsure de rat à streptobacille, et je redoute une septicémie.

Il lui prit la fiche des mains et la lut avant de s'emparer d'une tablette pour consulter le dossier de Jessica. Clara rougit et sortit une feuille de sa poche.

— Mes notes. Je n'ai pas encore tout entré dans son dossier électronique, juste les observations et mes prescriptions. Il m'a paru plus important de commencer les antibiotiques dès que j'ai eu le diagnostic.

— Comment avez-vous pu prescrire un test de ce type sans mon agrément ?

Il connaissait la réponse à cette question, mais il voulait voir quelle excuse elle allait lui donner.

Elle se déplaça, laissant un nuage odorant dans son sillage.

Il ignorait quel était son parfum, mais il évoquait un jardin après la pluie… Frais, sensuel, séduisant. Délicieux.

Momentanément incapable de se concentrer sur autre chose, il inspira pour s'en imprégner. Jamais il n'avait réagi ainsi à un parfum. Ses collègues féminines portaient des fragrances diverses impossibles à identifier. Mais là… c'était autre chose. Il leva les yeux. Clara était en train de parler. Il voyait ses lèvres rouges remuer, mais n'arrivait pas à se focaliser sur ses paroles.

Le vacarme des urgences se mua en bourdonnement sourd. Il avait un grondement dans les oreilles, comme si son cerveau s'éveillait après un long sommeil. Ses yeux rencontrèrent ceux de Clara et il y vit une lueur affolée. Sa voix lui parvint enfin.

— Alors, je sais que je n'ai pas suivi le protocole normal, mais ce cas n'était pas habituel. Il ne fallait pas perdre un instant, et les examens de laboratoire demandent plusieurs heures. Il était impératif d'éliminer cette éventualité aussi vite que possible. Pendant que j'étais avec Jessica, l'éruption pétéchiale est devenue plus prononcée autour de la morsure. Elle a commencé à avoir des rigidités, des maux de tête, des douleurs articulaires…

Elle s'interrompit un instant pour reprendre son souffle.

Il avait toujours ce bourdonnement dans les oreilles. Il n'arrivait pas à s'arracher à la contemplation de ses yeux. Ce n'était pas leur couleur. Ni ses longs cils enduits de mascara. Mais il y avait quelque chose dans leur profondeur…

Il devait se ressaisir sur-le-champ.

— Docteur Connolly, que ce soit bien clair, ne recommencez pas. Si vous voulez réaliser des examens spéciaux - et très onéreux —, passez d'abord par moi. L'argent de la sécurité sociale est de l'argent public. J'aime contrôler ce qui se passe, c'est mon droit en tant que chef de service. Si toutefois je suis absent, je veux bien que vous passiez par Alan, par exemple, mais *seulement* si je ne suis pas là.

Pour l'instant, il avait juste envie d'être seul pour tenter de comprendre ce qui clochait chez lui. Mais son professionnalisme lui listait tout ce qu'il aurait dû faire. Soutenir sa collègue. Examiner la patiente. S'assurer que le bon diagnostic avait été fait. Et il ne voulait pas admettre qu'il mourait d'envie de prendre son téléphone pour se renseigner sur la fièvre par morsure de rat.

Il parlait vite pour empêcher Clara de déblatérer. Pourquoi le faisait-elle ? Était-elle nerveuse en sa présence ? Craignait-elle qu'il ne lui crée des ennuis pour avoir prescrit ces tests dans son dos ? Car c'était ce qu'elle avait fait. Il laisserait passer pour cette fois, d'autant qu'Alan avait dû l'y encourager, mais elle se ferait taper sur les doigts si elle recommençait.

— Si vous me présentiez à la patiente et sa famille ? J'aimerais voir Jessica et organiser son transfert à l'étage. Je peux m'en occuper pendant que vous terminez vos notes ?

Elle se raidit. Pensait-elle qu'il lui reprochait à mots couverts de ne pas avoir fait son travail ?

— Docteur Connolly ? dit-il, désignant la chambre de Jessica.

Elle hocha la tête.

— Bien sûr, suivez-moi.

Et elle le précéda, laissant une bouffée de délicieux parfum dans son sillage.

Il sourit en songeant au joueur de flûte de Hamelin du conte des frères Grimm, qui entraînait des enfants à sa suite en jouant de la musique. Puis il se secoua et suivit la piste parfumée qui flottait derrière elle.

4

Les choses s'arrangeaient peu à peu. Clara était à Londres depuis un mois, et les bruits nocturnes la dérangeaient de moins en moins. Elle connaissait tout le personnel habituel de l'hôpital, et ses premières astreintes s'étaient bien passées. Les jeunes patients arrivant souvent la nuit, elle avait décidé de rester sur place quand elle était de garde le soir et dormait dans une salle de repos proche des chambres.

Le lendemain matin, Joshua s'empressait de vérifier les nouvelles admissions, et approuvait de mauvais gré les décisions qu'elle avait prises.

Elle arrivait plus ou moins à l'éviter. Mais c'était un type étrange. Tous les membres de son équipe l'adoraient. Contrairement à la plupart des hôpitaux, le Royal Hampstead Free Hospital semblait garder son personnel pendant des années, et tous vantaient les mérites de Joshua.

Plusieurs fois, elle l'avait trouvé au chevet des enfants, jouant et riant avec eux, ou leur lisant une histoire après avoir envoyé leurs parents épuisés se restaurer.

Clara appréciait aussi ces moments de complicité avec les petits patients, et elle ne comprenait pas pourquoi elle était aussi touchée de voir Joshua caresser les cheveux d'un bambin assoupi contre lui.

Il y avait six semaines qu'elle prenait ses antidépresseurs et elle se sentait un peu mieux, moins fatiguée. Elle avait trouvé un médecin traitant qu'elle retournerait voir pour renouveler ses ordonnances.

La généraliste avait été adorable, consciente du stress et des tensions qui pesaient sur ses collègues des hôpitaux. Elle avait même recommandé à Clara un thérapeute du cabinet et Clara, à sa grande surprise, avait accepté de le voir.

Clara allongea les jambes sur la chaise qu'elle avait installée devant la baie vitrée donnant sur le balcon. Elle commençait à apprécier cet endroit. Certes, aucun mouton ne venait donner des coups de tête dans la fenêtre de son appartement, mais elle était fascinée par le spectacle du soleil couchant embrasant de rouge et d'or les eaux de la Tamise. Sa tasse de café à la main, elle prit un biscuit. Il y avait de la beauté ici, et elle comptait en profiter.

Maintenant qu'elle se sentait un peu mieux, elle admettait que l'incident avec le petit Ben avait tout déclenché. Parfois, la déprime lui tombait dessus sournoisement, venant de nulle part. D'autres fois, un événement la faisait sombrer. Selon toute vraisemblance, elle devrait vivre toute son existence avec la dépression.

Surprise par un bruit, elle sursauta et renversa du café sur son pull. Elle se redressa comme la porte de l'appartement s'ouvrait sur une enfant somnolente qui tenait un livre dans une main et une carte magnétique dans l'autre.

— Tatie Georgie, murmura-t-elle en clignant des yeux.

Clara se détendit mais, bondissant aussitôt sur ses pieds, elle traversa rapidement le salon. Avait-elle laissé la porte entrouverte ? Non, sûrement pas.

La fillette tenait une carte magnétique semblable à celle qui ouvrait la porte de son appartement. C'était certainement Hannah.

Clara s'agenouilla devant elle.

— Hannah ? demanda-t-elle avec douceur.

L'enfant était peut-être somnambule et mieux valait ne pas la réveiller brusquement.

La petite fille battit des paupières, le regard vitreux. Elle portait un pyjama rose et blanc orné de personnages de dessin animé et serrait un livre d'enfant contre elle. De fins cheveux bruns ébouriffés encadraient sa pâle frimousse.

— Hannah, chuchota-t-elle, consciente que Joshua devait s'inquiéter de son absence.

Elle lui prit doucement la carte des mains. Quand Georgie vivait ici, Hannah devait circuler librement entre son appartement et celui de son père. Mais maintenant… Joshua Woodhouse détenait la clé du logement de Clara, et elle avait le sentiment déplaisant qu'on violait son intimité.

Elle prit conscience qu'elle ne connaissait pas le numéro de téléphone de Joshua. Elle réfléchit. Pouvait-on joindre un résident de l'immeuble en composant le numéro de son appartement ? Non. Il y avait des lettres après les chiffres. Elle essaya de se rappeler le numéro de place de parking où elle s'était indûment garée le premier jour. En vain. Elle ne pouvait pas ramener Hannah chez son père.

— Livre, dit l'enfant en lui tendant l'ouvrage qu'elle tenait.

Clara le prit et entraîna la fillette vers le canapé. Dès qu'elle fut assise, Hannah grimpa sur ses genoux et attira le livre à elles.

Comme Clara l'ouvrait, une idée lui vint. Louie. Comment Joshua l'avait-il appelé déjà… L'heureux vagabond ?

Elle décrocha le téléphone et composa le numéro du concierge. Elle fut soulagée de l'entendre répondre.

— Que puis-je faire pour vous, docteur Connolly ?

— Louie, Dieu merci… Hannah Woodhouse vient d'entrer chez moi. Je n'ai pas les coordonnées de son père et je ne me rappelle pas le numéro de son appartement. Comment puis-je le joindre ? Il doit être fou d'inquiétude. Elle est à moitié endormie et je ne veux pas la brusquer…

— Je m'en occupe. Hannah avait l'habitude d'aller d'un logement à l'autre. Donnez-moi deux minutes, je vais le trouver.

Clara reposa le téléphone avec un soupir de soulagement. Hannah lui donna un coup de coude.

— Histoire, murmura-t-elle d'une voix endormie.

Puis elle posa la tête contre son épaule avec un naturel désarmant. Émue, Clara sentit la chaleur de son petit corps la pénétrer jusqu'au plus profond d'elle-même. Longtemps, elle avait pensé avoir des enfants. Quelques mois plus tôt, elle s'était même renseignée sur les démarches à effectuer pour bénéficier d'une insémination artificielle avec donneur. Hésitante, elle avait laissé la décision en suspens. Mais elle commençait à aller mieux, et son sentiment de solitude lui pesait toujours.

Elle avait passé de nombreuses nuits agitées auprès d'enfants hospitalisés. Elle les avait vus pleurer à chaudes larmes, piquer des colères, avoir du chagrin, souffrir dans leurs corps. Elle savait ce qu'être parent voulait dire.

Et tandis que la fillette l'incitait à tourner les pages de son livre illustré, elle ne put s'empêcher de se demander si sa vie pouvait ressembler à cela. Le doute la tenaillait encore. Une personne dépressive pouvait-elle être un bon parent unique ? Son humeur ne risquait-elle pas d'affecter ses relations avec son enfant ? Elle n'était sûre de rien, mais ce moment de partage avec la fillette l'emplissait d'espoir.

Elle lui lut la courte histoire en modulant ses intonations pour lui donner vie. Moins de deux minutes plus tard, elle arrivait à la fin du livre, et la tête d'Hannah dodelinait tandis qu'elle sombrait dans le sommeil.

La porte s'ouvrit brutalement, faisant tressaillir Clara. Joshua, le visage déformé par la rage, se tenait sur le seuil.

— Qu'est-ce que vous faites ? demanda-t-il, fonçant à grandes enjambées vers elle.

Un doigt sur les lèvres, elle s'efforça d'ignorer les battements de son cœur affolé. Il avait traversé la pièce et la dominait de toute sa taille.

— Chut, dit-elle dans un souffle en désignant Hannah endormie, nullement perturbée par l'irruption fracassante de son père.

Clara attendit qu'il se ressaisisse. Elle se mettait à sa place :

il avait dû être pris de panique en constatant la disparition d'Hannah. Son entrée tonitruante chez elle n'était que la réaction normale d'un père affolé.

Soutenant son regard, elle lui fit signe de s'asseoir près d'elle. Il hésita un instant, puis se laissa choir sur le canapé avec un soupir soulagé.

— Je suppose que Louie ne vous a pas trouvé, dit-elle à voix basse.

— Louie ?

Elle acquiesça en caressant doucement le dos d'Hannah.

— Je l'ai appelé quand Hannah est arrivée. Je ne connaissais ni votre numéro de fixe ni celui de votre portable. Et, ne me rappelant pas le numéro de votre appartement, je ne pouvais pas vous la ramener. Je n'avais aucun moyen de vous joindre, Joshua, et comme j'ignorais si elle était somnambule, je ne voulais pas l'effrayer en la réveillant en sursaut.

Joshua eut la bonne grâce de paraître penaud. Il jura.

— Pardonnez-moi, Clara. Après l'avoir mise au lit, j'ai passé un coup de téléphone, et quand je suis allé jeter un coup d'œil dans sa chambre, elle avait... disparu.

Il passa la main dans ses cheveux ébouriffés.

— J'ai cru que mon cœur s'arrêtait de battre. La porte était ouverte, et je ne l'avais même pas remarqué... Ma fille de cinq ans a quitté l'appartement sans que je m'en aperçoive. Quel père merdique je suis !

Consciente qu'il craquait, elle lui tapota la main.

— Elle va bien, Joshua... Au fait, elle est adorable, dit-elle sans retirer sa main.

— Louie ne m'a pas appelé. Il ne va pas tarder à débarquer ici pour s'assurer que tout va bien.

— Au moins, vous avez eu la bonne idée de passer d'abord ici, dit-elle avec un coup d'œil à la carte clé de son appartement. J'en déduis qu'Hannah avait l'habitude de se promener entre les deux logements ?

— Oui, répondit-il avec un soupir. Elle savait qu'elle n'avait pas le droit de prendre l'ascenseur seule. Mais souvent, elle voulait descendre chez Georgie, ou ma sœur me demandait de la lui envoyer. Alors l'un de nous l'accompagnait ou la mettait dans l'ascenseur, et l'autre attendait devant la porte.

Il prit une longue inspiration.

— Mais plusieurs fois, à l'heure du coucher, Hannah s'est faufilée chez Georgie. Apparemment, ma sœur raconte les histoires mieux que moi, admit-il en souriant.

— Je m'en souviendrai, répondit Clara. Mais ça m'ennuie que vous ayez en votre possession la clé de ce qui est actuellement *mon* appartement...

Comme il inclinait la tête, on frappa à la porte entrouverte.

Louie embrassa la scène du regard, vit Hannah dans les bras de Clara, et hocha la tête.

— Je venais vérifier que tout allait bien. Je serai au rez-de-chaussée, dit-il avec un sourire entendu à Clara, avant de disparaître comme il était venu.

Elle mit plusieurs secondes à se rendre compte que sa main était toujours posée sur celle de Joshua et la retira vivement. C'était étrange qu'il soit ici, chez elle. À l'hôpital, c'était son patron. Ici, il était seulement un parent inquiet. Et le premier homme à mettre les pieds chez elle, invité ou pas.

Se prenant la tête dans les mains, il jeta un coup d'œil à sa fille endormie dans les bras de Clara.

— J'ai quelquefois l'impression de tout faire de travers...

Clara cligna des yeux, surprise.

— Pourquoi dites-vous ça ? demanda-t-elle prudemment.

— D'abord parce que ma fille quitte l'appartement en douce pour s'aventurer chez une inconnue, lui grimper sur les genoux et lui demander de lui lire une histoire.

— Les circonstances sont particulières, répondit Clara avec un haussement d'épaules. Je ne suis pas sûre qu'elle ait compris que je n'étais pas sa tatie Georgie.

— Oh que si ! Elle m'a demandé quand on pourrait descendre faire votre connaissance.

— Vraiment ?

— Oui. Je lui ai dit que ce n'était pas approprié parce que vous étiez une nouvelle collègue de travail et que vous n'attendiez pas notre visite.

— Ça semble un peu dur.

— Vous trouvez ?

Elle hocha la tête.

— Sa venue ne me dérange pas. Vous auriez pu me le demander, vous savez.

Il fit la grimace mais ne releva pas.

— Et quelle est l'autre raison ? demanda-t-elle.

Elle était peut-être intrusive, mais il avait lancé le sujet, et il semblait vouloir se livrer. Peut-être allait-elle enfin savoir qui était l'homme dont tout l'hôpital parlait.

Il s'adossa au canapé.

— Ensuite, ma fille entreprend mille activités sans se tenir à aucune. Elle se lasse vite, dit-il avec un soupir. Je déteste me plaindre, mais j'adapte mon planning à ses desiderata, et elle a à peine commencé quelque chose qu'elle veut changer. Elle a essayé la danse classique, la gymnastique, le lancer de bâton de majorette, les jeannettes, les claquettes...

— Et vous l'avez laissée tout arrêter ?

— Je n'aurais pas dû ? demanda-t-il d'un air inquiet.

Elle haussa les épaules.

— C'est à vous de voir. Vous êtes son père. Mais vous devriez peut-être essayer quelque chose de différent.

— Comme quoi ?

Elle prit un instant de réflexion avant de répondre.

— Disons une activité utile, comme la natation, répondit-elle, changeant légèrement de position pour lui faire face. Vous ne la laisseriez pas abandonner, pour sa sécurité. Tous les parents veulent que leurs enfants sachent nager.

Il inclina lentement la tête.

— D'accord...

— Dites à Hannah qu'elle va prendre des cours de natation

et que c'est une occupation très sérieuse. Faites-lui comprendre que ça durera plusieurs années et qu'elle ne pourra pas arrêter tant qu'elle ne saura pas faire deux longueurs de piscine à la nage, dit-elle, se remémorant ses propres leçons de natation quand elle était enfant. Bien sûr, il se peut qu'elle n'aime pas un moniteur, auquel cas il faudra la confier à un autre. Mais elle doit comprendre que c'est une activité qu'on n'abandonne pas.

Elle regarda le flamboyant coucher de soleil par la fenêtre.

— Dites-lui que quand elle saura nager, vous pourrez bien vous amuser tous les deux à la piscine ou à la mer, pendant les vacances.

Il réfléchit, les yeux étrécis, à cette idée.

— Vous croyez que je devrais essayer ?

Elle acquiesça.

— Je ne suis pas parent. Et je devais avoir un caractère différent quand j'étais petite, car quand je commençais une activité, je ne pensais plus qu'à ça. Mais beaucoup de mes copines étaient comme Hannah, dit-elle, rassurante. Elles ont essayé plein de choses au fil des ans.

Elle posa la main sur son bras.

— Il faut que ça marche aussi pour vous, fit-elle. Il ne doit pas être facile de modifier tout le temps votre planning. Une certaine stabilité vous serait sûrement bénéfique à tous les deux.

— Êtes-vous en train de dire qu'Hannah manque de stabilité ? dit-il en se redressant, les yeux brillant de colère.

Elle secoua la tête en soupirant.

— Pourquoi êtes-vous autant sur la défensive ? Pourquoi rejetez-vous tout ce que je dis ? dit-elle, caressant le dos de la fillette blottie contre elle. Si je ne voyais pas cette jolie petite fille sur mes genoux et si je ne savais pas que cette situation doit être dure pour vous, je croirais que vous me détestez, Joshua Woodhouse. Vous n'avez peut-être pas l'habitude qu'on vous parle franchement en appelant un chat un chat.

Elle eut un sourire triste. Il resta silencieux un long moment.

— Je ne suis pas habitué à faire ça...

— Faire quoi ?

— Parler des choses... Évoquer ma situation de père célibataire, avouer mes doutes sur ma capacité à être un bon père, avoua-t-il, se penchant pour enfouir son visage dans ses mains. Me demander si je suis à la hauteur de ses attentes...

— Bien sûr que vous l'êtes, répondit-elle vivement. Pourquoi dites-vous ça ?

Un éclair de culpabilité passa fugitivement dans les yeux de Joshua. Visiblement, il croyait avoir déçu quelqu'un par le passé. Sa femme, peut-être. Clara ne connaissait pas les détails, elle savait juste que son épouse était décédée d'une grave maladie peu après avoir accouché d'Hannah.

Il n'avait pas répondu à sa question et elle s'efforça d'oublier ce qu'elle avait vu dans ses yeux.

— Vous vous mettez trop de pression, Joshua. Mes amis parents aussi passent leur temps à culpabiliser. Mais chacun fait son possible et se débrouille tant bien que mal, dit-elle avec un petit rire. Même ceux qui mangent des plats tout préparés et notent tout sur un pense-bête !

Le visage de Joshua se détendit et il sourit.

— Je n'en suis pas là.

— Vous voyez ? Vous ne vous débrouillez pas si mal.

C'était agréable de le voir se relaxer un peu.

— Je regrette que vous ayez eu une frayeur ce soir, dit-elle. Vous pourriez me donner votre numéro d'appartement et celui de votre portable, pour que je vous prévienne si Hannah revient ?

Il grimaça.

— Cela ne se reproduira plus. Je suis désolé. Gardez la carte clé, je ne devrais plus l'avoir, mais pour être honnête, je l'avais oubliée.

Il contempla sa fille et le cœur de Clara se serra devant son regard chargé de tendresse.

— Je parlerai à Hannah demain, dit-il. Je lui dirai qu'elle ne doit plus venir ici.

— Vous n'avez pas besoin de faire ça. Je serai ravie de la

voir. Franchement, j'ai beaucoup apprécié sa compagnie. Je me sens un peu seule à Londres. Et c'était le meilleur livre d'images que j'aie lu depuis des années.

— Vous trouvez qu'on souffre de solitude, à Londres ?

— Un peu. Nous travaillons dans un hôpital animé, la ville grouille d'activité, on ne peut pas se retourner sans se cogner à quelqu'un, mais... mon meilleur ami Ryan me manque, dit-elle, baissant la voix. Comme me manquent mon vieux cottage et les moutons qui se pressent contre ma fenêtre.

Joshua éclata d'un rire sonore.

— Quoi ?

Elle sourit avec malice.

— Demandez à Georgie. Elle est là-bas depuis plus d'un mois, elle doit savoir de quoi je parle, maintenant.

Le sourire de Joshua s'effaça.

— Georgie doit manquer à Hannah. Ma fille venait souvent la voir. Elles sont très complices et se liguaient contre moi.

Clara haussa les sourcils.

— Je pourrais peut-être la remplacer. Sincèrement, Hannah peut descendre ici quand elle veut. Si vous pensez qu'elle a besoin d'une compagnie féminine, si vous voulez faire une pause et que je ne travaille pas, appelez-moi.

Dans ses yeux, elle vit le conflit qui l'agitait. Joshua Woodhouse n'acceptait pas facilement d'être aidé. Puis leurs regards se soudèrent. Le soleil couchant qui entrait à flots par les fenêtres baignait la pièce d'une lumière orangée presque irréelle. Clara eut l'impression d'être prisonnière d'un sortilège, son souffle était bloqué dans sa poitrine. Elle n'avait jamais ressenti cette connexion avec quelqu'un.

Ridicule. Joshua était son patron. En dehors du travail, ils n'avaient rien en commun. Mais à cet instant, elle le voyait à nu, inquiet, vulnérable, à l'opposé du spécialiste plein d'assurance qu'elle côtoyait à l'hôpital. Un homme normal, qui jonglait pour tout concilier et avancer. Peut-être avait-elle été trop prompte à le juger.

— C'est une offre très gentille, dit-il sans la lâcher du regard. Ma nounou est partie en même temps que Georgie, et son remplacement ne se passe pas comme je l'espérais…

— Eh bien, voyez-moi comme une option possible. Ça ne pose pas de problème.

C'était peut-être son imagination, mais elle aurait juré qu'il se passait quelque chose entre eux. Un sourire illumina son visage. C'était une parenthèse agréable et douce. Ils n'avaient pas encore eu l'occasion de partager un moment aussi paisible. L'hôpital était une ruche bourdonnante d'activité – et Joshua glacial au travail – et ils n'avaient fait que s'y croiser, comme deux navires dans la nuit.

Contre elle, Hannah changea de position, et le cœur de Clara tressaillit. Ne mélangeait-elle pas tout, son désir de maternité et son rapport trouble avec son patron ? Cela pouvait être dangereux. Déstabilisant.

Joshua ne la quittait pas des yeux. Et quand il sourit, elle vit qu'il y avait bien de l'attirance dans son regard. Jusqu'ici, elle n'avait pas éprouvé le besoin de fureter dans sa vie. Mais soudain, elle voulait tout savoir de lui.

— Et s'il vous faut une baby-sitter en urgence, rappelez-vous que j'habite en dessous.

Se levant, il se pencha vers elle, et elle sentit l'odeur épicée de son eau de Cologne quand il tendit les bras pour prendre Hannah. Un instant, sa joue rugueuse effleura la sienne et elle s'arrêta de respirer, ses yeux s'agrandirent en se soudant aux siens.

Il frôla ses seins en attrapant la fillette et se figea un court instant. Leurs lèvres étaient toutes proches, et elle se demanda s'il allait l'embrasser. Elle distinguait les minuscules mouchetures dans ses iris bleus, et la longueur de ses cils scandaleusement épais pour un homme.

— Merci, Clara, murmura-t-il d'une voix rauque.

— Avec plaisir, répondit-elle machinalement.

Il souleva Hannah dans ses bras et quitta l'appartement.

Les jambes en coton, elle mit plusieurs secondes à se lever et, quand elle arriva à la porte, il s'engouffrait dans l'ascenseur.

— Il faut cesser ces rencontres, chuchota-t-elle comme les portes en acier se refermaient sur lui.

Le cœur battant, elle rentra chez elle et s'adossa à la porte. Tout cela s'était-il vraiment passé ?

Elle prit une inspiration et traversa le salon, s'arrêtant pour ramasser le livre abandonné sur le canapé. Elle caressa le dossier du sofa, encore chaud là où Joshua s'était assis.

Tout cela s'était *vraiment* passé.

Elle alla s'asseoir sur l'élégante méridienne à côté du balcon et remonta ses jambes contre sa poitrine. Elle se sentait revigorée, mais aussi un peu désemparée.

Tout commençait à aller mieux pour elle. Le travail, le changement de cadre, sa vie, ce que lui réservait l'avenir.

Ce moment avec Hannah lui avait apporté une certitude. Elle voulait être mère. Qu'elle partage ou non sa vie avec un homme, elle avait envie d'avoir des enfants. Mais devait-elle s'en préoccuper maintenant ou plus tard ? Elle ne rajeunissait pas, et les traitements étaient pénibles. Onéreux.

Mais devait-elle pour autant s'interdire de rencontrer quelqu'un qu'elle pouvait aimer et avec qui elle pouvait passer le reste de ses jours ? Un homme accepterait-il de sortir avec une femme prête à recourir seule à une FIV pour avoir un enfant ?

C'était compliqué. Elle ne voulait pas voir ses petits amis comme des pères en puissance. Elle tenait à dissocier sa vie amoureuse de son désir de maternité. Mais était-ce réaliste ?

Elle soupira, le visage baigné par la clarté orange du crépuscule.

Pour la première fois de sa vie, elle avait senti une étincelle de *quelque chose*. Elle n'avait pas éprouvé cela six mois plus tôt avec Harry. Avec Joshua, elle avait des fourmillements sous la peau, son sang pulsait dans ses veines, son corps se hérissait de chair de poule.

Elle sourit malgré elle. Pouvait-elle croire… ?

Elle gémit. Elle allait devoir faire preuve de patience, ce qui n'était pas son fort. Attendre et voir ce qui se passait.

Et puis zut.

5

Joshua ne savait plus où donner de la tête. Un de ses collaborateurs avait dû rentrer au Portugal pour une urgence familiale et, à son grand regret, il ne reviendrait pas. Les absences se multipliaient sur le tableau de service. Deux médecins avaient été contaminés par un virus circulant à l'hôpital, l'anesthésiste pédiatrique avait la varicelle, et une interne enceinte souffrait d'hyperémèse gravidique.

Il entendit tinter son bip et grogna.

— Je jure que s'il y a encore un malade…

— Vous ferez quoi ? demanda Clara en le rejoignant, souriante malgré le rythme de travail effréné auquel elle était soumise pour suppléer aux absences.

— Je courrai me cacher dans un trou. Trop, c'est trop… Vous n'avez pas de consultations ?

— Si, mais Ron a contacté les patients, je les verrai ici au lieu de me rendre à l'autre bout de l'hôpital. Ça me permettra de garder un œil sur l'unité d'évaluation.

Il la considéra un instant.

— Pourquoi n'y ai-je pas pensé ?

Elle lui adressa un grand sourire. Il inspira, les sens en émoi. Elle portait encore ce parfum qui lui évoquait un jardin après la pluie. Cela le déconcentrait, et le moment était mal choisi.

Ils avaient conclu une sorte de trêve. Il ne comprenait pas

pourquoi elle l'avait pris à rebrousse-poil dès le début, mais finalement, il l'aimait bien.

Elle avait été gentille avec Hannah, surtout quand il avait déboulé comme une furie dans son appartement.

Et puis, elle avait fait ses preuves au travail. Le personnel l'appréciait, et elle était vraiment compétente. Les rares fois où Hannah était venue à l'hôpital, Clara avait pris la peine de passer un moment avec elle, et l'appartement de *tatie Georgie* était devenu le sien, ce qui ne plaisait pas forcément à Joshua.

Mais surtout, elle était… là. Il avait l'impression que ses sens s'éveillaient quand elle s'approchait. Il l'entendait rire avant de franchir une porte, sentait sa présence dans le service avant même de poser les yeux sur elle. Elle était patiente avec les parents anxieux. Parfaite avec les adolescents. Magique avec les bambins en crise.

Il aimait sa compagnie et s'efforçait d'accepter cet état de fait. C'était peut-être dû au premier regard qu'ils avaient échangé. Au choc qu'il avait ressenti en s'apercevant qu'elle était attirante. À la couleur de ses lèvres. La courbe de ses hanches.

Il avait connu des femmes au cours de l'année écoulée. Mais elles ne l'avaient pas marqué et ne lui avaient jamais coupé le souffle. Il avait oublié quel effet cela faisait.

C'était toute l'histoire de sa vie. Il s'était habitué à être seul. Difficile de faire de nouveau confiance quand celle que vous aimiez vous avait caché de lourds secrets. Il croyait s'en être remis, mais il suffisait qu'une femme ne soit pas franche avec lui pour qu'il la quitte sans remords. Tant pis si c'était ridicule. Tout le monde avait droit à une vie privée, mais il avait la conviction qu'une relation ne devait pas être polluée par le secret ni le mensonge. Désormais, il ne préservait plus seulement son propre cœur, il protégeait aussi celui d'Hannah.

Et Clara dans tout ça ? Elle flottait constamment à la lisière de sa conscience. Il le déplorait, car elle ne resterait que six mois, et il ne voulait pas présenter une petite amie potentielle à Hannah si elle ne comptait pas pour lui.

Mais les instants partagés sur le canapé quelques semaines plus tôt avaient ébranlé ses certitudes. Clara était très tactile et n'avait probablement pas conscience qu'il y avait longtemps que personne ne lui avait touché la main. Avec affection. Empathie.

Elle se retourna pour lui faire face.

— Vous n'y avez pas pensé parce que vous ne fonctionnez pas comme moi. Vous êtes un homme. Vous ne savez pas mener plusieurs choses de front. En tout cas, je n'admettrai jamais que l'idée vient de Ron, fit-elle avec un clin d'œil en s'éloignant.

Il rit en la regardant disparaître. Elle avait de l'esprit. Son sens de l'humour lui rappelait qu'il ne devait pas prendre la vie trop au sérieux, il en avait besoin dans les moments difficiles.

Elle revint une demi-heure plus tard, la mine grave.

— J'ai besoin d'un second avis au sujet d'un bébé.

— Bien, répondit-il en se levant. Qu'est-ce qui ne va pas ?

Il lui emboîta le pas pendant qu'elle lui faisait part des symptômes de l'enfant, et de ses soupçons à elle.

— Lewis Crawley a dix-sept mois, de la fièvre, des douleurs abdominales à en juger par sa façon de remonter les genoux vers sa poitrine, il vomit de la bile...

Il posa la main sur son bras.

— Stop, Clara. Ça ressemble à un cas d'école. Pourquoi cette inquiétude ? Vous savez très bien ce qui ne va pas.

Elle était pâle et agitée. À l'opposé de la pédiatre calme et posée qui avait diagnostiqué une maladie bizarre dès sa première semaine à l'hôpital.

— Je... Je veux juste une seconde opinion. Et nous n'avons pas notre anesthésiste habituel. Qui va s'occuper de ce cas ? Qui va réaliser l'opération ?

Joshua s'arrêta et posa les mains sur ses épaules.

— Vous connaissez cet enfant ?

Elle secoua la tête, les yeux noyés de larmes.

Il allait devoir s'informer. En attendant, si le bébé avait une invagination intestinale avec occlusion, ce qui semblait être le cas, il s'agissait d'une urgence chirurgicale.

— Très bien, allons le voir.

L'examen prit un moment. Clara ne s'était pas trompée. La laissant surmonter son émotion, il expliqua calmement la situation aux parents, puis il appela le chirurgien de garde et un anesthésiste pédiatrique.

Clara tapa les notes pendant qu'il parlait, enregistrant tous les détails. Elle avait fait ce qu'elle pouvait, et avait même prescrit les examens et rempli la feuille de consentement avec les parents.

En temps normal, Joshua lui aurait donné son avis et l'aurait laissée prendre la suite. Mais ce n'était pas un jour normal. Et il ne voulait pas abandonner Clara.

Il attendit que le chirurgien et l'anesthésiste soient arrivés et que les brancardiers du bloc aient emmené Lewis et ses parents en chirurgie puis, s'assurant qu'ils étaient seuls, il prit Clara par les épaules et l'entraîna dans la pièce la plus proche. Il referma la porte derrière eux.

Ils étaient dans la réserve d'articles de bureau, pas vraiment le lieu idéal pour avoir ce genre de discussion.

— Très bien, Clara, dit-il, lui faisant face, vous avez tout fait à la perfection, alors qu'est-ce qui ne va pas ?

Elle tremblait de tout son corps, et fondit en larmes.

— Je suis désolée... J'ai juste... paniqué, avoua-t-elle entre deux hoquets.

Un aveu inattendu de la part de Clara qui s'était révélée parfaitement compétente ces six dernières semaines, sans jamais perdre son sang-froid.

— Dites-moi pourquoi, insista-t-il d'une voix calme.

S'adossant à une étagère, elle prit son temps avant de lever les yeux pour rencontrer son regard.

— Je ne m'attendais pas à ce que ça arrive..., dit-elle tandis qu'il prenait machinalement sa main tremblante.

— Que s'est-il passé ? demanda-t-il doucement.

Elle ferma les yeux.

— Nous avons eu un patient à Édimbourg, un peu plus grand que Lewis… J'étais en congé maladie, un virus…

Comme aujourd'hui, deux membres de l'équipe médicale manquaient à l'appel pour cause de norovirus.

— En reprenant le travail le lendemain matin, j'ai appris qu'un enfant avait été admis durant la nuit. Il était un peu plus âgé que Lewis mais présentait les mêmes symptômes. Mon remplaçant avait écarté l'invagination intestinale et, soupçonnant une appendicite chronique, il avait prescrit un scan pour le lendemain.

Elle déglutit, et une larme roula sur sa joue.

— J'ai su ce qu'il avait dès que je l'ai vu. On l'a immédiatement transporté au bloc mais… une partie des intestins était nécrosée, morte… Il a fini avec une stomie définitive.

Les pièces du puzzle se mettaient en place dans l'esprit de Joshua. Clara n'avait rien à se reprocher. Mais l'important, c'était ce qu'elle *ressentait*. Ils avaient tous connu un cas similaire. Un *si seulement* qui les hanterait toute leur vie.

Il hocha la tête avec compréhension.

— Et aujourd'hui ?

— Aujourd'hui, c'était la première fois que j'étais confrontée à ça depuis cette histoire. J'ai paniqué. Même si ça semblait évident, je me suis demandé si je n'inventais pas des choses par peur de rater encore un cas d'invagination.

Elle défit sa queue-de-cheval et secoua la tête. Son épaisse chevelure croula sur ses épaules, encadrant son visage. Il l'avait toujours vue avec les cheveux attachés, et l'effet lui parut saisissant.

Elle n'avait pas retiré sa main, mais elle ne tremblait plus.

— Vous avez fait du bon travail aujourd'hui, Clara, dit-il doucement. Vous avez examiné un enfant, posé un diagnostic et administré le traitement approprié. Je serai toujours prêt à vous donner mon avis, alors n'hésitez pas à me solliciter. Mais vous n'en aviez pas besoin aujourd'hui. Votre examen clinique était parfait. J'ai confiance en vous. Vous avez fait vos preuves depuis votre arrivée. Ayez foi en vous.

Elle leva ses yeux noisette et leurs regards se soudèrent.

— Je comprends que ça ait réveillé de mauvais souvenirs. Nous avons tous connu ça.

Un long silence suivit, chargé de non-dits. C'était la première fois qu'il était confronté à sa fragilité, comme elle avait vu sa vulnérabilité au moment de la disparition d'Hannah. Ce soir-là, elle avait été gentille avec lui. Après l'accueil glacial qu'il lui avait réservé, il aurait compris qu'elle lui reproche de ne pas avoir remarqué immédiatement l'absence de sa fille. Il l'aurait mérité. Mais elle l'avait simplement invité à s'asseoir et à parler.

Il ne savait plus trop comment il avait échoué dans la réserve avec elle, mais ils n'auraient pas pu être plus proches. Son parfum l'enveloppait de magie. Elle était si près qu'il voyait pulser le pouls dans son cou, l'infime trace de fond de teint sur sa joue, le fard rouge de ses lèvres qui commençait à s'estomper. Il avait conscience de la fixer, mais n'en éprouvait aucune gêne car elle en faisait autant.

Que voyait-elle ? Se rendait-elle compte qu'il s'inquiétait pour elle ? Avait-elle remarqué les rides et les cernes que le manque de sommeil avait imprimés dans sa chair ? Le petit carré de peau qu'il avait oublié de raser ce matin ? Percevait-elle son angoisse et ses doutes de père ? Sa fille méritait tant d'amour et d'attention. Parfois, quand il la regardait, son cœur se gonflait tant qu'il menaçait d'exploser.

Clara leva la main et la posa sur son torse.

— Merci, dit-elle tout bas.

Immédiatement, il eut envie de franchir l'infime distance qui les séparait encore. Il posa les yeux sur ses lèvres et dut se faire violence pour rester immobile. La chaleur de sa paume traversait sa chemise en coton, brûlait son torse, se répandait dans son corps. Jamais de toute sa vie il n'avait eu autant envie d'embrasser une femme.

Étaient-ce les traces de rouge sur ses lèvres ? Sa chevelure ébouriffée si sexy ? Ne pas bouger était une torture.

Puis le charme se rompit. Elle fit un pas et, posant la main sur son cou, elle pressa les lèvres sur les siennes.

Les oreilles bourdonnantes, il lâcha prise. Il enfouit les doigts dans ses cheveux et l'attira à lui. Sa bouche avait un goût frais et son parfum exquis emplissait ses narines. Il la plaqua contre lui et sentit ses courbes épouser son corps dur.

Clara Connolly n'avait pas peur d'embrasser. Elle y mettait du cœur, le poussa contre les étagères. Il glissa la main sous sa blouse blanche et effleura la peau de sa taille.

Elle étouffa un grognement de plaisir qui faillit avoir raison de son sang-froid.

Ils se séparèrent, le souffle court. Elle baissa la tête avec un petit rire. Quand elle la releva, ses yeux brillaient d'un éclat qui lui brûla la peau.

— Dois-je vous présenter des excuses ? demanda-t-elle.

Il secoua la tête en riant.

— Et moi ?

— Quelque chose me dit que nous ne sommes pas les premiers à échanger un baiser dans un placard d'hôpital.

Il acquiesça en souriant.

Elle attacha ses cheveux avec le bandana qu'elle portait au poignet et se rajusta.

— À quoi je ressemble ? demanda-t-elle, prête à sortir.

— C'est parfait.

Était-il déçu ? Le personnel venait s'approvisionner dans la réserve à longueur de journée et il ne tenait pas à ce qu'on les surprenne. Curieusement, il n'avait jamais été du genre à flirter dans un placard ou une salle de garde, même si le personnel plaisantait beaucoup sur le sujet.

— Une minute…, dit-elle, se dressant sur la pointe des pieds pour essuyer le coin de sa bouche. Je vous ai laissé une trace de rouge à lèvres… Voilà, c'est mieux.

La main sur la poignée de la porte, elle s'immobilisa le temps de se ressaisir, et il en éprouva un plaisir trouble.

— Attendez un peu, fit-elle par-dessus son épaule, puis elle ouvrit la porte et sortit.

Comme le battant se refermait, il s'adossa aux étagères en riant. Comment cela avait-il pu se produire ?

Ses efforts pour ignorer le pouvoir d'attraction de Clara avaient visiblement échoué. Il avait une part de responsabilité dans l'incident. Il était son patron et il l'avait entraînée dans la réserve pour lui parler en privé parce qu'elle était bouleversée.

Mais elle avait fait le premier pas, et ils étaient adultes et consentants. Avait-elle ressenti la même attirance que lui ?

Il ne savait trop qu'en penser. Clara était ici pour une durée limitée et il devait songer à Hannah. Peut-être valait-il mieux en rester là. Ce serait indéniablement préférable au travail. Il ne voulait surtout pas que tout le monde sache qu'il se passait quelque chose entre eux.

Avec un soupir, il se frotta la figure pour effacer d'éventuelles traces de rouge à lèvres, puis il quitta la réserve.

Comme la porte se refermait, il sursauta. Ron était planté derrière, affichant un calme olympien. Il leva la tasse qu'il tenait et lui sourit.

— Je vous ai fait un café. Tenez…

Il lui adressa un clin d'œil et s'éloigna.

6

Clara se sentait beaucoup mieux. La vue de la fenêtre de sa chambre ne lui paraissait plus aussi étrange. Et maintenant, elle aimait aller écouter sur le balcon la rumeur nocturne de la ville, au lieu de se languir de sa lande écossaise peuplée de moutons.

Elle profitait avec plaisir de la piscine et de la salle de gymnastique du complexe, et Louie était devenu son meilleur ami. Il livrait même ses commandes chez elle en prenant soin de mettre les denrées fragiles au réfrigérateur.

Sa relation avec Joshua la laissait perplexe. Elle n'était nullement gênée par le baiser qu'ils avaient échangé des semaines plus tôt. Au contraire, il avait réveillé en elle des sensations oubliées ; elle se sentait de nouveau vivante.

Mais elle avait du mal à le comprendre. Il ne l'évitait pas et semblait plus à l'aise avec elle, cependant ils n'avaient jamais évoqué ce qui s'était passé, même si depuis, leur relation s'était sensiblement améliorée.

Il était plus détendu avec elle et lui parlait comme à une amie et non plus une étrangère qui aurait sournoisement investi son service. Elle-même n'était plus sur le qui-vive. Elle n'avait plus besoin de faire ses preuves à tout bout de champ. Trois jours plus tôt, elle avait soigné un autre bébé souffrant d'invagination et, cette fois, elle ne s'était pas torturée en se demandant si elle voyait des symptômes qui n'existaient pas.

Elle avait diagnostiqué l'enfant aux urgences, puis il avait été examiné par le chirurgien et conduit au bloc opératoire dans les deux heures suivant son admission. Le tout sans complications. Le lendemain, elle avait passé une partie de la journée à le surveiller et à lui chatouiller les orteils. Pour un bébé qui avait subi une chirurgie aussi lourde, à son réveil il était d'une vivacité étonnante et s'était remis rapidement, s'alimentant normalement au bout de quelques jours.

Une ou deux fois, Joshua avait fait une apparition et lui avait adressé un sourire rassurant, sans plus.

Si elle était parfaitement à l'aise avec lui, elle aspirait à plus. Sa raison lui disait qu'il l'avait peut-être embrassée par pitié, mais son corps se rappelait sa réaction. Elle avait senti la passion contenue dans son baiser, très loin d'un simple témoignage de sympathie. Elle aurait volontiers poussé les choses plus loin.

Mais elle avançait un pas après l'autre. Elle s'était décidée à envoyer un mail à la clinique de fécondation in vitro pour se renseigner sur les différents traitements et le recours à un donneur. C'était un pas énorme pour elle, même si la requête était simple. Dès qu'elle aurait toutes les informations, elle étudierait de nouveau la question. Elle était satisfaite d'avoir pris cette décision. Sa vie ne se limitait désormais plus à la journée en cours, elle s'étendait aussi au monde de possibilités qui s'offraient à elle.

C'était un samedi, et une belle journée s'annonçait. Elle avait décidé de faire du tourisme, et Buckingham Palace, Trafalgar Square, Tower Bridge, et le London Eye figuraient parmi les visites incontournables. Le temps était clair et ensoleillé, et il y avait quelque chose de libérateur dans la perspective de déambuler dans les rues en s'arrêtant occasionnellement pour grignoter ou boire un verre.

Elle enfilait sa veste quand on frappa à la porte. À sa grande surprise, elle trouva Joshua et Hannah sur le seuil.

— Un problème ? demanda-t-elle. Vous avez besoin que je garde Hannah ?

— Non, tatie Clara. On va à la tour de Londres et je veux que tu viennes avec nous.

Clara sourit pour masquer son étonnement. Non seulement Hannah l'appelait tatie, mais ils l'invitaient à sortir avec eux ! Elle rencontra le regard de Joshua qui haussa les épaules avec nonchalance.

— Je crois que ma seule compagnie est un peu ennuyeuse pour ma fille. Elle a voulu convier une amie.

Clara s'agenouilla devant la fillette.

— Et c'est moi ?

Hannah hocha la tête avec un naturel confondant.

— On ne s'est jamais promenés ensemble, et tu es là depuis *longtemps*.

Clara consulta Joshua du regard pour s'assurer qu'Hannah ne lui forçait pas la main. Il ne tenait peut-être pas à sa présence. Mais il semblait sincère, et même amusé.

— Qu'en dites-vous ? Vous avez déjà visité la tour ?

Clara prit son sac et le glissa à son épaule.

— Jamais. Je m'apprêtais justement à faire du tourisme aujourd'hui, et je serai ravie de visiter la tour de Londres avec vous. Merci pour l'invitation, dit-elle en fermant la porte de l'appartement derrière elle.

Hannah trépigna pendant qu'ils attendaient l'ascenseur.

— Je t'avais dit qu'elle viendrait, papa !

Comme ils pénétraient dans la cabine, il murmura à l'oreille de Clara :

— Je vous préviens, Hannah va bavarder *toute* la journée...

Clara sourit joyeusement.

— J'ai hâte...

Avec l'afflux touristique du week-end, Clara et Joshua durent faire la queue un moment avant de pénétrer dans la tour de

Londres. Hannah n'avait pas arrêté de sautiller, attendant son tour pour se faire photographier à côté d'un des célèbres *Beefeaters* en uniforme traditionnel bleu marine et rouge.

L'intérieur de la tour bourdonnait comme une ruche mais, n'étant pas pressés, ils choisirent la visite guidée et écoutèrent un *Yeoman Warder*, garde d'apparat du site, leur raconter l'histoire de la tour, riche en trahisons, tortures et autres légendes. La fascination d'Hannah atteignit son comble quand le *Ravenmaster* cita le nom de plusieurs corbeaux dont les sinistres congénères occupaient les lieux depuis des siècles.

Pour accéder aux bijoux de la Couronne dans Waterloo Block, une queue interminable serpentait à travers la cour. Histoire de tromper leur attente, Joshua acheta des glaces qu'ils dégustèrent en regardant une troupe de comédiens reconstituer des scènes de l'histoire de la tour.

Comme ils avançaient dans les couloirs faiblement éclairés menant à la salle d'exposition des bijoux de la Couronne, Hannah glissa sa petite main dans celle de Clara. D'abord étonnée, la jeune femme sourit, touchée par cette marque de confiance

Elle souleva la fillette pour qu'elle puisse admirer les somptueux joyaux exposés. La queue avançait lentement, et les visiteurs étaient priés de ne pas s'arrêter. Mais ils purent contempler la couronne de St Edward utilisée lors des couronnements et le fameux Cullinan, énorme diamant incrusté dans le sceptre royal.

De toutes les merveilles exposées, ce fut la couronne impériale d'apparat ornée du gros rubis du Prince noir qui eut la faveur d'Hannah, et elle battit des mains quand Clara lui en acheta une réplique miniature à la boutique de cadeaux.

Clara rit de la voir triturer la boîte en plastique contenant la mini-couronne.

— C'est bon, elle est à toi. Tu peux la sortir.

Hannah soupira.

— Elle est trop petite pour ma tête...

— C'est vrai, mais tu peux la mettre dans ta chambre et la

regarder quand tu t'endors. Et peut-être rêveras-tu que tu es une princesse ou une reine.

— Ou une licorne ! s'écria Hannah, tout excitée.

Clara jeta un regard effaré à Joshua, qui s'esclaffa.

— Vous vous y habituerez. Peu importe le sujet de conversation ces temps-ci, on en vient toujours aux licornes.

— Je ne suis pas aussi à la page que je le croyais…

Elle avait le cœur en joie. Elle avait passé une matinée délicieuse avec Joshua et sa fille. Elle aimait jouer les touristes, mais leur compagnie avait décuplé son plaisir. Ils s'étaient bien amusés, et Hannah avait été captivée par les reconstitutions historiques auxquelles ils avaient assisté.

Comme ils quittaient le site en direction de Tower Bridge, la main de Joshua effleura la sienne. Avec un sourire, il glissa un bras autour de son épaule.

— Quelqu'un a faim ?

— Moi ! crièrent-elles en chœur.

Ils flânèrent au bord de la Tamise jusqu'à trouver un restaurant avec une terrasse au soleil. Il grouillait de touristes, mais après quelques minutes d'attente un serveur les guida jusqu'à une table et leur remit des menus.

Alors qu'ils contemplaient les bateaux d'excursion sur la Tamise, le serveur vint prendre leur commande. Dix minutes plus tard, Clara sirotait un verre de vin frais en mangeant un traditionnel *fish and chips*. Elle soupira.

— Quoi ? demanda Joshua.

— Rien, répondit-elle en souriant. C'est une journée parfaite. Exactement ce à quoi j'aspirais. J'étais partie pour visiter la ville en solitaire, et me voilà devant un repas délicieux et un bon verre de vin… Merci de m'avoir invitée.

Le cœur de Joshua palpitait bizarrement dans sa poitrine. Ce matin, il avait agi sur un coup de tête. Hannah l'avait supplié d'inviter Clara à les accompagner, et il n'avait pas voulu penser à la centaine de raisons qu'il avait de refuser.

Il n'avait pas eu envie de se poser de questions.

Son cœur battait la chamade quand il avait frappé à sa porte. Mais Clara avait paru enchantée de l'invitation.

Toute la matinée, elle avait été de fort agréable compagnie, charmante et détendue, attentive à Hannah. Ils ne sortaient pas ensemble, et il avait pu la présenter à sa fille comme une amie, ce qui était une grande première.

Entre son travail et les activités d'Hannah, il n'avait pas le temps de se faire des amis parmi ses collègues et leurs familles.

Et là, assis au soleil dans la brise douce qui montait de la Tamise, il s'aperçut qu'il s'amusait vraiment pour la première fois depuis des années.

Les yeux d'Hannah pétillaient d'excitation. Visiblement, elle voulait impressionner Clara, et il avait un peu peur. Avait-il eu tort de l'inviter à passer ce moment avec eux ? Après tout, elle n'avait plus que quatre mois à passer ici…

Un soir, Hannah lui avait confié que sa tatie Georgie lui manquait. Elle voulait descendre voir Clara et il avait trouvé une excuse pour l'en dissuader. Il n'était pas gêné par leur baiser, mais parce qu'il lui avait confié ses inquiétudes de père le soir où il était allé chez elle. Il ignorait encore pourquoi il lui avait déballé tout cela.

À ce moment-là, il se faisait du souci pour sa sœur. Georgie lui avait envoyé plusieurs textos d'Écosse, et il avait senti qu'elle lui cachait quelque chose. Il avait essayé de l'appeler, lui avait laissé des messages, mais pendant plusieurs semaines ils n'avaient pas vraiment réussi à se parler. Ils étaient proches, et il s'inquiétait pour elle.

Il leva son verre de bière.

— C'est un plaisir de vous avoir avec nous. On s'amuse bien, non ?

Il donna un coup de coude à Hannah qui hocha la tête avec enthousiasme en mangeant ses pâtes.

— J'aurais dû vous inviter plus tôt, dit-il sans réfléchir.

Clara sourit et soutint son regard.

— Je me réjouis que vous l'ayez fait aujourd'hui.

Ces mots, lourds de sens, flottèrent entre eux. Le décor s'effaça pendant qu'ils se fixaient. Il avait la bouche sèche, sa peau picotait. Les yeux sombres de Clara l'aspiraient. Et il aimait cela. Beaucoup.

Pouvait-il lui faire confiance ? Serait-elle honnête avec lui ?

— On pourra aller à Buckingham Palace la prochaine fois ? demanda Hannah, la bouche pleine.

Ils tressaillirent. Le charme était rompu.

— Je crois que Clara travaille le week-end prochain, dit-il avec un sourire à la jeune femme. Je suis sûr qu'on trouvera autre chose à faire ensemble.

Clara acquiesça.

— J'adorerais visiter le palais de Buckingham. D'ailleurs, c'est sur ma liste. Mais j'ai un jour de repos cette semaine. Hannah et moi pourrions aller voir ce film d'animation dont tout le monde parle. Il faut que j'aie un enfant avec moi ou on va se demander ce que je fais là…

Hannah éclata de rire.

— Je peux, papa ? Je peux ?

Il s'agita sur sa chaise. Il n'aimait pas qu'on lui force la main, mais Hannah voulait voir ce film depuis des semaines et il ne savait pas quand il pourrait l'y emmener.

— À condition que ça n'empiète pas sur tes leçons de natation, répondit-il.

— Elle a commencé les cours de natation ? demanda Clara. Super. C'est important de savoir nager.

— J'aime ça, répondit vivement Hannah. Papa m'a acheté un maillot de bain avec des licornes dessus !

Clara se pencha vers elle.

— Qu'est-ce que tu as fait jusqu'ici ? Tu t'es tenue au bord du bassin en agitant les jambes ? Ou tu as été très courageuse et tu as mis la tête sous l'eau ?

— J'ai fait ça la semaine dernière ! répondit Hannah d'une voix stridente.

— Waouh, tu m'impressionnes. Je parie que tu sauras bientôt nager sans flotteur.

Hannah hocha la tête tandis que le serveur venait débarrasser leurs assiettes.

— Des desserts ? demanda-t-il.

— Je peux avoir une glace ? demanda Hannah.

— Il vaut mieux demander à ta maman, répondit le serveur en souriant à Clara.

Joshua garda le silence et Clara se figea, choquée.

— Oh ! ce n'est pas ma mère, dit Hannah avec naturel. C'est notre amie Clara.

Le serveur sourit d'un air contrit.

— Alors, qui prend la décision pour la glace ? dit-il.

Joshua regarda sa fille.

— Glace au chocolat à la sauce chocolat ?

Hannah acquiesça avec un grand sourire.

Le serveur parti, il se tourna vers Clara. Elle semblait retenir son souffle, mais il vit de la tristesse dans ses yeux.

Qu'est-ce que cela signifiait ? Il n'aimait pas la voir triste.

On interrogeait souvent Hannah sur sa mère et il avait appris à accepter ce manque de tact. Il en avait parlé avec sa fille dans des moments sensibles comme la fête des Mères. Hannah avait le raisonnement simple d'une enfant. Sa maman était morte, et elle était au ciel, parmi les étoiles.

Son institutrice lui avait demandé si elle voulait préparer une carte pour sa tatie, sa mamie ou son papa le jour de la fête des Mères. C'était fait avec naturel, sans manières, et Joshua avait apprécié.

Il était surpris de voir de la souffrance dans les yeux de Clara parce qu'elle avait été prise pour la mère d'Hannah. Était-elle gênée par le commentaire ? Ou était-ce plus profond ? Peut-être n'avait-elle pas envie d'être mère. Ou elle ne pouvait pas avoir d'enfant. Ou elle cachait quelque chose.

Non. Échaudé par les secrets d'Abby, il tirait des conclusions hâtives. Clara n'était pas forcément comme elle. En tout cas, l'incident ne devait pas gâcher leur journée.

— Encore un peu de vin ? proposa-t-il.

— Merci, ça suffit. Deux verres me couperaient les jambes. Je ne serais pas vraiment à mon avantage.

— Vraiment ?

— Oui, fit-elle en souriant. Il vaut mieux ne pas voir ça.

— Ça me plairait peut-être, dit-il avec malice comme on apportait sa glace à Hannah.

Soudain, il fut frappé par la pensée que la journée allait s'achever, et il n'en avait aucune envie. L'après-midi commençait à peine. Il regarda un bateau touristique qui passait sur la rivière, assez proche pour entendre les commentaires du guide. Il se tourna vers Clara.

— Vous avez déjà fait la balade sur la Tamise ?

— Non. Je vois assez de bateaux depuis mon balcon.

— Il y a un embarcadère près d'ici. On pourrait embarquer de là. L'excursion passe devant les Chambres du Parlement et le London Eye. Ça vous tente ?

Clara désigna un bateau bondé.

— C'est ce genre de bateau, pas le style hors-bord ? demanda-t-elle, se rappelant ceux qu'ils avaient vus filer sous leurs yeux au cours de la dernière heure.

— La croisière en hors-bord vous effraie ? dit-il en riant.

Elle le toisa.

— Je me disais juste qu'on devait être secoué là-dedans. Il ne faudrait pas qu'Hannah perde sa couronne, n'est-ce pas ?

Il fit signe au serveur d'apporter la note.

— Sûrement pas. Du moment que vous n'avez pas peur…

Il la taquinait et elle semblait entrer dans le jeu. Elle tendit la main à Hannah sur la table.

— Les filles n'ont jamais peur. Mais nous sommes trop malignes pour nous laisser éclabousser. Vous avez vu les gens qui débarquent de ces engins ?

Hannah lui serra la main et jeta un regard éloquent à son père.

— Exactement ! dit-elle d'une voix qui fit le rire.

— Pourquoi ai-je l'impression que vous vous liguez contre moi, toutes les deux ?

Hannah inclina la tête en enfilant sa veste.

— Parce que c'est le cas, hein, Clara ?

Clara lui décocha un clin d'œil.

— Absolument.

Quand ils regagnèrent leurs appartements, Hannah dormait debout.

Après l'excursion en bateau, ils avaient déambulé un moment parmi les boutiques, puis ils étaient tombés sur une billetterie qui avait des places pour des spectacles en soirée. Après s'être concertés, ils étaient allés voir une comédie musicale sur les sorcières qu'Hannah avait adorée.

— J'ai toujours voulu l'emmener voir une comédie musicale, murmura Joshua comme ils attendaient l'ascenseur, en contemplant sa fille lovée dans ses bras. Vous m'avez aidé à créer un précédent… Maintenant, je vais devoir l'emmener au spectacle sur glace, à celui du *Roi Lion*…

— Je suis pour si vous l'êtes. Je suis fan de comédies musicales. Vous avez vu comme ses yeux brillaient pendant la représentation ?

Il hocha la tête avec un sourire coquin, et elle prit conscience que ses paroles étaient équivoques. *Je suis pour si vous l'êtes…* Elle étouffa un petit rire.

— Vous disiez ? demanda-t-il d'une voix rauque.

Elle s'approcha et lui chuchota à l'oreille :

— Le moment me paraît mal choisi. Nous avons de la compagnie.

— Désolé…

Elle le considéra un instant. Ils étaient en train de flirter. Après des semaines à jouer aux amis, ils flirtaient *vraiment*.

Et elle aimait cette version de Joshua. Il pouvait être badin. Et terriblement sexy. Cela lui plaisait beaucoup.

Mais aujourd'hui, une chose l'avait frappée : elle était un peu jalouse de la belle relation qu'il avait avec sa fille. Voudrait-il avoir d'autres enfants plus tard ? Le commentaire innocent du serveur l'avait secouée.

Elle s'appuya contre son épaule.

— Non. Vous avez de la chance et vous le savez. Vous avez une enfant merveilleuse et vous êtes un papa génial.

Il se tourna vers elle et ses yeux bleus capturèrent les siens. Il l'embrassa sur le front, lui arrachant un frisson.

— Merci, dit-il dans un murmure. Ça compte beaucoup pour moi.

Les portes de l'ascenseur s'ouvrirent et ils pénétrèrent dans la cabine. Elle atteindrait son étage la première.

— Vous voulez monter chez moi ? proposa-t-il d'une voix enrouée qui lui donna la chair de poule.

Consciente qu'il n'avait pas l'habitude d'inviter des femmes chez lui quand Hannah était là, elle brûlait de hurler *oui !*

Mais quelque chose la retenait. Elle imaginait sans peine ce qui allait arriver. Mais souhaitait-elle franchir cette limite ? Elle savait qu'elle ne regretterait rien, mais qu'en était-il de lui ?

Elle lui caressa doucement la joue.

— Je ne suis pas sûre que ce soit une bonne idée. Hannah a eu une journée fatigante. Je ne voudrais pas qu'elle soit agitée et qu'elle voie des choses qu'elle ne devrait pas voir.

L'estomac noué, elle avait conscience de ne pas être tout à fait sincère. Elle avait *vraiment* envie d'aller chez lui. Et elle était sûre d'elle. Mais elle doutait de lui.

Le seul contact de sa peau sous ses doigts suffisait à la convaincre qu'elle pouvait tomber éperdument amoureuse de cet homme. Elle se sentait bien maintenant, son humeur était stabilisée depuis des mois. Voulait-elle courir le risque d'une douloureuse rupture pour une romance qui ne durerait pas plus de quelques mois ? Son corps était prêt à franchir le pas, mais son cœur ?

Elle se hissa sur la pointe des pieds et baisa sa joue.

— Merci pour cette belle journée. Si on remettait ça à une autre fois ?

Elle vit qu'il était déçu, mais il inclina la tête.

— Bien sûr, répondit-il calmement.

Les portes de l'ascenseur s'ouvrirent et elle descendit.

En se dirigeant vers son appartement, elle eut envie de se retourner pour lui dire qu'elle avait changé d'avis, mais la situation lui semblait trop incertaine. Peut-être pourraient-ils en reparler dans un jour ou deux. Une brève aventure convenait peut-être à Joshua. Mais elle n'était pas certaine de s'en accommoder.

Ouvrant sa porte, elle se pencha pour ramasser une grosse enveloppe. Elle alluma le plafonnier et la décacheta.

Elle contenait des brochures d'informations sur papier glacé. La clinique de fécondation in vitro lui avait envoyé les renseignements demandés. Elle ramassa une petite carte tombée par terre. Elle contenait un mot de passe et un code d'accès au catalogue de donneurs de sperme.

Sa bouche s'assécha. Tout devenait soudain terriblement réel.

7

Joshua avait l'impression de se tenir à la croisée des chemins. Il aimait être avec Clara. Hannah aussi. Et Clara semblait apprécier leur compagnie. Mais ça s'arrêtait là.

Ils passaient davantage de temps ensemble et s'entendaient bien. Ils avaient flirté. Il y avait eu des regards échangés, des sous-entendus. Mais il n'arrivait pas à faire le dernier pas.

Clara occupait constamment ses pensées. Mais il ne voulait pas se tromper. Oui, ils avaient échangé un baiser dans la réserve. Oui, elle avait passé la journée avec Hannah et lui, et plusieurs autres depuis. Mais il semblait incapable d'avancer. C'était ridicule. Et avancer le mènerait à quoi, exactement ?

La situation s'était compliquée la veille au soir, avec un appel de sa sœur qui lui avait annoncé qu'elle était enceinte. Un choc absolu. Elle avait refusé de lui parler du père et n'avait encore rien dit à leurs parents. Et oui, elle désirait ce bébé. Et elle avait besoin de temps pour réfléchir à tout ça.

Il avait voulu sauter dans sa voiture pour foncer en Écosse. Georgie avait dû le sentir, car elle lui avait envoyé un texto cinq minutes après avoir raccroché.

> Je t'ai mis au courant parce que je sais combien les secrets te répugnent. J'en ai déjà eu un pour toi et je t'ai juré de ne plus recommencer. Mais il s'agit de ma vie, et tu dois me laisser la vivre comme je l'entends. Ne t'inquiète pas. J'appellerai si j'ai besoin de toi. Fais-moi confiance.

Il avait passé la nuit à se tourmenter pour elle. Mais Georgie savait ce qu'elle voulait. Et elle ferait une mère merveilleuse. Il le savait, et il devait la laisser tranquille.

Avec un soupir, Joshua s'assit à côté de Ron qui entrait des données dans l'ordinateur.

— Vous faites un sacré gâchis, dit Ron contre toute attente.

Joshua lui jeta un regard ébahi.

— Pardon ?

Ron leva les yeux au ciel et ses doigts s'immobilisèrent sur le clavier. Il se tourna vers lui.

— Je parle de Clara. Vous gâchez tout avec elle.

Joshua regarda autour de lui pour s'assurer qu'ils étaient seuls.

— Je ne comprends pas, dit-il.

— Eh bien, vous devriez, répondit Ron sans aménité. Pardonnez-moi, Joshua, mais j'imagine qu'il ne s'agit pas d'une première pour vous.

— Quoi ? fit Joshua en se demandant s'il avait le pouvoir de lire en lui.

Le regard de Ron s'adoucit.

— Vous êtes bien sorti avec des femmes, ces dernières années ?

Joshua inclina lentement la tête.

— Quelques-unes.

— Alors, pourquoi pas Clara ? Tout le monde s'en rend compte. Vous êtes comme deux aimants qui s'attirent. Je vous vois rire et parler ensemble, et il paraîtrait naturel que vous lui enlaciez les épaules. Mais non. Vous ébauchez le geste, et vous vous arrêtez là. Votre corps, votre esprit, vos sens vous disent de le faire. Mais vous vous retenez. Pourquoi ?

Joshua n'en revenait pas. Comment en étaient-ils arrivés à avoir cette conversation ?

— C'est compliqué, dit-il pour gagner du temps.

— Pas du tout, répondit Ron. Vous devez vous ressaisir. Je ne peux pas vous garantir que votre avenir sera rempli d'étoiles et d'arcs-en-ciel, mais on dirait que vous n'avez pas envie de le découvrir. Pourquoi, Joshua ? Clara est une fille fantastique, et des tas de types louchent sur elle.

Joshua se raidit. Il n'avait pas pensé à cela.

— Pour le moment, elle n'a d'yeux que pour vous, disait Ron. Mais si vous ne vous reprenez pas, vous pourriez manquer des mois agréables, voire l'occasion de toute une vie... Dire que, de nous deux, c'est vous qui êtes censé avoir un cerveau, fit-il avec un ricanement moqueur.

Joshua était interloqué. Ron n'avait rien dit après l'avoir surpris dans la réserve avec Clara, ni à lui ni à personne, apparemment. Les ragots allaient bon train dans un hôpital, et on n'aurait pas manqué d'en faire des gorges chaudes.

Près de lui, le téléphone sonna, et il décrocha.

— J'y réfléchirai, murmura-t-il à Ron qui s'éloignait en secouant la tête comme s'il avait affaire au type le plus obtus de la planète.

L'appel venait d'un autre hôpital, au sujet d'un enfant très malade, mais soudain le bip de Joshua sonna. Il soupira et regarda le numéro. Les urgences. Il pouvait y être en une minute. Mais il ne s'était pas passé trente secondes que son bip sonnait de nouveau, cette fois de manière ininterrompue.

Une AIM, une alerte d'incident majeur. Un code rouge signalait un arrêt cardiaque pédiatrique, ce qui arrivait malheureusement souvent, en particulier chez les enfants très malades des soins intensifs. Mais une AIM était différente et toujours émise par les urgences.

— Ron ! cria-t-il, trouvez Isaiah et Clara. Dites-leur qu'il y a un incident majeur et qu'on se retrouve aux urgences.

Il descendit l'escalier en courant et rejoignit plusieurs collègues qui se hâtaient dans la même direction.

Quand ils poussèrent les portes battantes des urgences, il y eut une brève accalmie. Tout le personnel des urgences se pressait devant le poste des infirmières autour d'Alan Turner, campé sur une chaise bancale.

Il salua les nouveaux venus d'un signe et leva la main.

— Il y a cinq minutes, nous avons reçu un appel concernant un grave accident de la route impliquant environ soixante-dix victimes. Deux autocars sont entrés en collision, un car touristique et un bus scolaire transportant des gosses. Une AIM a été lancée. Le groupe d'urgence de l'équipe volante vient de se rendre sur place. Le Royal Hampstead est le centre de trauma le plus proche. Vingt ambulances et deux avions sanitaires sont en route vers le lieu de l'accident. Si vous avez actuellement des patients aux urgences, transférez-les. Nous avons besoin de toute la place. Si vous avez à l'étage des patients que vous pouvez libérer, chargez des collègues de le faire. Il va nous falloir des lits.

Il pointait le doigt et criait ses instructions quand Clara rejoignit Joshua.

— De quoi s'agit-il ? murmura-t-elle.

— Grave accident de la route. Près de soixante-dix victimes. Un car scolaire impliqué.

Alan se tourna vers eux.

— La pédiatrie sera gérée par Joshua Woodhouse, Clara Connolly et Isaiah Orun. Ils seront basés en Réa 1 et zone 6. Bess, Reid et Fran les assisteront.

Joshua hocha la tête.

— Installons-nous, dit-il comme l'équipe soignante les rejoignait.

Ils s'affairèrent méthodiquement, demandant le matériel pédiatrique spécifique dont ils pouvaient avoir besoin et installant leur propre zone de triage pour les enfants. Les préparatifs terminés, un silence oppressant tomba sur les urgences. Des patients avaient été transférés en radiologie, en hospitalisation courte, voire dans des services réservés aux examens complémentaires. Ceux qui pouvaient marcher avaient été confiés à un cabinet médical voisin qui secondait l'hôpital en situation d'urgence.

Le personnel attendait dans un silence sinistre, qui fut bientôt rompu par la sonnerie stridente du téléphone rouge du poste des infirmières. Alan décrocha aussitôt et parla à voix basse en prenant des notes. Puis il raccrocha et s'adressa à ses collègues.

— Les premières ambulances arrivent dans cinq minutes. Huit adultes, trois enfants... Tous de graves traumas.

Joshua posa la main sur le bras de Clara.

— Faites ce que vous pouvez, et si vous avez besoin d'aide, demandez. Nous travaillerons côte à côte. Hans termine au bloc et descend avec plusieurs chirurgiens. Ils seront disponibles pour nous assister.

Elle acquiesça et prit une profonde inspiration. Devait-il s'inquiéter pour elle ? Une AIM n'était pas pour les timorés, et bien des professionnels n'étaient pas préparés à ce qu'ils devaient affronter en peu de temps. Mais Clara lui sourit gravement, se conditionnant pour ce qui allait suivre.

Quand il avait été bipé, il avait immédiatement pensé à Clara et Isaiah, des praticiens expérimentés qui savaient gérer le personnel et les patients. L'attitude directe de Clara était parfaite pour une telle situation, et les compétences cliniques d'Isaiah seraient un atout pour les équipes.

Joshua regarda autour de lui. Isaiah s'était joint à Bess, une des infirmières urgentistes les plus expérimentées. Une équipe cohérente. Dans le feu de l'action, une bonne infirmière urgentiste valait son pesant d'or.

— Reid, avec moi, je vous prie, et Fran avec Clara. Nous prendrons la réanimation, déclara Joshua, conscient qu'ils auraient les enfants les plus gravement blessés.

Il se dirigea vers l'accueil et se plaça à côté d'Alan.

Les premières ambulances apparurent dans le hululement des sirènes et l'éclat bleu des gyrophares. Joshua s'écarta, car les premiers patients étaient des adultes. Puis les enfants commencèrent à arriver. Le premier garçon souffrait de fractures ouvertes.

— Clara, stabilisez-le et préparez-le pour le bloc.

Le deuxième enfant avait de multiples lacérations faciales.

— Isaiah, examinez-le, stabilisez-le et bipez un chirurgien plastique.

La troisième petite victime était une fillette qu'un ambulancier ballonnait.

— Volet costal. Natasha a dix ans. Elle était debout dans le couloir du bus et a été projetée sur les commandes de vitesse, expliqua l'homme.

Il donna son rythme cardiaque, sa tension et sa fréquence respiratoire, précisant que l'état de l'enfant n'avait cessé de se détériorer durant le trajet en ambulance.

— Réa 1, ordonna Joshua. D'autres gamins en chemin ?

— Nous sommes la première équipe, répondit l'ambulancier. La prochaine ne sera pas là avant dix minutes.

Joshua s'affaira sans perdre de temps. Les volets costaux étaient délicats, et rares chez les enfants. Une partie de la cage thoracique de Natasha s'était séparée du reste. Pendant que l'ambulancier continuait à la ballonner, sa poitrine se soulevait de façon irrégulière.

Une infirmière prit le ballon pour remplacer l'ambulancier tandis que Reid branchait l'oxygène. Concentré sur la petite fille, Joshua ordonna qu'elle soit mise sous analgésique et sonda sa poitrine sous oxygène.

— Radio thoracique portable, dit-il en surveillant sa saturation en oxygène, certain qu'au moins un poumon avait été perforé par une côte.

Comme on apportait l'appareil de radiographie portable, le visage de Hans apparut à la porte.

— Besoin de moi ?

— Génial, dit Joshua. J'allais justement vous appeler. Il va peut-être falloir la ventiler. Il y a plusieurs côtes détachées et une forte probabilité de pneumothorax.

Il étudia Natasha, dont le teint sombre ne s'améliorait guère malgré l'apport en oxygène.

Clara s'occupait d'un enfant dans le lit de réanimation voisin.

Elle travaillait avec compétence et efficacité, parfaitement assistée par Fran.

Le technicien radio tendit un tablier plombé à Joshua qui l'enfila et fit signe à Reid. Celui-ci se plaça derrière la paroi de protection avec Hans, Clara et Fran, pendant qu'on prenait le cliché.

Peu après, la radio apparut sur le négatoscope. Hans secoua la tête. Trois côtes étaient déplacées, dont une transperçait clairement le poumon, causant un hémothorax.

— L'intervention doit se faire au bloc, dit-il, et Joshua acquiesça.

— Absolument, approuva Clara en s'approchant, son patient étant déjà parti au bloc opératoire.

Elle prit la main de Natasha et resta près d'elle un moment, lui parlant avec douceur.

Joshua ne pouvait rien faire dans l'immédiat pour soulager la fillette et il avait du mal à réprimer sa frustration. Il avait déjà inséré des tubulures pour drainer le sang d'un poumon et aider à le regonfler, mais jamais quand une côte perçait encore le poumon.

— Consentement ? demanda Hans.

— Reid ? interrogea Joshua.

L'infirmière revint quelques instants plus tard avec les renseignements demandés :

— D'après la police, les parents n'ont pas encore été contactés, dit-elle. On ne trouve pas le sac de Natasha dans l'épave du bus.

Soucieuse, Clara continua à caresser la petite main.

— Bon sang. Aucun adulte responsable ne peut nous donner l'info ? Avec qui Natasha voyageait-elle ?

Reid haussa les épaules.

— C'est le cirque là-bas. La police essaie toujours d'identifier Natasha et de prévenir sa famille.

Baissant les yeux, Joshua toucha le bras de la fillette. Hannah aurait pu être à sa place. Hans discutait avec un chirurgien en vue de la transférer au bloc.

— Comment l'ambulancier savait-il qu'elle s'appelle Natasha ? demanda Joshua.

Occupée à se laver les mains devant le lavabo, Reid le regarda par-dessus son épaule.

— Elle l'a dit avant de s'évanouir. Il ne connaît que son prénom et son âge.

Dans un cas d'urgence comme celui-ci où la vie d'un enfant était en jeu, ils pouvaient se passer du consentement parental. Il ferait une dernière vérification auprès de la police pour s'assurer qu'on n'avait pas identifié Natasha et, en tant que chef de service, il contacterait le chirurgien.

Il passa de l'autre côté de la fillette et lui prit la main.

— Bonjour, Natasha, chuchota-t-il à son oreille, je m'appelle Joshua et je suis le docteur qui s'occupe de toi. Je sais que tu as peur, et je te promets qu'on prendra bien soin de toi. Tu peux essayer de serrer ma main ?

Il patienta, mais rien ne se produisit. Clara battit des paupières pour refouler ses larmes. Il n'y avait pas de traumatisme évident à la tête. Natasha n'ouvrait pas les yeux, mais quand il examina de nouveau ses pupilles, elles réagirent normalement à la lumière. Cependant, elle ne montrait aucun signe clair de conscience. Il testa ses réactions motrices, et elle tressaillit quand il pinça légèrement le bout de son doigt. Enfin un élément positif.

Il enregistra ses réactions, puis lui parla de nouveau.

— Je sais que tu as du mal à respirer en ce moment, et nous allons t'aider, ma puce. Tu dois te faire opérer, mais tu dormiras pendant l'intervention, et quand tu te réveilleras, tu te sentiras mieux. Nous n'avons pas encore trouvé ta famille, mais nous réglerons ça pendant l'opération. Je reviendrai te voir après, mais pour l'instant, je te confie à mon ami Hans.

Venu le rejoindre, Hans vérifia le dossier papier et les données électroniques. En tant qu'anesthésiste pédiatrique, il devait décider si Natasha serait opérée ou non. Il inclina la tête.

— Je vous appellerai en sortant du bloc, dit-il à Joshua.

De nouvelles sirènes se firent entendre, annonçant l'arrivée d'autres ambulances. Joshua détestait confier Natasha à des collègues, mais il savait qu'on s'occuperait bien d'elle. Le chirurgien évoqua avec lui la question du consentement parental, et Joshua s'assura auprès d'un policier que la fillette n'avait toujours pas été identifiée.

— Nous allons devoir faire jouer la responsabilité civile.

— Bien, approuva le chirurgien. Si nous trouvons sa famille plus tard, j'appuierai vos explications.

— C'est bon. J'en assume la responsabilité, dit Joshua.

Il regarda Clara lâcher à regret la main de la petite fille.

— Besoin de quelque chose ? demanda-t-il doucement.

Elle lui adressa un sourire reconnaissant.

— Je suis juste triste que Natasha n'ait personne pour l'accompagner, répondit-elle en enfilant une nouvelle paire de gants, tandis que le chariot de l'enfant quittait la salle de réanimation. Je suis prête pour le suivant. Et vous ?

— Je remercie le ciel. Hannah est chez une amie d'école qui fête son anniversaire ce soir. Je vais pouvoir rester ici sans avoir à chercher de baby-sitter...

— Je reste aussi, répondit Clara avec vivacité. Vous allez avoir besoin de toute l'aide possible, et puis... qu'est-ce qui m'inciterait à rentrer si Hannah et vous n'êtes pas là ?

Le cœur de Joshua manqua un battement. Elle avait parlé d'un ton léger, mais il avait perçu quelque chose derrière sa désinvolture. Il sourit.

— Merci.

— Pas de problème.

— Josh ! s'écria une voix. Quatre cas pédiatriques !

Il se précipita pour effectuer un triage rapide et sentit qu'on lui donnait un coup de coude. C'était Alice, une infirmière en chef de l'étage. Il lui jeta un regard surpris.

— Décision directoriale, dit-elle rapidement. J'ai demandé des renforts. Lynn libère déjà de la place à l'unité d'évaluation. Vous triez et vous me confiez tous les mineurs, je les emmènerai en haut pour évaluation. Arun est dans le service pour faire son job.

Il aurait dû savoir que son équipe saurait gérer cette crise. Lynn était infirmière chef et Arun, pédiatre.

— J'allais vous appeler.

— Inutile, répondit-elle avec un haussement d'épaules. On est connectés.

De fait, les personnes qui travaillaient ensemble depuis longtemps anticipaient souvent les besoins les uns des autres. Lynn et Alice étaient déjà infirmières-chefs à son arrivée, et il avait une équipe formidable. Et en voyant Clara enfiler en souriant une surblouse sur sa tunique, prête à accueillir le prochain patient, il sut qu'elle s'était parfaitement intégrée.

Les portes s'ouvrirent, et des patients entrèrent sur des chariots. Joshua fit un triage rapide : un enfant inconscient respirait, un autre avait eu la jambe écrasée, un troisième souffrait de lésions abdominales. Quatre autres bambins avaient diverses ecchymoses et éraflures, dont un petit bonhomme de quatre ans qui pleurait à chaudes larmes. Joshua les examina rapidement en quête de blessures.

— Les quatre derniers sont pour moi ? demanda Alice en prenant dans ses bras le garçonnet en pleurs.

— Parfait, répondit-il. Merci.

La laissant partir avec les enfants, Joshua répartit les trois cas les plus graves entre Clara, Isaiah et lui-même. Et l'après-midi céda bientôt la place au début de soirée.

Clara et lui continuèrent à travailler côte à côte en réanimation. Ils formaient une bonne équipe, étudiant certaines radios ensemble ou s'assistant mutuellement.

Le temps passant, les blessures des nouveaux arrivants devinrent moins sévères. Cependant, ils devaient examiner tous les enfants impliqués dans l'accident pour s'assurer que rien ne leur avait échappé. Plusieurs parents bénévoles accompagnaient leurs enfants au moment de l'accident, et leurs blessures allaient des plus bénignes aux plus graves.

Les policiers firent un travail remarquable pour retrouver les familles des victimes. L'accident avait mis les affaires des passagers sens dessus dessous, éparpillant les bagages sur la route. Certains étaient complètement détruits.

Un accompagnateur avait été piégé plusieurs heures dans la carcasse d'un bus, il avait fallu le désincarcérer. Des instituteurs de l'école étaient venus aux urgences pour seconder les soignants auprès des enfants. Il s'avéra que Natasha se trouvait dans le car touristique et non dans le bus scolaire, comme on l'avait d'abord cru. Accompagnée de sa grand-mère, elle partait en vacances en Espagne pour rejoindre son père et sa mère. L'aïeule, qui avait eu la hanche fracturée, avait dû être opérée. En sortant du bloc, elle avait marmonné des propos incohérents sur sa fille et, grâce à des recoupements, une infirmière avait réussi à identifier Natasha. Ses parents étaient au moment même dans l'avion qui les ramenait d'Espagne.

Quand Joshua et Clara eurent fini aux urgences, ils étaient exténués. Elle se passa une main lasse sur le front.

— Il faut que je mange, dit-elle, soudain consciente qu'elle n'avait rien avalé depuis de longues heures, en s'affalant contre le mur le plus proche.

— Donnez-moi cinq minutes, répondit Joshua, dont le visage était marqué par la fatigue. Je dois appeler Hannah.

Elle sourit et le suivit dans la salle de repos des urgences où il se laissa choir dans un fauteuil et sortit son téléphone. Elle remplit deux verres d'eau fraîche et alla s'asseoir près de lui. Il parla pendant quelques instants puis raccrocha.

— Tout va bien ? demanda-t-elle.

Il poussa un long soupir et se mit à rire.

— Hannah s'amusait tellement qu'elle n'a même pas voulu me parler. J'ai prévenu la mère de sa copine que je passerai vraisemblablement la nuit ici à cause de l'accident, et qu'elle pouvait me joindre à tout moment sur mon portable.

Fermant les yeux, il posa la tête contre le dossier de cuir. Le fauteuil était vieux et défoncé, mais c'était un des rares sièges de la pièce qui ne fût pas en plastique.

Impulsivement, Clara lui prit la main.

— Hé, on a fait du bon travail. Ça aurait pu être bien pire. Tous ceux que nous avons accueillis ont été soignés.

C'était vrai. Plusieurs adultes avaient eu des blessures extrêmement graves. Un garçonnet grièvement blessé avait été transporté en hélicoptère dans un hôpital spécialisé où il avait été stabilisé, et son état ne suscitait plus d'inquiétude. Mais tous les enfants qui avaient franchi les portes du Royal Hampstead avaient été soignés. Certains garderaient des cicatrices, d'autres auraient besoin de soutien psychologique, mais tous étaient vivants et allaient aussi bien que possible.

Joshua posa la main sur la sienne.

— Je sais, dit-il en se penchant vers elle. Mais j'ai mal vécu le moment où Natasha a dû partir au bloc toute seule alors que personne ne savait qui elle était. Et je n'ai pensé qu'à Hannah, à ce que j'éprouverais si cette enfant était la mienne…

— C'est normal. Vous êtes comme ça…

Leurs regards se mêlèrent, et les réserves qu'il avait sur leur relation commencèrent à s'effriter. Parce qu'il avait vu le visage de Clara, et qu'il savait qu'elle avait ressenti la même chose que lui. Il l'avait vue caresser la main de Natasha, lui parler doucement. Clara partirait bientôt, mais il y avait tant de choses qu'il aimait et admirait en elle. Pour l'instant, il avait juste envie de poser la main sur sa joue et de l'attirer à lui pour, oubliant toute prudence, l'embrasser.

Depuis cinq ans, son cœur était verrouillé. La perte brutale de sa femme et le nouveau rôle de père et de mère qu'il avait dû endosser auprès de leur fille l'avaient submergé. Il avait connu des femmes, mais il se rendait compte qu'il n'avait pas vraiment souhaité que ces relations marchent.

Depuis Abby, il se méfiait. Il était plus simple de ne pas accorder sa confiance. D'attendre de l'autre une honnêteté pleine et entière avant de nouer une relation. C'était plus facile que d'admettre qu'en donnant sa confiance, on se rendait vulnérable et qu'on mettait son cœur en péril.

Pourtant il doutait parfois de ses choix. C'était le problème. Toute sa vie personnelle tournait autour d'Hannah. Et quoi de plus normal ?

Mais il aurait égoïstement voulu penser à lui pendant un moment. Se concentrer sur cette belle femme aux yeux sombres dont le mascara avait coulé, dont le nez était criblé de taches de rousseur. Qui avait attaché ses cheveux à la va-vite des heures plus tôt et n'y avait plus pensé. Dont la queue-de-cheval pendait maintenant lamentablement sur le côté de sa tête.

Tant de choses l'attiraient chez elle. Sa façon d'aller droit au but – elle disait toujours ce qu'elle pensait – ne l'empêchait pas d'avoir un grand cœur. Il l'avait observée avec les enfants du service, avec sa fille, et aujourd'hui aux urgences.

Mais pour l'heure, il avait envie de se concentrer sur l'attirance qu'elle exerçait sur lui. Sur son regard intense qui l'électrisait. Sa façon particulière de se lécher les lèvres. Sa manière de parler, avec son accent écossais plus prononcé sous le coup de l'émotion.

— Nous devons remonter dans le service, dit-il lentement.

— D'accord, répondit-elle simplement.

Elle voulut retirer sa main, mais il resserra les doigts autour des siens.

— Puis il faudra parler du couchage, chuchota-t-il à voix basse, il n'y a qu'une chambre de garde.

Elle se pencha vers lui et ses lèvres frôlèrent son oreille.

— Eh bien, j'imagine que nous devrons la partager, dit-elle en se levant, l'effleurant au passage.

Il eut l'impression que chaque cellule de son corps s'embrasait. Ils n'étaient pas seuls dans la pièce, même si leurs collègues épuisés ne leur prêtaient aucune attention. Et quand il se leva et glissa la main dans celle de Clara, personne ne parut le remarquer.

Quelques instants plus tard, ils franchissaient, bouche contre bouche, la porte de l'escalier. Les mains nouées autour de son cou, elle l'embrassait à perdre haleine. Il défit sa queue-de-cheval bancale qui s'écroula pour de bon, les faisant s'esclaffer de bon cœur.

Ils s'écartèrent pour reprendre leur souffle.

— Montons à l'étage voir les enfants… Puis mettons-nous en quête de la salle de garde, dit-elle avec un sourire coquin.

Elle saisit sa main et ils gravirent l'escalier en courant. Le temps d'arriver dans leur service, ils avaient retrouvé un comportement professionnel.

Ils n'eurent pas à s'attarder auprès des enfants, grâce à l'excellent travail réalisé en amont par Isaiah et Arun. En revanche, ils passèrent un temps considérable à rassurer les parents des petits accidentés. L'équipe de nuit était arrivée, pas vraiment surprise de découvrir que deux médecins étaient de garde cette nuit-là, après cet incident majeur.

Quand les pizzas commandées par Joshua arrivèrent dans le service, il y en eut pour tout le monde, y compris les enfants et les parents qui voulaient passer la nuit auprès de leur progéniture.

Lorsque enfin Clara et Joshua prirent la direction de la salle de garde, ils étaient éreintés.

Fermant la porte derrière eux, Joshua fonça vers la petite cabine de douche et tendit la main à Clara.

— On y va ?

Elle déboutonna lentement son chemisier et se dirigea vers lui en ondulant des hanches.

— J'ai cru que vous ne le demanderiez jamais…

8

Si Clara s'était posé des questions sur ce qui se passait entre Joshua et elle, elle avait à présent des réponses.

Ils restèrent discrets. Mais en dehors du travail, leurs vies se mêlaient intimement. Clara était prudente, mais elle avait l'impression que son cœur allait exploser.

Avec la spontanéité de son âge, Hannah voulait parfois son père pour elle seule, et Clara s'effaçait alors de bonne grâce. Ou l'enfant était ravie de les voir ensemble, et elle n'hésitait pas à grimper sur les genoux de Clara pour lui raconter des histoires de filles glanées à l'école.

Clara adorait observer la précieuse relation que le père et sa fille entretenaient. Elle aimait les regarder rire, ou même se chamailler quand Hannah trichait aux petits chevaux ou s'efforçait de convaincre son père de la laisser manquer un cours de natation.

Les semaines passaient dans une ambiance tendre et légère. C'était la première fois que Clara sortait avec un papa, et chaque jour était une leçon. Et Joshua s'adaptait peu à peu à son contact.

À cause de leur charge de travail et des gardes décalées, ils ne faisaient parfois que se croiser. N'ayant pas trouvé de baby-sitter sérieuse, Joshua s'arrangeait avec des amis qui gardaient la fillette quand il était d'astreinte. Mais il ne voulait pas abuser de leur gentillesse, et souvent, Clara et lui se voyaient quand Hannah était couchée.

Un vendredi soir, à 22 heures, en pantalon d'intérieur, chemise et pantoufles, Clara prit l'ascenseur avec une bouteille de rosé bien frais. Pénétrant chez Joshua, elle tressaillit en le voyant en costume.

— Tu sors ?

— Non, répondit-il avec un sourire en lui prenant la bouteille, on reste là.

Il lui désigna la table de la salle à manger nappée de blanc et ornée de chandelles scintillantes et d'un beau bouquet de roses rouges.

Elle se figea, bouche bée.

— Quoi ?

Il lui avança une chaise.

— Assieds-toi. Nous allons dîner. Je ne t'emmène jamais au restaurant le soir à cause d'Hannah, alors j'ai décidé de faire venir le restaurant à nous.

Elle jeta un regard consterné à sa tenue. Elle était pratiquement en pyjama...

— Ne bouge pas, ordonna-t-elle.

Elle tourna les talons et ressortit en courant.

Chez elle, elle retira prestement sa chemise et son pantalon d'intérieur. Il lui fallut trente secondes pour changer de sous-vêtements, et une minute de plus pour attraper une robe rouge dans la penderie. Elle l'enfila, et glissa ses pieds nus dans des escarpins vernis noirs. Il lui restait un peu de maquillage de la journée, et elle passa du blush sur ses pommettes, épaissit ses cils avec une nouvelle couche de mascara et se farda les lèvres. Moins de cinq minutes plus tard, elle était de retour devant la porte de l'ascenseur et pressait le bouton d'appel.

Le temps qu'elle regagne l'appartement de Joshua, il avait servi le vin. Il écarquilla les yeux quand elle entra d'une démarche assurée. Elle pointa sur lui un doigt accusateur.

— Docteur Woodhouse, on n'invite jamais une femme

à dîner à la dernière minute. Tu as de la chance que je sache m'habiller aussi vite que je me déshabille, fit-elle avec un clin d'œil en s'asseyant à la table.

— Waouh..., lâcha-t-il en détaillant sa robe moulante et ses talons vertigineux.

Elle sourit sous son regard appréciateur. Le cadre hospitalier et les sorties avec Hannah ne lui offraient guère l'occasion de faire briller son côté sexy. Aujourd'hui, pour la première fois depuis leur rencontre, elle avait enfin une chance de se mettre en valeur. Elle avait attrapé les premières choses qui lui étaient tombées sous la main, mais c'était aussi bien. Si elle avait su qu'elle allait partager un dîner romantique avec Joshua, elle aurait sûrement passé la journée en essayages. Et son instinct avait payé.

Les yeux brillants, il lui tendit une carte où le menu était joliment calligraphié.

— On dirait que ça vient d'un restaurant étoilé, dit-elle avec surprise.

— C'est le cas. Tout est dans la cuisine, prêt à être servi.

Elle détailla d'un œil gourmand son élégante silhouette en costume anthracite, chemise claire et cravate sombre. Elle n'était plus certaine que le dîner soit une priorité pour elle...

Puis il disparut dans la cuisine, et elle but une gorgée de vin frais. Elle réprima un gloussement en voyant qu'il avait décoré une plante verte d'une guirlande lumineuse. En plus des roses et des chandelles ? Il n'avait reculé devant rien pour lui faire plaisir.

C'était agréable d'être l'objet de tant d'attentions. Le menu ne contenait que des mets qu'elle adorait, ainsi qu'un plat qu'elle lui avait dit vouloir goûter. Il aurait pu oublier ce détail, mais il avait apparemment bonne mémoire, ou il avait pris des notes.

Il posa un plat devant elle et souleva la cloche avec une courbette. Elle inhala avec délice avant d'examiner l'assiette. Des raviolis de champignons à la crème forestière, un de ses plats préférés !

Elle désigna sa serviette damassée savamment pliée.

— Je ne veux pas détruire cette œuvre d'art, mais…

Il attrapa la serviette et la secoua pour la déplier, avant de la poser sur ses genoux. Éclatant de rire, elle prit sa fourchette et son couteau et attaqua l'appétissante assiette. Chaque bouchée était un pur délice.

— Dis-moi comment tu as organisé tout ça, demanda-t-elle avec curiosité.

Quelqu'un avait cuisiné ces mets délicieux et les avait transportés à la température parfaite pour préserver leur saveur. C'était presque incroyable.

Joshua s'assit face à elle et lui sourit tendrement.

— Il y a des années, j'ai soigné un petit garçon qui avait une méningite non diagnostiquée par son généraliste. Son père l'a conduit aux urgences où j'ai rapidement compris le problème. L'enfant a été hospitalisé quelques jours et s'en est remis, et je suis resté en contact avec son père, un chef étoilé. Il m'invite souvent dans son restaurant, mais aujourd'hui, je lui ai demandé de faire venir le restaurant à moi.

— Et il a accepté ?

— On dirait bien.

Elle sourit et considéra son assiette vide.

— Le hic avec ces restaurants haut de gamme, c'est que les portions sont minuscules. Comme un avant-goût pour nous faire aspirer à plus…

Elle rougit en s'apercevant que ses paroles étaient équivoques. Joshua rit et, les yeux pétillant de malice, ramassa son assiette.

— Je peux remédier à ça.

Joshua se sentait tout émoustillé d'être dans la même pièce que Clara. Tout cela paraissait si… *naturel*.

Il la croyait plus à l'aise en tenue décontractée – il appréciait qu'elle ne soit pas obnubilée par son apparence, comme tant de femmes. Mais sa transformation en cinq minutes chrono avait été spectaculaire. Ses lèvres rouges étaient assorties à sa robe, qui moulait son corps à la perfection, et sa chevelure brillante nappait ses épaules. Et quand elle s'était penchée pour prendre son verre de vin, il avait plongé dans son décolleté et failli se consumer sur place. Peu importait ce qui s'était passé avant. Ce soir, il avait voulu que leur tête-à-tête ressemble à un vrai rendez-vous galant. Qu'il soit spécial. Et c'était apparemment le cas.

Plus il passait de temps avec Clara, plus ses doutes se dissipaient. Peut-être se montrait-il trop prudent. Il avait probablement été seul trop longtemps et il ne connaissait plus les codes régissant une relation. Sortir avec une femme et être proche d'elle étaient deux choses très différentes.

Clara ne lui avait donné aucune raison de se méfier d'elle. Au travail, elle était directe et honnête. Il était peut-être temps qu'il oublie le passé et se tourne vers l'avenir.

Elle le suivit dans la cuisine, ouvrit le réfrigérateur et sortit la bouteille de vin pour remplir leurs verres pendant qu'il mettait les assiettes dans le lave-vaisselle. Du coin de l'œil, il la vit soulever une cloche pour regarder dessous. Il se précipita et l'enlaça par-derrière.

— Hé, tu vas gâcher la surprise. Tu triches.

Elle se retourna et noua les bras autour de son cou.

— Je ne triche pas, protesta-t-elle avec malice. Je suis juste impatiente. J'ai peut-être envie de goûter le meilleur, c'est-à-dire le dessert..., chuchota-t-elle contre sa bouche.

Il glissa la main dans son dos et elle trembla sous la caresse.

— Alors, passons au dessert si tu en as envie...

La soirée passa vite et, comme chaque fois, Clara rassembla ses vêtements et regagna son appartement avant le réveil d'Hannah. Mais Joshua n'arrivait pas à trouver le sommeil. Ce soir, il avait projeté d'avoir une conversation avec elle avant que la situation dérape… Encore une occasion manquée qui le rendait nerveux.

Clara n'avait plus que deux mois à passer ici. Il voulait connaître ses projets. Il n'était pas sûr d'avoir le droit de la questionner, mais leur relation avait évolué très vite et cela lui semblait naturel.

Le problème, c'était qu'il devait aussi avoir cette conversation avec sa sœur. Georgie ne lui avait toujours pas parlé de ses plans. Il pouvait l'interroger sur sa santé de future maman, mais pas sur le père du bébé. Il avait deviné qu'il s'agissait d'un collègue médecin qui, d'après Georgie, vivait seul et n'était pas marié. Elle prenait son temps et semblait apprécier son travail à Édimbourg. Mais Joshua ignorait ce que cela signifiait. Avait-elle hâte de rentrer à Londres ou redoutait-elle ce retour ?

Il ne savait pas davantage ce que ressentait Clara.

Il voulait qu'elle se plaise au Royal Hampstead et qu'elle souhaite rester. Et il espérait qu'Hannah et lui faisaient partie de l'équation. Mais peut-être était-il présomptueux. Elle avait un emploi stable et un foyer en Écosse. Elle pouvait ne pas voir les choses comme lui, qui portait sans doute un regard égoïste sur la situation. Pourquoi renoncerait-elle à sa vie en Écosse pour s'installer à Londres simplement parce que c'était là qu'*il* vivait ?

Mais il avait l'estomac noué à la pensée de déraciner Hannah pour une nouvelle ville, une nouvelle école, un nouveau cercle d'amis et d'activités. Pouvait-il vraiment faire cela à sa fille ? Était-ce juste ?

Avec un soupir, il rabattit les couvertures. Il ne dormirait pas cette nuit. Il enfila un T-shirt, un short et, gagnant la cuisine, il alluma la machine à café. La vue des cloches argentées qui encombraient le plan de travail l'arrêta.

Clara était réelle. Elle était venue ici. Son parfum flottait encore dans l'air.

Il inspira profondément. Aurait-il le courage de faire le pas suivant ? D'avoir cette conversation avec elle ?

Il verrait tout de suite à quoi s'en tenir. Si elle paraissait choquée et admettait n'avoir jamais envisagé de rester, il saurait qu'Hannah et lui ne figuraient pas dans ses projets d'avenir. Et ce serait bien.

Ou plutôt non. Mais au moins, il aurait une réponse. Il y avait longtemps que Joshua Woodhouse se blindait pour ne pas souffrir.

Était-il vraiment prêt à tout risquer maintenant ?

9

Clara avait l'impression de vivre un rêve.

Elle passait une partie de ses journées avec Joshua et Hannah. Et si elle appréciait l'activité fébrile qui régnait à l'hôpital, ses nuits de garde lui semblaient bien vides car ils lui manquaient et qu'elle avait hâte de les revoir.

La dernière fois qu'elle avait eu ce sentiment, elle avait quinze ans et était en proie aux premiers émois amoureux. Cette exaltation avait duré une vingtaine de minutes et s'était soldée par un cœur en miettes qui avait vite guéri.

Aujourd'hui, c'était différent.

Elle rentrait à son appartement après s'être promenée le long de la Tamise. La journée était superbe, la balade avait été vivifiante. Allumant la machine à café, elle alla ouvrir les portes du balcon pour profiter encore de l'air extérieur.

Elle sourit. En Écosse, elle aurait respiré l'odeur des moutons. Cela ne l'avait jamais gênée, et elle adorait la perspective des champs de bruyère s'étendant à perte de vue, mais elle s'était habituée au panorama londonien. Elle commençait même à l'aimer.

Regagnant la cuisine pour se préparer un café, elle jeta un coup d'œil irrité au calendrier mural. Les jours passaient vite. Comme un compte à rebours impossible à arrêter. Les sourcils froncés, elle l'arracha du mur et voulut le fourrer dans un tiroir, mais quelque chose en bloquait l'ouverture.

Elle glissa la main dans le tiroir et en sortit une enveloppe blanche familière. La documentation sur la fécondation in vitro. La machine à café émit un petit signal : son café était prêt. Elle attrapa la tasse.

En scrutant le contenu, elle grogna, partagée entre l'amusement et la tristesse. Elle ne buvait que du *caramel latte,* mais elle avait agi sans réfléchir et préparé un double cappuccino, la boisson préférée de Joshua...

Elle mit deux sucrettes dans la tasse et, l'enveloppe à la main, se dirigea vers le balcon.

Elle étudia, pensive, la brochure. Elle l'avait reçue des semaines plus tôt et l'avait relue avec intérêt, et aussi pas mal d'incertitudes. Tout était si... clinique.

Mais l'issue pouvait être si belle. Prenant une gorgée du café fort, elle songea aux moments passés avec Hannah.

Elle avait beau éluder la question, elle avait toujours rêvé de fonder une famille. Elle ignorait même si elle pouvait porter un enfant, et si ses ovules étaient viables.

Cependant, la présence d'Hannah dans sa vie l'avait marquée. Même quand la fillette était de mauvaise humeur, Clara sentait confusément que vivre auprès d'un enfant était un privilège rare. Elle en avait envie, vraiment. Mais elle ne savait pas comment aborder la question avec Joshua.

Cela aurait dû être simple : *Dis-moi, Josh, envisages-tu d'avoir d'autres enfants plus tard ?*

Elle ne se sentait pas prête à lui en parler. Peut-être ne voulait-il plus s'engager depuis la mort de son épouse.

Il pouvait avoir décidé qu'Hannah lui suffisait et qu'il n'avait pas de place pour quelqu'un d'autre.

Et si elle lui posait négligemment la question et qu'il lui lançait un regard du genre : *Tu crois vraiment qu'on peut avoir un avenir ensemble ? Tu es folle ?*

En poursuivant l'aventure seule, elle n'aurait plus à se soucier des autres ni de leur avis. Elle agirait selon son souhait à *elle.*

Mais elle n'avait pas renoncé à son rêve. Au partenaire

aimant avec qui partager cette belle aventure. À la maison remplie d'enfants. Et sa rencontre avec Joshua lui apportait plus d'interrogations que de réponses.

Elle ne s'attendait pas à rencontrer quelqu'un pendant son séjour à Londres. Ni dans l'avenir, du reste. Et elle avait voulu décider seule de son futur en recourant à une FIV. Mais avait-elle raison de raisonner ainsi ?

Elle détourna la tête des papiers qui encombraient la table pour ne plus les voir. Oublier momentanément tout cela.

Elle avait besoin de temps pour réfléchir. Y voir plus clair avant d'avoir cette conversation avec Joshua.

Elle sursauta en entendant la sonnerie stridente du téléphone et renversa les papiers qui se répandirent sur le carrelage. Elle les ramassa et courut décrocher.

— Clara ? demanda Joshua d'une voix stressée.

— Que se passe-t-il ?

— Le médecin de garde vient de quitter son service, je dois aller régler le problème. Je suis navré de te demander ça, mais Hannah est déjà couchée. Peux-tu venir chez moi ?

Elle était stupéfaite. Comment un praticien pouvait-il abandonner ainsi ses patients ?

— Il a été menacé par des parents qui avaient attendu trop longtemps des résultats d'examen. Il a été rudoyé et on n'arrive pas à le calmer. Je dois y aller.

— J'arrive, répondit-elle, puis elle ferma les portes du balcon et attrapa son sac, ses clés et quelques effets.

Joshua l'attendait devant chez lui. Il jeta un regard perplexe aux affaires qu'elle avait emportées.

— Pyjama et habits de rechange pour demain au cas où tu passerais la nuit à l'hôpital, crut-elle bon d'expliquer.

— Merci, répondit-il avec un soulagement évident.

Elle déposa un baiser léger sur ses lèvres.

— Aucun problème. Appelle-moi plus tard.

Il acquiesça et s'en alla.

C'était bizarre d'être chez Joshua sans lui. Elle posa ses

affaires et alla d'abord voir Hannah. La fillette ne dormait pas. Elle avait arrangé son couvre-lit pour figurer des montagnes et des vallées où elle s'amusait à déplacer des poupées et des voitures.

Elle écarquilla les yeux en voyant Clara.

— Clara ! Qu'est-ce que tu fais là ?

Elle courut se jeter dans les bras de Clara qui se sentit fondre, comme toujours à son contact.

— Ton père a dû aller s'occuper d'une urgence à l'hôpital. Je vais rester ici jusqu'à son retour, peut-être toute la nuit.

Elle nota que les vêtements et le matériel scolaire d'Hannah étaient déjà prêts pour le lendemain. Tant mieux.

— Ah ! s'exclama Hannah d'un air malicieux. Qu'est-ce qu'on va faire alors ?

— *On* va regarder l'heure et constater qu'une jeune personne que je connais devrait déjà dormir, répondit Clara, refusant de se laisser manipuler. Rangeons ces jouets, puis tu choisiras un livre et je te lirai une histoire avant de te border.

La frimousse d'Hannah se plissa de déception.

— D'accord, prends-en deux. Mais il faut dormir. Tu vas à l'école demain matin.

Hannah alla sélectionner deux ouvrages et regagna son lit. Clara s'assit près d'elle.

— Très bien. Commençons par celui-ci.

Elle glissa un bras autour des épaules d'Hannah qui se blottit contre elle, et se mit à lire. C'était l'histoire d'une petite fille qui voulait être astronaute et décidait de se fabriquer une combinaison avec tout ce qu'elle trouvait chez elle. Un récit drôle, et joliment illustré.

— C'est un de tes livres préférés ?

Hannah hocha la tête.

— Je veux devenir astronaute, déclara-t-elle du haut de ses cinq ans.

— Tu aimerais aller dans l'espace ?

La fillette acquiesça avec enthousiasme.

— Pourquoi l'espace ? Pourquoi tu ne veux pas découvrir les fonds marins, explorer l'Arctique ou devenir pirate ? demanda Clara, amusée.

Hannah leva ses grands yeux vers elle.

— Je veux aller dans l'espace pour voir si je peux attraper ma maman. C'est une étoile maintenant.

Le cœur de Clara se serra douloureusement.

Envahie par l'émotion, elle demanda doucement :

— Qui t'a dit que ta maman était une étoile ?

— Papa et tatie Georgie. Dans le ciel, il y a une étoile qui porte le nom de maman. Je la cherche quelquefois la nuit. Mais je ne sais pas toujours laquelle c'est.

Hannah se tut, son petit front plissé par la concentration.

— Ils ont donné le nom de maman à l'étoile quand j'étais bébé.

Clara hocha la tête, cherchant soigneusement ses mots. Mais Hannah était lancée.

— Je ne me souviens pas d'elle, avoua-t-elle d'une petite voix teintée de culpabilité.

Clara repoussa tendrement une mèche folle du visage de la fillette.

— Oh ! mon cœur, c'est normal. Tu étais toute petite. Tu ne peux pas te rappeler. Il est impossible de se souvenir de l'époque où on était bébé.

Hannah avait les yeux fixés sur un cadre photo accroché au mur. Suivant la direction de son regard, Clara étudia la pâle femme brune qui portait un nourrisson dans les bras. Son cœur saigna à la pensée de ce qu'Abby avait sacrifié pour que sa petite fille vienne au monde en bonne santé. Mais la photo dégageait beaucoup d'amour, il irradiait du visage de la jeune mère qui savait pourtant qu'il ne lui restait plus guère de temps, et qu'elle ne verrait pas grandir sa fille. Le cliché avait magnifiquement saisi cet éphémère instant de vie : la joie et l'amour infini d'Abby pour son enfant.

— Les gens me racontent des histoires, dit lentement Hannah.

— Quel genre d'histoires ? demanda Clara, s'arrachant à la contemplation de la photographie.

— Papa… et quelquefois tatie Georgie, ils me disent des choses sur maman. Des machins qu'ils ont faits ensemble. Et papa dit qu'il me montrera des trucs quand je serai grande. Ils aimeraient que je me rappelle tout ça, mais j'oublie…, murmura-t-elle, les doigts crispés sur sa couverture.

La gorge serrée, Clara attira la fillette sur ses genoux. Consciente de sa détresse, elle lui caressa les cheveux.

— Hannah, ton papa et ta tatie savent que tu n'as aucun souvenir de ta maman. Ils te disent ces choses pour que tu la connaisses mieux. Pour que tu saches qu'elle t'aimait, qu'elle était drôle, et que tu comptais beaucoup pour elle.

Battant des cils, Hannah se mordilla la lèvre.

Bouleversée, Clara prit le petit visage entre ses mains.

— Mais c'est normal d'oublier, ma puce. En grandissant, tu voudras peut-être en savoir plus sur ta maman, alors tu poseras des questions, et ton père et ta tante y répondront. Mais tu n'as pas à t'inquiéter pour ça. La seule chose importante à se rappeler, c'est que tu es une petite fille très spéciale et que beaucoup de gens t'aiment.

Les yeux noyés de larmes, elle la serra contre elle, et Hannah noua ses petits bras autour de son cou.

— Clara ?

— Oui ?

— Tu veux bien me faire un câlin avant que je dorme ?

— Bien sûr.

Clara la cala contre elle et l'enveloppa de ses bras.

Son cœur débordait d'amour pour la petite fille, et pour Joshua. Il serait difficile d'aborder avec lui la question d'un hypothétique avenir ensemble, mais elle se demandait s'il ne serait pas encore plus dur de lui parler d'Hannah avec la délicatesse qui s'imposait.

Il était le père d'Hannah. Il méritait de savoir que sa fille était angoissée et qu'en dépit de ses bonnes intentions, il contribuait peut-être à son mal-être.

Gagnée par l'appréhension, elle ferma un instant les yeux. Elle allait devoir être diplomate pour ne pas le contrarier, mais il fallait qu'elle lui parle.

Sa main caressait doucement les cheveux d'Hannah en attendant qu'elle s'endorme.

Était-ce cela, être parent ? Devoir toujours privilégier ce qui était juste au détriment du reste ?

Dans le salon, son portable sonna. Joshua voulait probablement lui raconter ce qui se passait. Elle aurait aimé lui répondre, mais pas question de déranger Hannah.

Continuant à la bercer contre elle, elle laissa le téléphone sonner.

Joshua et elle auraient tout le temps de parler plus tard.

10

Prenant son courrier, Joshua considéra l'enveloppe qu'il avait à la main. Blanc cassé, de belle qualité, un peu froissée. Le nom du destinataire était bien le sien, mais l'adresse écrite au stylo-plume avait bavé durant le voyage, et le nom de sa rue était presque illisible. Un autre nom de rue avait été noté au stylo rouge, suivi de la mention : *Inconnu à cette adresse.* Puis quelqu'un d'autre avait apporté une dernière rectification et le courrier était enfin parvenu à son destinataire.

Il décacheta l'enveloppe et en sortit un carton ivoire orné du dessin stylisé d'un couple de mariés. Un faire-part. Il déchiffra l'invitation :

Alyssa Hart et David Jenner ont le plaisir de convier le Dr Joshua Woodhouse et sa cavalière à la célébration de leur mariage qui se tiendra le...

Bien sûr... Alyssa et David avaient fait leurs études de médecine avec lui. Il avait complètement oublié qu'ils devaient se marier. Il n'avait pas été invité à beaucoup de mariages, ces dernières années. La plupart de ses vieux amis le considéraient comme l'irréductible célibataire de la bande, et savaient qu'il élevait sa fille seul. Mais Alyssa et David tenaient à ce qu'il assiste à leur noce. La date lui sauta aux yeux. Le week-end prochain ! Combien de temps ce fichu faire-part avait-il donc mis à lui parvenir ?

D'après le cachet de la poste, il avait été envoyé six semaines plus tôt ! Il ne pouvait pas se défiler maintenant.

Il réfléchit. Ses parents avaient justement proposé de venir chercher Hannah pour l'emmener passer le week-end dans leur caravane près de Brighton. Il avait projeté de faire une surprise à Clara, il avait même envisagé une escapade à Paris avec une nuit sur place. Mais il n'avait rien réservé, et maintenant, il devait assister à ce mariage...

Il s'adossa au mur. Bien sûr, il pouvait inviter Clara à l'accompagner, mais voudrait-elle venir ? De nombreux invités le connaissaient depuis longtemps. Certains avaient même assisté à son propre mariage, et Clara s'attirerait des regards curieux. Ses amis étaient bien élevés, mais, désinhibés par l'alcool, ils pourraient tenir des propos maladroits ou déplacés.

Mais il avait envie de retourner là-bas. De présenter Clara à ses vieux camarades. Il ne voulait plus être le copain veuf, triste et solitaire. Clara était superbe, drôle, intelligente, et il avait envie que ses amis sachent qu'il avait rencontré quelqu'un qui...

Qui quoi ? Il n'avait même pas encore eu le courage de parler d'avenir avec elle.

Il regarda le faire-part. RSVP... Oups. La date limite était passée depuis des semaines.

Prenant son téléphone, il envoya un texto à David qui répondit immédiatement.

> Il était temps. Alyssa déprime de voir le nombre de gens qui n'ont pas répondu au faire-part. Tu viens d'être rayé de la liste, tu l'as échappé belle. Hâte de te voir !

Joshua sourit. Ces derniers jours, il avait trouvé Clara bizarre. Comme si elle voulait dire quelque chose, mais n'y arrivait pas. Son côté pessimiste lui disait qu'elle avait peut-être décidé de prendre ses distances avec lui avant son départ. Mais l'optimiste en lui espérait qu'elle voulait lui annoncer qu'elle restait.

Cette invitation serait peut-être le déclic dont elle avait besoin. Ce serait le premier événement officiel auquel ils assisteraient en couple. Il examina le carton d'invitation. La noce se déroulerait dans un magnifique hôtel de l'Essex, au milieu d'un grand parc arboré. On avait joint un numéro pour les invités qui souhaitaient passer la nuit sur place. Joshua le composa sans grand espoir, en espérant qu'il ne leur resterait pas que le placard à balais sous l'escalier.

Quand il raccrocha, ses plans étaient arrêtés. Il allait inviter Clara au mariage – il savait qu'elle était libre ce week-end. Si elle acceptait, il profiterait de l'occasion pour avoir avec elle la conversation qu'il remettait depuis des semaines. Il était temps. Il se sentait déjà mieux. Il voulait être honnête avec elle. Pouvoir envisager l'avenir avec elle et Hannah.

Après des années à se terrer, son cœur était enfin prêt à accorder sa confiance. À s'engager dans une relation en anticipant le futur avec plaisir. Cela ne marcherait peut-être pas, mais il avait envie d'essayer. Et c'était avec Clara, et Clara seulement, qu'il voulait franchir le pas.

La journée avait été étrange. Quand Joshua lui avait annoncé qu'Hannah passait le week-end avec ses grands-parents, Clara avait espéré qu'ils feraient quelque chose ensemble, mais elle ne s'attendait pas à assister à un mariage et se sentait un peu nerveuse. Suffisamment pour se rendre dans une boutique de luxe recommandée par une collègue hyper stylée afin de se livrer à de multiples essayages. Elle voulait être à la hauteur de l'événement !

Une heure plus tôt, elle avait fait la connaissance des parents de Joshua. S'ils avaient été surpris de la voir, ils n'en avaient rien montré. Chaleureux et bienveillants, Linda et Alastair avaient paru sincèrement heureux de la rencontrer. Mais surtout, ils étaient fous de leur petite-fille, qui les menait par le bout du nez. Clara avait été touchée de voir Joshua avec ses parents. Sa ressemblance avec son père était frappante : ils avaient la même silhouette élégante et longiligne, la même démarche. Et à l'instar de sa mère, il parlait beaucoup avec les mains et inclinait la tête quand il écoutait quelqu'un, ce qui amusait beaucoup Clara.

Quand les grands-parents s'en allèrent avec Hannah, il ne restait plus à Clara que quarante minutes pour se préparer avant de partir au mariage.

Elle avait jeté quelques affaires dans un sac de voyage mais, ne sachant combien de temps ils mettraient pour arriver à destination selon l'état du trafic routier, elle avait décidé de voyager dans la tenue qu'elle porterait pour la cérémonie. Seul son adorable bibi voyagerait dans son joli petit carton et elle le mettrait à l'arrivée.

Il lui fallut dix minutes pour se maquiller et se préparer. Elle se parfumait et retouchait son rouge à lèvres quand Joshua pénétra dans l'appartement.

— Toc, toc, s'annonça-t-il de sa voix grave. Je prends ton sac ?

— Il est à côté de la porte, répondit-elle en glissant son rouge à lèvres dans sa minaudière.

Elle avait passé un moment de rêve à la luxueuse boutique. Les employées avaient mis une musique d'ambiance et servi du champagne pendant ses essayages. À chaque tenue, elles avaient comme par magie assorti escarpins, bijoux et bibi, donnant leur avis sans jamais se départir de leur charmante délicatesse. On lui avait déconseillé une robe en lamé argent, et une autre rouge vif qui jurait avec son teint. Elle avait presque eu l'impression de faire du shopping avec des copines. Et elle savait que, quoi qu'elle choisisse, elle partirait avec une tenue qui lui allait parfaitement.

Elle n'avait pas l'habitude de porter ce style de vêtement. Mais elle l'avait voulu. Elle sentait que ce week-end serait spécial. Et elle tenait à faire une bonne impression aux amis de Joshua.

Elle prit une grande inspiration et sortit de la salle de bains.

— Alors, tu me trouves comment ?

Penché pour prendre son sac, il regarda par-dessus son épaule et lâcha le bagage sous l'effet de la surprise.

Il se redressa et elle en profita pour admirer son élégant costume bleu marine, sa chemise blanche et sa cravate rose.

Elle lui avait offert la cravate la veille au soir avec un clin d'œil, pour que leurs tenues soient assorties.

— Tu es éblouissante, dit-il simplement en s'avançant, la main tendue. J'ai le droit de toucher si je n'abîme rien ?

Elle portait une robe sans manches en soie rose thé, aux lignes très pures. Depuis le col boule, le tissu souple épousait ses formes, effleurait ses hanches et tombait jusqu'à ses chevilles, laissant entrevoir d'élégants escarpins.

— Quel intérêt de regarder si on ne peut pas toucher ? répondit-elle avec malice.

L'attrapant fermement par la taille, il la renversa en arrière et l'embrassa. Elle s'agrippa à ses épaules en riant.

— On n'est pas censés faire ça plus tard sur la piste de danse ? demanda-t-elle, le souffle court.

— Je ne pouvais pas attendre jusque-là, murmura-t-il en parcourant sa gorge de baisers.

— On va être en retard au mariage, gloussa-t-elle.

Il la redressa en soupirant.

— Rabat-joie...

— Tu n'es pas mal non plus, tu sais, dit-elle en enlevant une poussière imaginaire de son épaule.

Comme il la gardait contre lui, elle vit une lueur passer dans ses yeux, et son cœur eut un raté. Puis il se pencha pour chuchoter à son oreille :

— Contentons-nous de bien nous amuser ce week-end. Marché conclu ?

Le soulagement inonda Clara. Un instant, elle avait eu peur... Elle aussi était tourmentée par ce qu'elle avait à lui dire, mais aujourd'hui, ils allaient tout oublier et simplement profiter l'un de l'autre.

— Marché conclu, répondit-elle en déposant un baiser sur sa joue, y laissant une trace de rouge à lèvres.

Elle aurait pu l'effacer du doigt, mais cette marque presque invisible lui plaisait. Elle prouvait qu'il lui appartenait.

Joshua et Clara arrivèrent à l'hôtel où avait lieu la cérémonie avec seulement dix minutes d'avance, la faute aux aléas du trafic londonien. Et Joshua renonça, comme il l'avait espéré, à savourer tranquillement un verre de vin avec Clara avant le mariage.

Ils eurent juste le temps de monter leurs bagages dans leur chambre, Clara prenant deux minutes pour fixer son bibi sur sa tête, puis il fallut rejoindre les invités.

— Attends, dit-il comme elle s'apprêtait à quitter la chambre.

— Quoi ? J'ai du rouge à lèvres sur les dents ?

— Non, répondit-il en riant. J'ai fait livrer quelque chose...

Il chercha des yeux la boîte en carton et alla la chercher. Il souleva le couvercle et sourit.

Clara le rejoignit et regarda par-dessus son épaule.

— Qu'est-ce que c'est ? Tu m'as acheté des fleurs ?

— Bien sûr, dit-il en prenant le délicat bracelet de boutons de rose destiné à son poignet. Après que tu m'as donné la cravate, hier soir, j'ai appelé l'hôtel pour demander qu'on me prépare une fleur pour ma boutonnière et un bracelet fleuri pour toi, de la couleur que tu avais choisie.

Les minuscules roses de la nuance exacte de sa robe étaient enchâssées dans un délicat nid de verdure et enroulées autour d'un bracelet de perles.

— C'est magnifique, murmura-t-elle.

Elle contempla la délicate composition à son poignet. Puis elle prit la rose pâle destinée à la boutonnière de Joshua et l'agrafa au revers de sa veste.

— Nous sommes assortis, dit-il doucement en surprenant leur reflet dans le miroir.

Son cœur se serra. Voilà ce qu'il voulait. Qu'elle soit sa partenaire.

Elle posa la main sur son torse et se tourna vers la glace.

Aux yeux du monde, ils incarnaient le couple parfait. Elle dans sa belle robe épurée, les cheveux brillants, les yeux étincelants, appuyée contre lui. Lui en costume chic, une rose à la boutonnière, enlaçant sa taille. Tous deux affichant un grand sourire.

Pour un regard extérieur, les deux séduisants pédiatres étaient parfaitement assortis.

Rien chez lui n'indiquait qu'il était veuf et père célibataire. Rien chez elle ne précisait qu'elle était de passage et partirait bientôt.

Il avait très envie qu'elle reste. Définitivement. Envie de faire le premier pas, d'avoir cette conversation avec elle, et de mettre une nouvelle fois son cœur en jeu. De prendre le risque de faire encore confiance.

Dans le miroir, le reflet de Clara lui sourit, et elle leva le visage vers lui.

— Ça va ?

Il l'embrassa sur les lèvres et inhala son parfum de fleurs d'été après la pluie.

Le doute le minait toujours insidieusement. Il savait ce qu'il éprouvait et ce qu'il voulait faire. Mais il sentait que Clara lui cachait quelque chose. Il ne croyait pas qu'elle ait une liaison secrète ni qu'elle ait été traumatisée dans le passé. Mais il y avait quelque chose.

Il plongea le regard dans ses yeux sombres. Il ne voyait rien. Mais le week-end ne faisait que commencer. Balayant ses doutes, il sourit et glissa la main dans la sienne.

— Allons nous amuser.

Descendant en hâte l'escalier qui débouchait dans la grande salle lumineuse décorée pour la cérémonie, Clara et Joshua s'assirent à côté d'un couple d'amis de Joshua.

— Ben, Roma, je vous présente Clara, dit-il en se penchant vers eux.

Ils sourirent et serrèrent la main de Clara rendue perplexe par cette présentation lapidaire. Clara. Clara qui ? Sa collègue ? Sa petite amie ? Une copine ? Elle n'eut pas le temps de s'appesantir sur la question.

— Superbe robe, lui chuchota Roma tandis que les premières mesures de la musique de circonstance se faisaient entendre et que le marié et son garçon d'honneur s'avançaient en saluant leurs amis au passage.

La cérémonie fut en tout point parfaite. La mariée portait une robe ivoire garnie de fine dentelle et tenait une brassée de fleurs jaunes. Les mariés avaient fait leurs études de médecine avec Joshua et figuraient parmi ses plus vieux amis. Ils avaient dû connaître Abby, et cela rendait Clara nerveuse. Mais s'il l'avait amenée ici pour la leur présenter, cela voulait sûrement dire quelque chose, non ?

Après la cérémonie, les invités se rassemblèrent dans le parc autour du bar extérieur, pendant que les mariés et leurs proches posaient pour les photographies d'usage. Alors qu'on lui servait un verre de vin au bar, Clara sentit qu'on lui touchait le bras. Surprise, elle se retourna et se retrouva dans les bras de la mariée qui l'étreignit avec chaleur.

— Vous devez être Clara, dit-elle, son voile frôlant sa joue. Je suis Alyssa, et je suis ravie de vous rencontrer.

Elle fit signe au barman qui lui servit une coupe de champagne.

— Moi aussi, je suis heureuse de vous connaître, répondit Clara, ne sachant trop ce que Joshua leur avait dit sur elle. Votre robe est magnifique.

— Merci. La vôtre aussi. Cette couleur vous va à ravir. Alors, vous travaillez avec Joshua et vous occupez l'appartement de Georgie ?

Clara eut à peine le temps d'acquiescer.

— Que pensez-vous d'Hannah ? demanda Alyssa. Elle est mignonne, n'est-ce pas ?

Clara commença à se détendre. Peut-être parce qu'elle attaquait son second verre de vin.

— Elle est adorable. J'adore passer du temps avec elle.

— J'aime votre accent, dit Alyssa.

Quelqu'un l'appela, et elle agita négligemment la main.

— Ils attendront. Je veux en savoir plus sur vous. On pourra parler un peu après le dîner ? David et moi avons très envie de mieux vous connaître.

Contre toute attente, Clara sentit les poils de ses bras se hérisser. Pourquoi cette nervosité ? La curiosité des amis de Joshua était normale, mais elle avait l'impression de subir une sorte de test. Et si elle échouait ?

— Vous êtes la mariée, c'est vous le boss, répondit-elle en souriant. Je serai enchantée de rencontrer votre mari. Joshua m'a dit que vous aviez fait vos études ensemble.

Alyssa hocha la tête avec un sourire triste.

— C'était il y a longtemps. Nous commençons à nous faire vieux… Il nous a fallu dix ans pour nous décider à nous marier, David et moi.

Elle la fixa d'un air songeur et dans ses yeux, Clara vit ce qu'elle ne disait pas. Abby, bien sûr.

Elle décida de mettre les pieds dans le plat.

— Vous avez dû assister au mariage de Joshua et Abby ?

Elle fut soulagée d'avoir abordé le sujet. Elle ne voulait pas qu'Alyssa soit mal à l'aise d'évoquer celle qui avait dû être son amie.

Alyssa acquiesça et posa la main sur son bras.

— Nous sommes très heureux qu'il vous ait amenée. Je n'étais pas sûr qu'il serait accompagné. Il voit des femmes, mais ce n'est jamais sérieux. Il est si absorbé par Hannah que je me demandais s'il y aurait un jour de la place pour quelqu'un d'autre dans sa vie.

Embarrassée, Clara but une gorgée de vin. Alyssa vida sa coupe de champagne et lui sourit.

— Nous bavarderons après le dîner. Je vous présenterai David.

Soulagée, Clara lui rendit son sourire.

— J'ai hâte... et au risque de me répéter, vous êtes une mariée superbe.

Alyssa agita la main et s'éloigna dans une envolée de dentelle ivoire.

Clara soupira. Joshua traversait la pelouse dans sa direction. Alyssa l'arrêta, et il la fit tournoyer autour de lui en riant. Adressant un clin d'œil à Clara, elle chuchota à l'oreille de son vieil ami.

Mais il n'avait d'yeux que pour Clara. Et quand il vint vers elle avec un grand sourire, elle eut l'impression d'être seule au monde.

Il glissa les mains autour de sa taille et s'inclina pour l'embrasser, dissipant ses doutes.

— Tu t'amuses ? murmura-t-il.

— Je suis avec toi, répondit-elle doucement. Bien sûr que je m'amuse.

Elle se détendit. Il lui prit la main, et ils allèrent s'asseoir avec Ben et Roma, qui étaient également d'anciens collègues de Joshua. Ben était radiologue et Roma, généraliste. Ils plaisantèrent et rirent de leurs pires anecdotes de travail. D'autres invités les rejoignirent, et tous offrirent le meilleur accueil à Clara.

Le temps était clément ; quand ils rentrèrent dîner dans la grande salle, les portes vitrées restèrent ouvertes sur le parc. Le repas, composé de plats raffinés, fut servi à table, et Joshua et Clara partagèrent la leur avec la famille du marié et des amis de Joshua. Les conversations étaient légères, l'ambiance joyeuse. Quand vint le soir, Clara n'était pas loin de penser qu'elle avait passé une journée parfaite.

Les premiers invités allèrent danser, et Joshua lui enlaça la taille.

— Je ne te l'ai jamais demandé, lui dit-il à l'oreille. Tu aimes danser ?

— Tu veux savoir ? répondit-elle en s'appuyant contre lui.

Il posa un baiser sur sa nuque.

— Tu n'as pas idée...

Elle prit cela pour un oui et, filant sur la piste de danse, elle lui fit signe de la rejoindre.

Il la prit dans ses bras et la fit tournoyer autour de lui, parfaitement en rythme, avec des talents de danseur qui la surprirent.

— Tu m'avais caché que tu étais un danseur de salon, tu as d'autres secrets à partager avec moi ? demanda-t-elle avec malice.

— Que te dire ? Quand j'étais ado, ma sœur a absolument tenu à ce que je sache danser. Alors j'ai appris.

— C'était une technique pour draguer les filles ?

— Absolument. Ça marche ? demanda-t-il avec un coup d'œil par-dessus son épaule.

— On verra, répondit-elle en virevoltant dans ses bras.

Ils dansèrent jusqu'à ce que ses talons aiguilles lui fassent mal aux pieds. Le buffet du soir fut dressé, avec des piles de crêpes, le traditionnel gâteau de mariage, et des friands au bacon et à la saucisse accompagnés de bols de sauce tomate et de sauce piquante.

Joshua brandit un friand en riant.

— C'est comme ça qu'Alyssa et David se sont connus. Un soir, David est rentré tard à la résidence universitaire. Alyssa venait de se préparer un friand au bacon, elle est partie chercher sa sauce dans sa chambre. À son retour à la cuisine, elle a trouvé David en train de le manger.

— Elle gardait sa sauce dans sa chambre ?

— Bien sûr, répondit-il gravement. C'était la lutte pour la vie, à la cité U. Tout ce qu'on mettait dans les placards de la cuisine disparaissait comme par magie. On en était arrivés à croire qu'un fantôme affamé hantait les lieux.

— En l'occurrence, David ?

— Il était parti devant nous à la sortie du pub. Quand je suis arrivé, Alyssa était en train de l'assommer à coups de coussin.

Il a proposé de lui rendre le friand, mais il avait déjà mis de la sauce piquante dedans et elle déteste ça.

— Où avait-il trouvé la sauce en pleine nuit ?

— Mes potes et moi dissimulions nos précieuses denrées dans un conduit d'aération. C'était plus prudent. Dès qu'on faisait cuire un truc dans la cuisine, les gens surgissaient de partout. La lutte pour la vie, je te dis.

Il la renversa sur son genou, la main posée sur sa jambe.

— Tu as été fantastique aujourd'hui. Ça a dû être dur pour toi de te mêler à mes amis et tout un tas d'inconnus. Merci..., dit-il dans un murmure en lui caressant la joue. Il y a longtemps que je ne m'étais pas autant amusé à ce genre de fête.

— Pourquoi ? demanda-t-elle simplement.

Leurs regards se soudèrent.

— Parce que je n'avais pas trouvé la bonne personne pour m'accompagner.

Cet aveu la toucha. Il n'aurait pas pu lui dire paroles plus douces. Elle prit un cupcake sur la table et le lui tendit.

— Si nous en emportions quelques-uns dans la chambre en guise de room-service ?

Il gagna le bar et revint bientôt avec deux flûtes et une bouteille de champagne.

— Prêt ? demanda Clara qui avait préparé une assiette de cupcakes.

— Toujours.

Le cœur de Clara battait plus vite quand ils regagnèrent leur chambre.

La femme de chambre avait ouvert le lit et déposé des chocolats sur les oreillers, les rideaux ouverts offraient une vue imprenable sur le parc. À cette heure tardive, les jardins étaient illuminés par des lanternes scintillantes qui leur conféraient un aspect magique. Posant le champagne sur la table près de la fenêtre, Joshua prit Clara dans ses bras.

— Qu'est-ce que tu as pensé de cette journée ? demanda-t-il avec une pointe d'anxiété.

— J'ai passé un moment merveilleux. Tes amis sont adorables.

Il hésita un instant.

— Certains m'ont demandé...

— Quoi donc ?

— Ils m'ont demandé si c'était sérieux entre nous.

Elle se raidit.

— Qu'est-ce que tu as répondu ?

À la lueur diffuse venant du jardin, il plongea les yeux dans les siens.

— Je leur ai dit que j'aimerais bien, mais que j'ignorais ce que tu voulais, toi.

Elle frissonna. La grande question. La conversation qu'elle attendait. Et redoutait.

— Et l'Écosse ? demanda-t-elle d'une petite voix.

— C'est à toi de décider. Jamais je ne te demanderai de renoncer à un foyer ou un travail que tu aimes.

Il jouait sur la corde sensible. La première fois qu'elle était entrée chez Georgie, elle avait eu l'impression de pénétrer dans un appartement-témoin. Sa petite maison en Écosse était beaucoup plus modeste. Infiniment plus douillette et chaleureuse.

— Que penses-tu des relations longue distance ? demanda-t-elle d'une voix qui tremblait un peu.

Il pencha la tête de côté, comme sa mère.

— Je pense que ça vaut la peine d'essayer, dit-il d'une voix égale, allumant une petite lueur d'espoir en elle. Londres et Édimbourg ne sont pas si éloignés. Quatre heures en train.

Il avait dû se renseigner. Elle sentit son rythme cardiaque accélérer sous l'effet de l'espoir.

— Et on pourrait se parler en vidéo tous les jours.

Il caressa la soie lisse de sa robe.

— Mais ce n'est pas pareil, n'est-ce pas ?

Elle sentit sa bouche s'assécher. Elle comprenait parfaitement. Non, ce n'était pas la même chose. Ce n'était pas comme gravir quelques volées de marches pour se rendre chez lui toutes les nuits. Ce n'était pas comme le voir chaque jour au travail. Comment vivrait-elle cet éloignement ?

Elle sut tout de suite qu'elle ne le souhaitait pas.

— Non, ce n'est pas pareil, dit-elle dans un murmure. Je n'imagine même pas ne pas vous voir tous les jours, Hannah et toi.

Son cœur sombrait. Hannah allait à l'école et Joshua dirigeait un service dans l'un des plus grands hôpitaux londoniens. C'était à elle de prendre une décision.

Pourquoi n'avait-elle pas appelé son ami Ryan pour lui en parler ? Pour voir sa réaction si elle lui avait avoué qu'elle n'avait plus très envie de rentrer en Écosse. Aurait-il été surpris ? Furieux ? Content pour elle ?

Joshua caressa tendrement la joue de Clara.

— Moi non plus, je n'imagine pas ne pas te voir tous les jours... J'étais si angoissé à l'idée d'avoir cette conversation avec toi, dit-il avec un rire de gorge.

— C'est vrai ?

Il hocha la tête.

— Nous n'avons pas parlé de l'avenir. J'ignorais comment tu réagirais si je te le demandais. Je redoutais d'avoir mal interprété tout ça.

Elle acquiesça et posa la main sur son torse.

— Moi aussi, je m'inquiétais. Je craignais que tu croies que j'essayais de m'incruster dans vos vies... à une place où on ne voulait peut-être pas de moi.

— Oh ! on veut de toi, dit-il d'une voix grave. Tu n'as pas idée à quel point.

Elle glissa les mains vers ses épaules tandis qu'il lui caressait doucement le dos.

— Et Hannah ? Qu'est-ce qu'on va dire à Hannah ?

— La vérité, dit-il d'une voix assurée. À savoir que nous sortons ensemble et que, ton poste ici n'étant que temporaire, nous essayons de trouver une solution durable.

— Comment crois-tu qu'elle réagira ? demanda-t-elle, anxieuse.

Il prit son temps pour répondre.

— Tu l'as vue heureuse, tu l'as vue piquer une colère...

L'estomac noué, elle se rappela d'autres facettes d'Hannah dont elle n'avait pas encore parlé à Joshua.

— Je n'ai pas d'élément de comparaison, mais je suis sûr que c'est une fillette de cinq ans parfaitement normale. Et je crois qu'elle est prête, Clara. Prête à accueillir quelqu'un d'autre dans sa vie, murmura-t-il en l'attirant à lui. Comme moi... Nous t'aimons, Clara. Nous voulons que tu fasses partie de nos vies.

Le cœur de Clara se gonfla d'allégresse. C'étaient exactement les paroles qu'elle désirait entendre. Des mots qui rassuraient. Qui engageaient. Tout se mettait en place.

— C'est ce que je souhaite, répondit-elle du fond du cœur.

Elle gloussa en sentant ses doigts glisser avec sensualité le long de son dos.

— Qu'est-ce que tu fais, Joshua ? Tu veux me rendre folle...

Il la renversa en arrière.

— C'est le plan, dit-il en la tenant fermement contre lui.

— Tes plans me plaisent. Et j'ai aimé te voir danser, lâcher prise... On remet ça ?

Il la releva et alla allumer son téléphone. Une musique nonchalante, sensuelle, emplit la chambre. Parfait. Elle se blottit contre lui pour qu'ils ne fassent plus qu'un.

Comme ils se déhanchaient avec lenteur, étroitement enlacés l'un à l'autre, il parcourut son cou de baisers. Elle avait mis beaucoup d'espoir dans ce week-end et n'avait pas été déçue. À présent, elle savait que l'homme qui avait volé son cœur partageait ses sentiments. Les choses se mettaient en place l'une après l'autre. Elle devrait encore régler les questions logistiques concernant sa maison et son travail, mais cela en valait la peine.

C'était un faible prix à payer pour connaître cet immense bonheur toute la vie.

11

Les semaines se succédèrent et Clara ne vit pas le temps passer. Elle éplucha les annonces en ligne pour dénicher à Londres un poste vacant correspondant à ses compétences. Mais l'échange avec Georgie avait été une première. Pour les postes de son niveau, la plupart des postulants étaient recrutés plus d'un an à l'avance et, sauf défection de dernière minute, elle avait peu de chances de trouver quelque chose.

Elle envisagea de prendre contact avec Georgie. Comment s'était passé son remplacement à l'hôpital d'Édimbourg ? Y avait-il une infime possibilité que Georgie ait envie de continuer à travailler là-bas ?

Cela semblait très improbable, et Clara oublia cette idée.

Joshua était charmant au travail, toujours d'humeur égale, et la plupart de leurs collègues avaient percé leur secret à jour. Ron avait haussé les sourcils d'un air éloquent avant de déclarer gravement à Clara qu'il était enchanté pour eux.

Elle n'arrêtait pas de sourire. Elle ne se rappelait pas la dernière fois où elle s'était sentie aussi bien. Au point qu'elle envisageait d'arrêter le traitement d'antidépresseurs qu'elle avait commencé quelques mois plus tôt. Elle ne voulait pas le faire sans en avoir parlé à son généraliste, mais elle avait toutes les peines du monde à décrocher un rendez-vous.

Sur le calendrier, le compte à rebours avait quelque chose d'angoissant ; le terme de l'échange avec Georgie se rapprochait à grands pas. Bientôt, Clara devrait faire ses bagages et reprendre la route pour le long voyage de retour en Écosse. Elle aurait dû être heureuse de revoir ses collègues et Ryan – un meilleur ami qu'elle avait quelque peu négligé depuis son arrivée à Londres – et de retrouver son petit cottage au milieu des vastes étendues de bruyère peuplées de moutons.

Mais deux choses la tourmentaient. D'abord, elle n'éprouvait aucune hâte de rentrer chez elle, ce qui la faisait culpabiliser. Ensuite, elle avait quelque chose de très important à faire avant de partir.

Hannah. Elle devait absolument avoir cette conversation avec Joshua au sujet d'Hannah. Elle avait essayé à plusieurs reprises sans trouver le bon moment. Mais elle ne pouvait plus tergiverser. Elle avait un devoir. Envers elle-même, envers Hannah, et envers Joshua.

S'il y avait une chance pour qu'ils forment un jour une famille, elle devait se préparer à ce genre de situation. Elle était encore un peu une étrangère, Hannah s'était peut-être justement confiée à elle pour cette raison.

C'était toujours épineux pour un médecin de garder pour lui des confidences qu'on lui avait faites. Il devait parfois rompre le secret pour protéger ses patients et leurs familles.

Clara était une adulte compatissante, et elle se devait de parler à Joshua de la souffrance de sa petite fille. Sa femme Abby était un sujet sensible qui avait été évoqué plusieurs fois, surtout au mariage, par les vieux amis du couple. Et Clara trouvait cela tout naturel.

Joshua avait aimé et respecté son épouse. Mais il était prêt à aller de l'avant. Il l'avait dit, et elle le croyait. Elle n'avait pas l'impression de prendre la place de sa femme ni de vivre dans son ombre, et cela lui donnait le sentiment de sécurité dont elle avait besoin dans cette relation.

Mais elle n'avait pas encore évoqué avec Joshua le mal-être d'Hannah et n'avait pas d'excuse.

Poussant un soupir, Clara s'étira en regardant par la fenêtre.

Elle avait vidé les tiroirs de la cuisine pour trier ce qu'elle allait garder. À son arrivée, elle avait trouvé l'endroit aussi aseptisé et impersonnel qu'un logement-témoin et, même s'il ne correspondait pas à ses goûts, elle tenait à le laisser propre et ordonné.

La porte s'ouvrit avec un déclic et Joshua entra avec un grand sourire. Lançant son sac à dos dans un coin, il la prit dans ses bras et la poussa en direction du canapé.

Ils atterrirent dessus, bras et jambes emmêlés, et elle éclata de rire.

— Hé, ça veut dire quoi, tout ça ?

— Juste que tu m'as manqué.

Il revenait d'une réunion du comité de direction de l'hôpital et elle savait qu'il détestait cela. Mais cela faisait partie de ses fonctions de chef de service.

— Tu veux que je te prépare quelque chose à manger ?

— Juste du café, s'il te plaît. Hannah est encore chez son copain ?

— Oui. La mère de Hunter m'a demandé si elle pouvait rester jouer encore un peu avec lui. On doit la récupérer dans une heure.

Étouffant un grognement, il se redressa et s'assit.

— Ça me dépasse. Comment une fillette de cinq ans peut jouer avec un garçon ? Elle ne devrait pas plutôt être avec d'autres filles ?

Clara pouffa.

— Ne sois pas aussi vieux jeu. Hannah peut jouer avec qui elle veut. Elle s'amuse et elle est avec d'autres, c'est ça, l'important.

— Et d'abord, qui c'est, ce Hunter ? On connaît ses parents ?

— Oh ! non, on a confié notre fille à de parfaits inconnus sans se poser la moindre question…

Elle avait parlé sans réfléchir, mais elle avait à peine fini sa phrase qu'elle se figea.

Joshua s'était retourné vivement et la fixait avec une telle intensité qu'elle eut un mouvement de recul.

— Pardon, ma langue a fourché, dit-elle en se levant précipitamment. Je vais chercher le café.

Elle se hâta, jambes tremblantes, vers la cuisine.

Joshua lui emboîta le pas et elle prit plusieurs inspirations pour se calmer. Elle avait parlé sans réfléchir, la belle affaire. Mais elle se sentait vulnérable.

Elle glissa les dosettes dans la machine à café et continua à respirer lentement. Était-ce un signe ? Le moment était peut-être venu d'avoir cette conversation à propos d'Hannah qu'elle remettait sans cesse.

Quand Joshua entra dans la cuisine, elle se retourna et s'adossa au comptoir.

— Il faut qu'on parle, dirent-ils d'une même voix.

— Moi d'abord, dit-elle vivement.

— Très bien, répondit-il avec une gravité qu'elle ne lui avait jamais vue, comme s'il l'avait prise en faute.

— Je dois te parler d'Hannah.

— D'accord.

Il fronça les sourcils comme s'il ignorait où elle voulait en venir. Et elle ne le savait pas très bien elle-même. Elle avait envie de retarder encore ce moment car, quelle que soit sa façon de présenter les choses, Joshua allait souffrir. Et c'était la dernière chose qu'elle souhaitait. Mais elle lui devait la vérité. L'intérêt d'Hannah passait avant le leur.

— Hannah m'a parlé d'une chose il y a quelques semaines. J'aurais dû te le dire plus tôt, mais pour être honnête, je ne voyais pas comment aborder le sujet sans te heurter. Et ce n'était pas mon intention.

— Que veux-tu dire ? demanda-t-il, perplexe.

Elle inspira, ignorant les larmes qui lui piquaient les yeux.

— Elle était angoissée, Joshua. Je crois qu'elle ressent une certaine pression de ta part, même si ce n'est pas intentionnel.

— À quel sujet ? demanda-t-il sans cacher son agacement.

— Au sujet de sa mère. Abby.

Il avança de quelques pas.

— Je ne comprends pas, dit-il tandis que la cafetière commençait à gargouiller derrière elle.

Elle ferma les yeux un instant.

— C'était l'heure du coucher et elle était fatiguée. Elle m'a dit qu'elle n'avait aucun souvenir de sa maman, et cela la chagrine.

— Mais elle n'était qu'un bébé qu...

Elle leva la main.

— Je sais, et je lui ai expliqué que Georgie et toi le savez aussi. Mais ça l'attriste de n'avoir aucun souvenir...

— C'est pour ça que Georgie et moi lui racontons toutes ces histoires, coupa-t-il. Pour qu'elle sache qu'elle peut parler de sa maman et poser des questions.

Clara ne répondit pas tout de suite.

— Elle culpabilise de ne pas se rappeler, Joshua. Et elle se met la pression pour se forger des souvenirs qui n'existent tout simplement pas.

Les yeux de Joshua s'agrandirent.

— Elle croit que ça te fait de la peine, reprit-elle.

Il recula et s'appuya au mur de la cuisine.

— Mais...

Il s'interrompit, essayant visiblement d'assimiler ce qu'elle venait de dire. Son regard tomba sur la pile de papiers et les cartons prêts à être emportés au recyclage.

— Il y a longtemps qu'elle t'a parlé de ça ? demanda-t-il d'une voix qui tremblait légèrement.

Clara hésita, gênée.

— Quelques semaines.

— Et tu n'as rien dit ? s'écria-t-il, incrédule.

Elle eut mauvaise conscience.

— Je sais. Mais je ne savais pas comment m'y prendre. J'ai longuement réfléchi...

— As-tu aussi longuement réfléchi au nombre de fois où j'ai parlé de sa mère à Hannah ces dernières semaines ? Au fait que j'ai pu involontairement faire souffrir ma fille sans m'en rendre compte ? répondit-il, visiblement blessé.

— Pardonne-moi. Mais je lui ai expliqué que tu ne voulais pas lui faire de peine. Et je lui ai dit que quand elle serait grande, elle voudrait peut-être poser des questions, et que toi et Georgie serez heureux d'y répondre.

— Tu as raconté tout ça à ma fille, et tu n'as même pas daigné m'en parler ? Me faire comprendre que je manquais à mes devoirs de père ? protesta-t-il avec colère.

Ses paroles rappelèrent à Clara le soir où il s'était ouvert à elle, sur son canapé. Il lui avait confié ses doutes de père ; de toute évidence ses craintes ne l'avaient jamais quitté.

Elle fit un pas vers lui, mais son expression la stoppa net.

— Tu es un papa extraordinaire, Joshua. N'en doute pas. Hannah a beaucoup de chance. Et elle te fait honneur.

Elle voulait désespérément se rapprocher de lui, mais elle sentait qu'ils s'éloignaient l'un de l'autre.

Il posa la main sur le comptoir et secoua la tête, évitant son regard.

— Je ne peux pas croire que tu ne me l'aies pas dit tout de suite. Tu ne vois pas combien c'est important ?

Piquée au vif, elle s'efforça de ne pas hausser le ton.

— Je sais combien c'est important. Pourquoi penses-tu que nous ayons cette conversation ? Tu crois que ça me plaît de te reprocher de trop parler à Hannah de sa mère ? Je n'ai pas connu Abby, et je n'ai aucun droit de te dire ça. J'ai conscience que ça fait mal de l'entendre.

Elle baissa les yeux.

— L'éducation des enfants est un domaine nouveau pour moi, Joshua. Mais je sais ce qui est bien. Et tu devrais tenir compte de ce que je dis, martela-t-elle résolument. Parce que toi et moi ne comptons pas. L'important, c'est Hannah.

— Tu crois que tu as besoin de me le préciser ? dit-il, sa voix trop forte résonnant entre les murs de la cuisine.

— Bien sûr que non. Mais tu es furieux contre moi, et il est utile qu'on te le rappelle.

Il lui tourna le dos et se pencha, tête baissée, vers le comptoir.

Elle ne savait plus quoi dire, elle se sentait oppressée. Quelques jours plus tôt, tout était parfait entre eux. Aurait-elle dû se taire et ne rien lui dire ? Mais aimer quelqu'un, c'était l'aimer tout entier et ne pas avoir peur d'aborder avec lui les sujets difficiles, non ?

Elle se détourna pour prendre les tasses sous la machine à café. Elle avait besoin de s'occuper les mains. De se concentrer sur quelque chose pendant que Joshua se focalisait sur la haine qu'elle lui inspirait et son sentiment d'être un mauvais père.

Mais il lui posa alors une question à laquelle elle ne s'attendait pas.

— Qu'est-ce que c'est que ça, Clara ?

Elle se retourna. Il tenait une boîte de médicament vide dans une main et le catalogue de donneurs de sperme dans l'autre. Ce qu'elle devait jeter dans la poubelle de recyclage.

Son cœur s'arrêta.

— Tu essaies d'avoir un enfant ? demanda-t-il, visiblement déconcerté.

— Je... Je l'ai envisagé, répondit-elle finalement.

— Tu l'as envisagé ? répéta-t-il avec incrédulité.

Hochant la tête, elle déglutit. Le café allait s'avérer utile. Elle avait la bouche affreusement sèche.

— Encore une chose que tu as négligé de mentionner ?

Elle changea de position, elle était mal à l'aise mais une lueur de colère brilla dans ses yeux.

— Je ne l'ai pas mentionné parce que ça ne te concernait pas. C'était un projet que j'avais avant de venir ici. Je n'avais pas encore décidé de franchir le pas, mais je voulais en savoir plus, d'où cette brochure.

— Tu n'as pas jugé utile de m'en parler alors que nous entretenions une relation ? répondit-il, ses yeux lançant des éclairs. La fécondation in vitro avec donneur était vraiment la seule option à laquelle tu pensais pour avoir un bébé ?

Son ton froidement accusateur lui donna la chair de poule.

— Quoi ? demanda-t-elle, choquée, en bredouillant.

Il soutint son regard sans sourciller.

— Réponds à la question.

Elle n'en croyait pas ses oreilles.

— J'espère que tu plaisantes, dit-elle d'un ton glacial.

Il se mit à arpenter la pièce.

— Pourquoi plaisanterais-je, Clara ? La femme à qui j'ai avoué mon amour et avec qui j'envisage l'avenir me cache des choses. Je croyais te connaître, et en définitive, j'ignore complètement qui tu es. Cette relation est peut-être juste pratique pour toi. Tu charmes le gars du coin en espérant tomber enceinte. C'est ce que j'étais pour toi ? Une occasion commode ?

— Tu es fou ? cria-t-elle, hors d'elle. Mes sentiments pour toi sont tout sauf pratiques ! Dans quelques semaines, nous serons séparés. Tu seras ici, et moi à Édimbourg. Je ne te verrai plus chaque jour. Je ne monterai plus l'escalier en courant pour frapper à ta porte quand j'aurai envie de te voir. Je ne ferai plus semblant d'utiliser la salle de gym dans l'espoir de te reluquer en short.

Elle s'interrompit pour reprendre sa respiration.

— Et pour couronner le tout, tu oses prétendre que je me sers de toi comme donneur potentiel ! Je me sens insultée. Tu me crois vraiment capable de coucher avec toi pour tomber enceinte ? Pour qui me prends-tu ?

Des larmes de colère coulaient sur ses joues, elle aurait frappé, frappé dans le punching-ball de la salle de gymnastique pour se calmer.

Joshua ramassa la boîte de médicaments vide. Sa voix était triste quand il demanda :

— Pourquoi tu ne m'as pas parlé de ça ?

Elle redressa fièrement la tête.

— Parce que mes traitements ne regardent que moi. Je ne voyais pas l'utilité de partager ça avec toi. Je connais beaucoup de médecins sous antidépresseur. C'est un travail stressant, on a parfois besoin d'être soigné. Je n'en éprouve ni honte ni gêne. Cela fait partie de ma vie depuis longtemps et je l'accepte.

Et je ne te dois pas d'explication... Il se trouve que je venais de décider que je me sentais assez bien pour arrêter mon traitement, mais ça n'a rien à voir avec toi.

Il posa les mains sur le comptoir, la tête toujours baissée. Quand il se retourna, elle fut stupéfaite de voir des larmes briller dans ses yeux.

— Je ne peux pas faire ça, dit-il simplement.

— Quoi donc ?

— Je suis déjà passé par là, et ça a failli me détruire. Je ne peux pas recommencer.

— De quoi tu parles ?

— Ma femme avait des secrets pour moi. Elle savait qu'elle était malade et que le traitement pouvait nuire au bébé. Elle a choisi de ne rien me dire et ne m'a appris la vérité qu'après la naissance, avoua-t-il, le visage ravagé par le chagrin. Elle n'avait pas assez confiance pour la partager avec moi.

Clara se sentit meurtrie par cette révélation.

— Je ne veux plus jamais être avec quelqu'un qui refuse de me confier ses problèmes personnels et garde ses secrets pour elle, reprit-il d'une voix plus ferme.

Elle eut honte. Elle n'avait jamais envisagé les choses de son point de vue à lui et se sentait stupide.

— C'est dur de parler de sa santé mentale, dit-elle, soutenant son regard. Surtout à son patron... Si j'admets souffrir de dépression, on me juge à coup sûr. *Elle ne peut pas faire face... On ne peut pas compter sur elle... Ne lui donnons pas trop de choses à faire... Je ne vois vraiment pas quelles raisons elle a d'être déprimée...* J'ai tout entendu, Joshua. Alors j'ai cessé d'en parler.

Elle poussa un soupir.

— Comment justifier la dépression quand elle n'a pas de cause objective ? Comment expliquer qu'on perd simplement tout intérêt pour ce qu'on adorait ? Qu'on n'arrive pas à trouver l'énergie pour se lever le matin, et encore moins pour faire une garde supplémentaire ? Qu'autour de nous tout semble morne et gris ? La première chose que les gens demandent est *pourquoi ?* Ils veulent savoir ce qu'ils peuvent faire pour nous aider à aller mieux...

Elle prit une profonde inspiration pour raffermir sa voix.

— J'imagine que j'ai cru que tu étais comme ça, Joshua. Que tu essayerais de... me réparer.

Une larme roula sur sa joue.

— Je ne veux pas que tu me répares. Ni toi ni personne. Parce que je dois me réparer moi-même, reprit-elle en se frappant la poitrine. Il faut que tu me prennes comme je suis, Joshua. Tout entière. Même ce que tu n'aimes pas chez moi.

Il battit des paupières, abasourdi. Une minute plus tôt, les cris de colère fusaient entre eux, et maintenant ils chuchotaient, et il y avait beaucoup de souffrance dans l'air.

Clara se remémora le week-end où ils avaient été si heureux. La vie avait alors semblé parfaite. Elle avait rencontré un homme qu'elle aimait, père d'une fillette qu'elle adorait. Son travail était passionnant, et ils faisaient des projets d'avenir ensemble. Cet avenir pouvait-il inclure la grande famille qu'elle avait toujours voulue ?

Mais se connaissaient-ils si bien que cela, finalement ? Cette pensée la fit vaciller et elle s'agrippa au comptoir.

Il ferma les yeux et s'absorba dans ses pensées.

— Je croyais que nous étions bien ensemble, murmura-t-il. Que nous nous aimions, et que nous ferions tout pour que ça marche. Que j'avais peut-être trouvé quelqu'un qui aimerait ma fille autant que moi...

Les larmes jaillirent de nouveau des yeux de Clara.

— Mais je ne peux pas risquer mon cœur ni celui d'Hannah auprès d'une personne qui n'a pas confiance en moi. Jamais je ne t'aurais jugée, Clara. Jamais je n'aurais essayé de te réparer. Je voulais t'aimer tout entière, pas juste ce que tu m'as montré de toi... Je ne te croyais pas forcément parfaite, dit-il avec un rire rauque, mais pour moi, tu l'étais. Et apparemment je me suis trompé...

Sur ces paroles, il se détourna et sortit.

Assommée, elle resta pétrifiée. Elle aurait voulu le rattraper, mais trop de choses avaient été dites, que son cerveau embrumé n'arrivait pas encore à absorber.

Son cœur s'affola et elle eut du mal à reprendre son souffle. Ses jambes cédèrent sous elle, elle s'affaissa sur le sol de la cuisine.

La tête entre les jambes, elle ignora les battements sourds à ses oreilles et compta jusqu'à dix pour ralentir sa respiration.

Elle se sentait pleine de confusion. Elle savait exactement ce qui lui arrivait. Elle avait déjà soigné des gens atteints de crises de panique. Mais jamais elle n'aurait imaginé que cela lui arriverait.

Elle resta immobile le plus longtemps possible, jusqu'à ce que sa respiration et son rythme cardiaque se stabilisent. Puis, les jambes flageolantes, elle se releva.

Elle remplit un verre d'eau et but quelques gorgées avant de le reposer sur le comptoir. À côté des deux tasses de café qu'ils n'avaient pas touchées.

Ce fut comme si une main brutale lui broyait le cœur.

Quand elle avait mis la machine à café en marche, elle venait de faire ce lapsus au sujet d'Hannah, « notre » fille. Car en l'espace de quelques mois, c'était ainsi qu'elle s'était mise à la considérer. Joshua et Hannah étaient sa famille. Elle avait trouvé sa place auprès d'eux.

Quittant la cuisine, elle gagna sa chambre et s'effondra sur son lit.

Sauf que ce n'était pas *son* lit, mais celui de Georgie.

La vue sur les docks ne lui appartiendrait jamais. De chez elle, elle voyait des champs et des moutons. Un espace désert, morne, solitaire.

Jamais la pensée de son cottage n'avait éveillé d'image aussi sombre en elle. Où était passé le réconfort qu'elle y puisait toujours ? Sa chère petite maison n'était plus que les quatre murs d'une femme qui s'était lamentablement fourvoyée et avait perdu ceux qu'elle aimait.

Et se sentirait à jamais amputée.

12

Les journées de Joshua se succédaient dans une sorte de brouillard. Il était surpris de la facilité avec laquelle il évitait Clara au travail. Chaque fois qu'il apercevait sa fine silhouette ou sa blouse blanche, il concentrait son attention sur une conversation, des résultats d'analyse ou un dossier, et il arrivait très bien à se focaliser sur autre chose.

Ses autres sens en revanche étaient incontrôlables. Il sentait son parfum au fond d'une pièce ou au détour d'un couloir. Il entendait sa voix ou son rire au milieu d'une conversation. Son estomac se nouait quand il voyait un emballage de sa barre chocolatée préférée dans une poubelle. Et sa peau le démangeait constamment, en manque de *sa* peau à elle.

Il surprenait des regards curieux. Le personnel savait manifestement que quelque chose clochait. Mais ses collègues n'osaient pas le questionner.

Il ne pouvait guère les blâmer. Il aboyait quand ils discutaient ses ordres, modifiait les plannings sans les consulter pour ne pas partager de garde avec Clara, et il avait perdu sa patience légendaire.

En même temps, il avait une conscience aiguë de chaque jour qui passait. Encore quelques semaines, et elle serait partie. Et si c'était en un sens un soulagement, son cœur douloureux lui faisait craindre de ne pas survivre à cette épreuve.

Un soir, son bip sonna tard. Il soupira. Il devait se rendre à l'hôpital mais n'avait personne pour garder Hannah. Ses options étaient limitées, désormais.

Faute de mieux, il enveloppa l'enfant dans une couverture et l'emmena en voiture.

En arrivant à l'accueil du service, il fut surpris de trouver Ron, qui travaillait normalement de jour. Ron tendit les bras et lui prit Hannah.

— C'est ma faute, désolé, dit-il. La patiente est ma nièce Kelly, et Reuben semble dépassé...

Joshua hocha la tête. Le médecin de garde paraissait effectivement perdu. La sœur de Ron et son mari étaient penchés sur le lit d'une fillette pâle reliée à un moniteur qui affichait un rythme cardiaque beaucoup trop rapide.

Joshua posa une main apaisante sur le bras de Ron.

— Ne vous inquiétez pas. Je m'occupe de votre nièce.

La petite fille, qui souffrait de la varicelle, avait une forte fièvre. Les boutons sortirent pendant les heures qui suivirent. Mais sa température élevée permit de découvrir qu'elle avait un souffle au cœur non diagnostiqué qui provoquait des extrasystoles, et son ECG était inquiétant. Joshua fit appel à un collègue cardiologue qui diagnostiqua un problème de valve mitrale. On mit immédiatement la fillette sous traitement, et dès que la fièvre commença à baisser, son rythme cardiaque redevint normal.

Quatre heures s'étaient écoulées quand Joshua put enfin s'asseoir au bureau en compagnie de Ron.

— Où est Hannah ?

— Dans un lit que je lui ai préparé en salle de garde. Clara est auprès d'elle.

— Quoi ? s'écria Joshua.

Ron soupira.

— Elle s'est réveillée et elle a eu peur. Vous étiez occupé avec ma nièce, alors j'ai appelé Clara. Elle est arrivée très vite, elles sont blotties l'une contre l'autre. Pourquoi ne lui avez-vous pas confié Hannah ?

Joshua ignora la colère qui sourdait en lui. Ron, le sachant occupé ailleurs, avait paré au plus pressé. Il ne pouvait rien lui reprocher.

Il prit son temps pour répondre.

— Clara et moi ne sommes plus ensemble. Je n'ai pas le droit de lui demander de garder Hannah. Et j'aurais préféré que vous m'en parliez avant de l'appeler.

Ron se pencha vers lui avec un regard dur.

— Josh, vous êtes mon collègue et je vous respecte. Quand Kelly est tombée malade ce soir et que j'ai vu que Reuben paniquait, j'ai insisté pour qu'il vous appelle. Car vous êtes le meilleur pour soigner les enfants. Mais dans la vie, vous êtes un imbécile.

Joshua le fixa, estomaqué. Il travaillait depuis des années avec Ron qui avait toujours été direct, mais là... Ron repoussa sa chaise.

— Je ne vous ferai pas la leçon car je n'en ai pas le droit. Mais depuis une semaine, tout le monde marche sur la pointe des pieds autour de vous, et on a trop de travail pour ces sottises. Votre fille a voulu voir Clara, alors je l'ai appelée.

Il désigna la salle de garde.

— Vous avez une sale tête et elle aussi. Quoi qu'il se passe, vous devez régler votre problème, dans notre intérêt à tous.

Il posa la main sur l'épaule de Joshua.

— Je vous remercie d'être venu vous occuper de Kelly cette nuit, Joshua. J'ai confiance en vous et en votre jugement. Mais vous, fit-il avec un sourire désenchanté et un regard vers la salle de garde, pouvez-vous vous fier à votre propre jugement ?

À la grande surprise de Clara, le téléphone l'avait réveillée en pleine nuit. Comme la plupart des médecins, elle dormait toujours d'un sommeil de plomb quand elle n'était pas d'astreinte.

Elle avait immédiatement compris l'urgence de la situation et n'avait pas mis longtemps à se préparer.

En arrivant dans le service, elle s'était rendue directement à la salle de garde où Ron l'attendait en compagnie d'une Hannah en larmes. La fillette s'était jetée dans les bras de Clara et s'était enfin abandonnée au sommeil.

— Tout ira bien pour votre nièce, Ron. Elle est en de bonnes mains avec Joshua.

— Je l'espère, avait murmuré Ron avec un sourire inquiet avant de disparaître.

Puis Clara était restée seule avec l'enfant, à ruminer de sombres pensées, son lot quotidien ces temps-ci. Elle se demandait en quoi elle aurait pu agir différemment. Ce qui se serait passé si Joshua n'avait pas remarqué les déchets qu'elle avait mis de côté pour le recyclage.

Cela devait sans doute arriver tôt ou tard. Au début, elle avait été contrariée par la réaction de Joshua quand il avait trouvé la brochure sur la FIV et l'emballage d'antidépresseur.

Mais, les jours passant, elle avait compris les ravages que les secrets avaient causés dans sa vie. Si sa femme lui avait parlé plus tôt de sa maladie, cela n'aurait rien changé à sa triste fin. Mais il aurait sûrement une autre image de lui-même aujourd'hui.

La porte s'ouvrit et un rai de lumière traversa la pièce. Joshua entra et referma la porte derrière lui.

Le silence retomba. L'odeur fraîche de son déodorant flottait jusqu'à elle, et elle eut du mal à ravaler ses larmes.

— Ça va aller pour la nièce de Ron, dit-il d'une voix sourde. Il faudra l'opérer pour régler son problème de valve, mais elle s'en remettra.

Elle fut soulagée pour Ron, discret pilier de l'unité pédiatrique. Sa famille vivait de l'autre côté de Londres, mais il avait sans la moindre hésitation confié sa nièce malade à l'homme en qui il avait toute confiance. Joshua.

Le séjour de Clara à Londres touchait à sa fin. Bientôt, elle serait loin d'ici. Elle prit subitement conscience qu'en dépit de sa situation peu enviable, elle n'avait pas envie de partir. Elle ne voulait pas s'éloigner de lui ni d'Hannah. Jamais.

Il s'assit en face d'elle.

— Merci, dit-il à voix basse.

— Tu aurais dû m'appeler.

Il soupira.

— J'ai préféré m'abstenir, compte tenu de ce qui se passe entre nous.

— Nous sommes adultes, répondit-elle tandis qu'une larme glissait sur sa joue. On peut se disputer autant qu'on veut, ça ne doit en rien affecter Hannah.

Elle sentit qu'il retenait son souffle. La chaleur du petit corps de l'enfant blottie contre elle la pénétrait. C'était la vie qu'elle voulait. Avec cet homme ombrageux et difficile.

— Je ne veux pas que tu t'en ailles, déclara-t-il, si bas qu'elle crut l'avoir imaginé.

— Quoi ?

Il leva la tête et la regarda. Le store de la fenêtre n'était pas baissé, elle distinguait vaguement sa silhouette dans la pénombre.

— Je ne veux pas que tu partes, répéta-t-il d'une voix rauque. Malgré tout ce qui s'est passé, je n'ai pas envie que tu t'en ailles. Je t'aime, Clara. Ce n'est pas facile, mais je connais assez la vie pour savoir que, quand on rencontre l'amour, il faut être stupide pour le laisser échapper.

La gorge serrée, elle fut incapable de proférer un son.

— Je veux que ça marche, reprit-il. J'ai besoin qu'on soit comme un livre ouvert l'un pour l'autre. Je ne veux pas te réparer, Clara, juste comprendre ce que tu ressens. Si tu as des difficultés, dis-le. Si tu n'en as pas, dis-le aussi. Il faut juste que je sache que nous n'avons pas de secrets l'un pour l'autre. Je dois pouvoir te faire confiance.

Elle battit des cils pour refouler ses larmes.

— Je n'ai aucune envie de partir, avoua-t-elle dans un souffle. Je songeais justement à prévenir ta sœur que je ne tenais pas à retrouver mon poste à Édimbourg, et lui demander si elle n'envisageait pas de rester là-bas.

Elle rit doucement.

— J'ai même cherché des postes à Londres hier soir... Je suis désolée, Joshua. J'ai eu le temps de voir les choses avec tes yeux, et la vérité, c'est que je n'ai pas l'habitude de me livrer. Je garde tout pour moi depuis trop longtemps. Il y a encore beaucoup de stigmatisations autour de la dépression, et j'ignorais comment tu réagirais si tu savais... Tu aurais pu douter de mon aptitude à faire mon travail, penser que je n'étais pas assez bien pour toi et Hannah...

Il se leva d'un bond et prit son visage entre ses mains.

— Ne dis pas ça. Jamais. Je ne croirai jamais ça. Je t'aime, Clara, toi et tout ce que tu es. J'ai eu une réaction excessive. Je ne pensais qu'à ma souffrance de voir l'être aimé me cacher des secrets... Je n'avais pas réalisé combien j'avais été meurtri par le comportement de mon épouse, ni combien il avait affecté ma capacité à avoir une relation amoureuse normale. Je me trouvais toujours des excuses pour ne pas être trop proche de l'autre. Je ne voulais pas découvrir qu'on me cachait des choses ou qu'on me mentait, je n'étais pas sûr de m'en remettre. C'était plus facile de me fermer sur moi-même... Tu es la seule qui m'ait donné le courage de mettre de nouveau mon cœur en danger. Toi, Clara.

— Et tu es le seul qui puisse me donner la vie à laquelle j'aspire, répondit-elle d'une voix cassée. Le bonheur. La famille dont j'ai toujours rêvé. Mais je ne savais pas comment te le dire...

Il essuya tendrement ses joues humides.

— Je t'aime, murmura-t-il. Dis-moi que nous pouvons apprendre à tout partager. Je n'attends pas de miracle car je suis loin d'être parfait. Mais tu m'as redonné l'envie de vivre, Clara. Tu aimes ma fille aussi tendrement que moi. Et tu n'as pas peur de la faire passer avant moi, avant nous.

Il plongea son regard dans le sien.

— Ça a dû être dur pour toi, mais tu avais raison sur toute la ligne. Je vais m'améliorer, Clara, je te le promets.

Elle prit une inspiration tremblante.

— Alors, tu peux m'accepter telle que je suis ? Sachant qu'il m'arrivera de ne pas aller bien et que tu ne me guériras pas ? En aimant aussi cette part abîmée de moi ?

— Bien sûr, Clara. Ça fait partie de toi. Quels que soient tes besoins, je suis là.

Hochant lentement la tête, elle se laissa envahir par la douce chaleur dispensée par ses paroles. L'acceptation. Maintenant et pour toujours. Elle n'aurait plus à mentir sur ses sentiments. À plaquer un sourire sur son visage en faisant semblant d'aller bien. Son soulagement était indicible.

— Et plus tard ? Quand je te parlerai de mes autres rêves ?

— Quels autres rêves ? demanda-t-il, les sourcils froncés.

— Je rêve d'une grande famille. Peux-tu l'envisager pour notre avenir ?

Il afficha un grand sourire.

— Si nous avons la chance d'avoir des enfants, j'en serai ravi. Sinon, nous échafauderons d'autres plans. Du moment que nous avançons ensemble, je serai heureux, dit-il, serrant ses mains dans les siennes. Promets-moi juste que tu resteras. Tu combles nos vies, on ne veut pas vivre sans toi.

Le visage ruisselant de larmes qu'elle ne cherchait plus à contenir, elle l'attira à elle et chuchota contre sa bouche.

— Je ne dirai oui que si tu m'embrasses, et si tu me jures de ne jamais cesser, jamais...

Les lèvres de Joshua frôlèrent les siennes avec douceur.

— Je m'y engage, maintenant et pour toujours, murmura-t-il en prenant fiévreusement ses lèvres.

Épilogue

Ils avaient de la chance. Pour une fois, un soleil radieux brillait sur la lande écossaise.

Clara trouvait bizarre de retrouver son vieux cottage, et plus encore de partager sa chambre avec Georgie pendant qu'elles se préparaient pour leur double mariage.

Leurs tenues ne se ressemblaient pas. La robe bohème de Georgie en dentelle crème était digne d'un conte de fées, et sa chevelure était parsemée de fleurs des champs. Couché dans son berceau au milieu de la pièce, son bébé de trois mois gazouillait en agitant ses bras potelés et ses pieds minuscules.

Georgie remonta la fermeture Éclair du long fourreau ivoire qui moulait le corps de Clara, tandis que celle-ci retenait sa respiration. Dehors, le chapiteau blanc qui abriterait la cérémonie claquait dans la brise. Elles s'étaient décidées pour un mariage simple et informel dans le champ voisin. Clara espérait simplement que le fermier arriverait à tenir ses moutons à distance. Elle contempla sa robe immaculée.

— Dans combien de temps sera-t-elle tachée de boue, d'après toi ? demanda-t-elle avec malice.

Georgie fixa le voile court sur la tête de son amie.

— Je dirai cinq minutes, selon le temps qu'il faudra à Truffe pour te sauter dessus.

Elle pressa le bras de Clara.

— Je suis si contente que mon frère t'ait rencontrée.

— Arrête, ou on va pleurer comme des Madeleine… Je n'ai jamais vu Ryan aussi heureux. Quant à ton adorable petite Isla, elle me donne furieusement envie d'être mère.

Elles se tournèrent vers le berceau où le bébé gigotait joyeusement en souriant.

On frappa à la porte.

— Venez, les filles. En route pour le show.

Le battant s'ouvrit et elles virent leurs deux pères qui patientaient dans le couloir. Près d'eux, Hannah trépignait dans sa longue robe rose.

— Dépêchez-vous !

S'engouffrant dans la chambre, la mère de Georgie prit sa minuscule petite-fille dans ses bras.

— Papa t'attend, mon cœur, dit-elle en souriant, s'arrêtant pour embrasser les deux mariées sur la joue.

— Prête ? demanda Clara à Georgie.

Elles échangèrent un sourire complice.

Elles réussirent à descendre sans trébucher l'escalier en colimaçon menant au rez-de-chaussée.

Dehors, chacune prit le bras de son père et elles se dirigèrent vers le chapiteau dans le vent léger qui soulevait leurs cheveux.

L'émotion étreignit Clara quand elle vit Ryan et Joshua debout devant l'arche fleurie. Ryan, radieux, portait Isla et attendait sa future femme. Joshua semblait nerveux, mais lorsque Hannah dépassa tout le monde en courant pour le rejoindre, il la souleva dans ses bras et sourit à Clara.

— Magnifique, articula-t-il silencieusement.

Le cœur de Clara bondit de joie. Sa famille, ses amis, ils étaient tous là. L'idée du double mariage venait d'elle. Dès qu'elle avait rencontré Georgie, elle avait su qu'elle serait la compagne rêvée pour Ryan, et son amie pour la vie.

Trois mois plus tôt, Joshua et elle avaient patienté dans la salle d'attente de la maternité, guettant les nouvelles. Et quand Ryan, les yeux brillants, avait jailli de la salle d'accouchement en hurlant « C'est une fille ! », elle avait su qu'elle n'aurait plus jamais à s'inquiéter pour lui.

Les invités s'esclaffèrent, Truffe trottinait vers les mariés avec les alliances attachées à son collier. Ryan avait tenu à ce que son chien participe à cette journée inoubliable.

Clara mit ses mains dans celles de Joshua pour l'échange des vœux. En dépit du brouhaha ambiant, il n'avait d'yeux que pour elle. Quand il commença à parler, le silence se fit sous le chapiteau.

— Clara, tu as fait irruption dans ma vie quand je m'y attendais le moins, et tu m'as séduit par ton toupet, ta franchise et ta sincérité. Avant de te connaître, je ne savais pas ce qui manquait à ma vie. Tu nous as tendu les bras, et nous nous sommes sentis aimés, Hannah et moi. Tu m'as appris à refaire confiance. Tu apportes la joie dans nos vies, et je t'aimerai toujours. Les bons jours comme les mauvais, je t'aimerai. Dans la joie et la tristesse, je t'aimerai. Dans la vieillesse, à l'hiver de ma vie, je t'aimerai.

Il tendit la main pour toucher sa joue.

— Quoi que l'avenir nous réserve, Hannah et moi t'aimerons toujours, car nous nous sentons invincibles avec toi à nos côtés.

Il y eut des soupirs dans l'assistance, puis Clara prit la parole à son tour.

— Quand je t'ai rencontré, je te surnommais Grincheux. J'ignorais alors quel grand cœur tu cachais. Merci de m'aimer et de m'accepter comme je suis. Merci de m'avoir confié ton cœur et ta fille. Je te promets de toujours en prendre grand soin, ainsi que des enfants qui viendront peut-être un jour ensoleiller notre foyer. Merci d'avoir apporté la joie dans ma vie avec cette nouvelle famille, et de m'avoir donné le bonheur d'être parent avec toi d'une merveilleuse petite fille. Merci de m'avoir fait comprendre qu'être ensemble implique des efforts, de l'engagement, et beaucoup, beaucoup d'amour. Je t'aimerai toujours, Joshua.

Hannah détacha les alliances du collier de Truffe et les leur tendit, et Joshua glissa l'anneau au doigt de Clara.

Submergé par l'émotion, Ryan mit du temps à lire ses vœux, puis il changea le bébé de bras et passa l'alliance à l'annulaire de Georgie.

— Enfin ! s'écria Georgie en jubilant quand le célébrant annonça que les mariés pouvaient s'embrasser.

Joshua enlaça la taille de Clara et la serra contre lui.

— Je suis d'accord, murmura-t-il. Ce n'est pas trop tôt.

Il la renversa en arrière et lui donna le plus spectaculaire, le plus parfait des baisers de cinéma.